Agent Pfeiffer: Rote Fahnen im Wind

*Ein packender Krimi & Polit-Thriller
mit BrainConnect-Effekt von Simon Sprock*

Danke an meine wunderbare Frau, Familie und Freunde für Ihre Unterstützung und auch an die Ärzte, deren harte Arbeit es mir überhaupt ermöglicht hat, dieses Buch zu schreiben

„Agent Pfeiffer: Rote Fahnen im Wind" basiert im Ansatz auf real erlebten Träumen.

Bibliografische Informationen der Deutschen Nationalbibliothek:
Die Deutsche Nationalbibliothek verzeichnet diese Publikation in der Deutschen Nationalbibliografie, detaillierte bibliografische Daten sind im Internet über dnb.dnb.de abrufbar.

TWENTYSIX – Der Self-Publishing-Verlag
Eine Kooperation zwischen der Verlagsgruppe Random House und BoD – Books on Demand7

Herstellung und Verlag:
BoD Books on Demand, Norderstedt

ISBN: 978 374 073 50 29

Inhaltsverzeichnis

Vorwort

Die Idee und Inspiration zu „*Agent Pfeiffer: Rote Fahnen im Wind*" kam mir während meines Kampfes gegen den Krebs im Krankenhaus.

Nach einer zwölfstündigen OP hatte ich auf der Intensivstation mit Magensonde und unter Einfluss von Morphinen haarsträubende Träume, aber auch verwirrende Erlebnisse im Halbschlaf. Einen Großteil dieser Träume und Erlebnisse habe ich in diesem Buch zusammengefasst, aber zum besseren Verständnis auch umgeschrieben und um einige Details ergänzt.

„*Agent Pfeiffer: Rote Fahnen im Wind*" ist ein überaus spannender politischer Thriller geworden, der sich kritisch mit der Verbindung zwischen Extremismus in irgendeiner Form und einer angeblich resultierenden Freiheit auseinandersetzt. Außerdem sind auch Gesellschaftskritische Aspekte mit eingebaut.

Im Grunde genommen spielen die Ereignisse in diesem Roman im Jahr 2022, also in der Zukunft und basieren auf Träumen und Fiktionen. Wenn ich mir aber die Ereignisse der gewaltreichen Proteste gegen den G20-Gipfel im Juli 2017 in Hamburg anschaue, bin ich doch erschrocken, wie nah an einer potentiellen Zukunft der Roman doch sein könnte.

In dem Sinne hoffe ich, dass du, der Leser, diesen spannenden Roman vollkommen genießen kannst, aber auch kritische Gedanken zulässt, um die Geschehnisse in diesem Roman nicht wahr werden zu lassen.

Agent Pfeiffer: Rote Fahnen im Wind

Noch eine Empfehlung: Wenn du empfindlich für Spannung bist, würde ich diesen Roman nicht vor dem schlafen gehen beginnen.

Das Erwachen

Ich öffne meine Augen. Über mir sind Lichter, grelle Lichter, und Leute, Gesichter, Instrumente, Masken. Meine Augen schließen sich.

Mein Herz schlägt wie verrückt. Schweiß rollt meine Haut hinunter, aber ich bin zu schwach, irgendetwas real wahrzunehmen. Ich bin sogar zu schwach, meine Augen wieder zu öffnen. Irgendetwas wird in meine Nase geschoben, kurz bevor ich eine Spritze spüre. Ich verliere mein Bewusstsein.

Auf einmal bin ich in einer Bar. Neben mir sitzt eine Frau. Sie hält meine Hand. Ich kenne diese Frau aber nicht. Wer ist sie? Wo bin ich? Ich nehme hier keine Geräusche wahr, außer einem piepen, wo auch immer es herkommt.

Plötzlich kommt ein Mann, ein großer Mann von der Seite auf mich zu. Nun höre ich auch Schritte, seine Schritte.

„Was machst du mit meiner Frau?" Fragt er laut brüllend, holt aus und schlägt mir mit voller Kraft auf meine Nase.

Plötzlich bin ich in einer anderen Situation. Ich bin mit ehemaligen Kommilitonen an einem seltsamen Ort. Hier war ich noch nie. Am Grund ist überall Beton. Rechts und links gibt es Gräben, dahinter nur schwarz. In der Mitte ist eine kleine Hütte. Der Himmel ist ebenfalls schwarz, keine Sonne, keine Sterne, kein Mond. Dennoch kann ich hier gut sehen. Was ist das? Woher kommt das Licht, das mich alles erkennen lässt?

Meine Kommilitonen scheinen nervös zu sein.

Agent Pfeiffer: Rote Fahnen im Wind

„Schnell, wir müssen hier verschwinden," sagt Steffen aufgeregt.

„Ja, sie sind gleich hier," stimmt ihm Jan zu.

„Wieso, was ist hier los?" Hake ich nach.

Beide laufen los in Richtung der Hütte. Natürlich, wenn man sich hier verstecken muss, ist die Hütte der einzige Ort, aber auch der einzige Ort wo man suchen kann. Auch ich laufe in die Hütte.

Nichts ist in der Hütte, nur eine andere Tür am Ende. Diese müsste weder herausführen. Wo sind Steffen und Jan? Ich habe nicht gesehen, wie sie am anderen Ende wieder herausgekommen sind.

Ich gehe zu der Tür, öffne sie und vor mir steht ein Mann. Er holt aus und schlägt mir auf die Nase.

Ich falle, und ja, plötzlich liege ich an einem Strand. Was ist das hier? Wie kann das sein? Träume ich? Ist alles nur ein Traum?

In Badehose liege ich auf einem großen blauen Handtuch am Strand. Niemand sonst ist hier. Wenigstens ist hier niemand, der mir auf die Nase boxen kann. Warum eigentlich? Bin ich hier endlich wach? Wie bin ich hierhergekommen? Wieso bin ich alleine? Am Ende des Strandes beginnt ein dichter Wald. Wo bin ich?

Ich stehe auf und gehe herum. Keine Spur eines Hotels oder ähnlichem. Keine Spur von einem Lebewesen. Selbst im Wald ist es ruhig. Keine Insekten, Affen oder ähnliche Tiere. Wie kann das sein?

Aus reiner Neugier betrete ich den Wald und kämpfe mich durch. Nach wenigen Metern stolpere ich über ein Seil am

[10]

Das Erwachen

Boden. Ich kann mich gerade noch auf den Beinen halten, als ein dicker Stamm auf mich zu rast. Er schlägt auf meine Nase ein.

Ich meine, ernsthaft? Wieder meine Nase? Der Schlag bringt mich zu Boden. Ich spüre, wie meine Nase blutet. Es läuft geradezu aus meiner Nase heraus. Zugleich scheine ich im Boden aus Blättern zu versinken.

Auf einmal liege ich wieder in der kleinen Hütte auf Balken am Boden. Auch hier fließt das Blut noch aus meiner Nase heraus, aber wo ist der Angreifer? Wo sind meine Kommilitonen?

Plötzlich scheint sich auch dieser Untergrund in eine Art Treibsand zu verwandeln. Ich versinke wieder im Boden.

Im nächsten Moment sehe ich über mir Gesichter. Ich bin scheinbar zurück in der Bar. War ich weggetreten und bin jetzt wieder zurück in der Realität?

Auch hier fließt Blut aus meiner Nase. An der Seite sehe ich, wie zwei Türsteher den Schläger hinausbringen. Die Frau hockt über mir und wischt mit einem Taschentuch durch das Gesicht. Ich spüre, wie Blut verwischt wird.

Die Frau kommt näher mit ihren Lippen. Gemessen an den Situationen ist dies auf jeden Fall die schönste Situation.

Voller Vorfreude auf den Kuss, streife ich vorsichtig über ihre Wangen und greife in ihr Haar.

Kurz vor der Berührung unserer Lippen wird es leider schon wieder dunkel. Es piept überall um mich herum. Piepstöne in verschiedenen Höhen und verschiedenen Kompositionen umgeben mich.

Agent Pfeiffer: Rote Fahnen im Wind

Ich scheine nicht aus meiner Nase zu bluten, aber dennoch ist da etwas. Irgendwas ist in meine Nase eingeführt worden. Was ist das? Wo bin ich?

Vorsichtig versuche ich, meine Augen zu öffnen. Im Augenwinkel erkenne ich eine Frau, die für mich typisch sozialistisch wirkt, wie aus alten DDR Filmen. Sie kommt näher. Die Mundwinkel sind unten getrieben. Das Haar ist straff am Kopf hinten zusammengebunden. Ihre Nase verläuft spitz von den Seiten in die Mitte. Ihr Kittel ist perfekt angelegt. Am linken Arm trägt sie eine rote Binde und auf der Brust eine Art Emblem. Ich bin aber noch zu benommen, um mehr wahrzunehmen, mehr Details zu erkennen.

Schnell schließe ich meine Augen wieder. Ich hoffe, sie hat nicht wahrgenommen, dass ich meine Augen geöffnet hatte. Mein Herz schlägt jetzt auf jeden Fall schneller. Das spüre ich in meiner Brust, höre ich aber auch an einem der Pieptöne.

Ich höre, wie sie scheinbar einige Knöpfe drückt. Eine Variation des Piepens hört auf.

„Kamerad Müller," höre ich eine männliche Stimme im Hintergrund rufen, „ich brauche mal ihre Hilfe, schnell."

Hastige Schritte starten direkt neben mir und verlassen den Raum. Die Rufe scheinen von woanders her zu kommen. Die Schritte werden langsam leiser. Die Schwester, Frau Kamerad Müller, scheint sich zu entfernen.

Kurze Zeit später öffne ich meine Augen wieder etwas. Ich sehe rechts einen Ständer mit Spritzen und anderen Utensilien stehen. Links von mir sind Geräte, piepende Geräte.

[12]

Das Erwachen

Ich hebe meinen Kopf ein wenig. In Richtung des Fußendes sehe ich eine Wand mit Fenstern. Hinter dem Fenster ist es hell, sehr hell. Silbern glänzende Gegenstände werden hin und wieder hochgehalten und überreicht. Gelegentlich glaube ich sogar, das Geräusch eines Bohrers oder gar einer Kreissäge zu hören. Dort wird anscheinend gerade jemand operiert, oder etwa geschlachtet? Die Schwester, welche gerad noch hier war, packt drüben jetzt mit an.

Der Operateur ist schwer zu erkennen. Sein Gesicht befindet sich im Schatten des grellen Lichts. Auch er trägt eine rote binde am rechten Arm. Bei ihm hat sie aber einen goldenen Streifen in der Mitte. Auch ein Emblem glaube ich, auf seiner Brust wahrzunehmen.

Was machen die da? Wo bin ich? Was ist mit mir passiert? Bin ich im Krankenhaus? Wieso bin ich im Krankenhaus, ist mir etwas passiert? Ich kann mich leider überhaupt nicht erinnern.

Aus Vorsorge schließe ich meine Augen wieder. Ich versuche einzelne Körperteile vorsichtig zu bewegen.

An den Armen und Beinen scheine ich ans Bett gefesselt zu sein. Wenn alles so regulär ist, warum bin ich im Krankenhaus gefesselt?

Ich versuche, meine Handfesseln vorsichtig zu lösen. Es klappt aber nicht. Auf einmal ertönt ein neuer Piepston direkt hinter mir. Ich höre reflexartig sofort auf, mich zu bewegen.

Schritte kommen wieder näher. Jemand drückt ein paar Knöpfe, aber das Piepsen hört nicht auf.

Agent Pfeiffer: Rote Fahnen im Wind

Eine Person mit sanften Händen greift plötzlich meine linke Hand und zerrt an ihr. Sie löst die Fessel. Ich bemühe mich, keinen Gegendruck zu erzeugen. Sie zerrt weiter an irgendeinem Zugang, den ich im Arm zu haben Scheine.

„Scheiß Arterienzugang," schimpft dieselbe Stimme von vorher, Frau Kamerad Müller nehme ich an.

Hastige Schritte verlassen den Raum. Sofort löse ich mit meiner linken Hand auch die rechte Armfessel, setze mich hin und löse auch meine Fußfesseln.

Auf einmal höre ich wieder Schritte näherkommen. Ich lege mich wieder hin.

In dieser kurzen Aktion habe ich gemerkt, dass ich neben meinen Fesseln auch einige andere Zugänge, einen Blasenkatheter, einen zentralen Venenkatheter und einen Schlauch im Hals loswerden muss. Wenn ich bloß wüsste, woher ich diese Begriffe überhaupt kenne. Außerdem habe ich mit Schwindelgefühlen zu kämpfen. Einfach wird es nicht. Aufgeben werde ich auch nicht. Diesen roten Binden werde ich mich nicht kampflos hingeben.

Die Schritte werden lauter. Ich lege noch schnell die Decke über meinen rechte Arm. Meine Füße sind noch versteckt.

Jetzt sind sie zu zweit hier.

Ein Mann sagt, „der Patient benötigt einen neuen Arterienzugang?"

„Ja, Herr Kamerad Arzt," antwortet sie kurz und trocken.

„Gut, dann ziehen sie schon einmal den alten Zugang," antwortet der Arzt.

[14]

Das Erwachen

Vorsichtig beginnt sie, an einem Pflaster zu werkeln. Sie zieht es Millimeter für Millimeter ab. Teilweise zieht sie an Haaren von mir, was schon echt weh tut, aber ich darf kein Anzeichen geben, dass ich wach wäre. Ich muss unentdeckt bleiben, mich zusammenreißen.

Rechts scheint sich jemand mit den Instrumenten auseinander zu setzen. Ist das der Arzt? Packt er einen neuen Arterienzugang aus?

Auf einmal klingelt ein Telefon. „Dr. Winkler hier," meldet er sich und fährt nach einer kurzen Pause fort, „sicher doch Herr Genosse Kaderleiter, alles für das Kombinat."

Er scheint aufgelegt zu haben und befiehlt, „Kamerad Müller, der Genosse Kaderleiter hat angerufen. Das Kollektiv rote Ökulei hat einen weiteren Klassenfeind gefasst. Sie brauchen dringend unsere Unterstützung in der Sektion Aderlass."

„Alles zum Wohl des Kombinats," bestätigt Kamerad Müller.

Zusammen verlassen sie wieder den Raum.

Ich setze mich sofort auf, fühle mich aber noch stark benommen. Ich ziehe schnell alle Venenzugänge heraus, nehme Pflaster von rechts und klebe sie hastig unter Druck auf die Wunden.

Als nächstes nehme ich eine stumpfe Spritze, die vermutlich eine Natriumchlorid-Lösung, also Salzwasser beinhaltet. Das Salzwasser spritze ich neben das Bett. Ich setze es an den Blasenkatheter an und sauge das Wasser heraus, welches eine Art Anker in meiner Blase bildet, um den Katheter in der Blase zu halten. Zügig, aber vorsichtig ziehe ich den Katheter heraus. Das fühlt sich echt unangenehm an, aber ich muss das jetzt tun. Ich muss hier raus, mich in Sicherheit bringen.

Genau wie den Katheter, ziehe ich auch am Schlauch, der durch meine Nase geht. Dies ist ebenfalls ein schreckliches Gefühl, als ob ich mich übergeben müsste. Ich hoffe, mich nicht verletzt zu haben. Mein Hals schmerzt auch ohne Schlauch noch.

Den zentralen Venenkatheter ziehe ich jetzt noch nicht heraus. Unter Beachtung, dass er bis in die Lunge reicht, will ich unter Hast jetzt nichts riskieren.

Vorsichtig, versuche ich das Bett zu verlassen. Ich setze mich an die Seite und stehe auf. Sofort falle ich hin.

In einem Operationsgewandt gekleidet krieche ich den Boden entlang. Rechts neben der Tür ist ein Schrank. Zielgerichtet krieche ich zum Schrank und öffne die Tür. Sie ist verschlossen, aber ein Schlüssel steckt. Ich drehe den Schlüssel und öffne die Tür.

Im Schrank hängen ein graues T-Shirt, eine Lederjacke und eine blaue Jeans geordnet nebeneinander. Unten stehen auch dunkelbraune Lederschuhe und scheinbar Unterwäsche. Rechts neben dem Schrank steht ein Stuhl.

Schnell setze ich mich hin, reiße die Kleidung aus den Schrank und ziehe sie mich vorsichtig an. Unter der Jacke war auch ein bräunlicher Schal versteckt. Diesen nutze ich, um den zentralen Venenzugang, der immer noch an meiner rechten Halsseite heraushängt, zu verstecken, aber auch um ihn zu schützen.

Mit Mühe ziehe ich mir alles an. Ich versuche mich aufzustellen und kann kaum stehen. Es geht aber schon besser als vorher.

[16]

Das Erwachen

Achtsam bewege ich mich in zwangsweise geduckter Haltung in Richtung Tür und schaue über den Flur. Es ist nur ein kurzer und dunkler Flur. Zur linken Seite ist ein Fahrstuhl, zur rechten Seite nicht. Dafür hängt hier aber ein grünes Notausgang Zeichen an der Decke. An der Decke scheinen aber keine Kameras installiert zu sein. Wenigstens etwas Gutes hier. Der Gang ist gerade leer. Niemand ist zu sehen.

Vorsichtig gehe ich nach rechts, in Richtung des Notausgangs. Am Fahrstuhl werde ich wahrscheinlich am ehesten entdeckt.

Meine Beine tun sich noch schwer, mich zu tragen, aber es geht voran. Ich kämpfe Schritt für Schritt mit einer Schwäche meiner Muskeln, aber auch mit einem unglaublich starken Schwindelgefühl. Meinem Kreislauf geht es nicht gut.

Unerwarteter Weise höre ich plötzlich jemanden aus einem der anderen Räume schreien, „Hilfe, Hilfe, bitte hilf mir jemand."

Die nächste Tür in meiner Umgebung öffne ich, falle fast hinein und schaue hinein. Es scheint ein Wäscheraum zu sein. Schnell betrete ich den Raum und schließe die Tür hinter mir leise. Ich lege mich hin, liege in einem Wäschehaufen. Diese ist, ausgemacht am Geruch, vermutlich dreckig, aber durch das schwache Licht, welches durch die Schlitze der Tür oben und unten in den Raum dringt, gibt es hier sowieso wenig zu erkennen. Was habe ich auch für eine Wahl? Manchmal muss ich dem Schwindelgefühl halt nachgeben.

Ich überprüfe die Taschen in meiner Hose. Hier scheinen ein wenig Kleingeld und auch ein paar Geldscheine zu sein. In meiner Lederjacke finde ich ein Mobiltelefon in der Innentasche links. Rechts entdecke ich ein anderes Dokument, vermutlich einen Reisepass.

Mit dem Mobiltelefon mache ich ein wenig Licht. Der Akku ist zu 63% aufgeladen. Der Pass ist ein deutscher EU-Reisepass. Ich öffne ihn bis zur personalisierten Seite.

Links oben ist ein Bild, ein recht gutaussehender und junger Mann schaut mich mit einem neutralen Gesichtsausdruck an. Bin das ich? Leider ist mir hier noch kein Spiegel über den Weg gelaufen.

Wenn ich das bin, heiße ich Michael Pfeiffer und wurde am zehnten Mai 1992 in Hamburg geboren. Aber welches Jahr haben wir jetzt und wo bin ich? Auf jeden Fall scheine ich in Deutschland zu sein.

Das künstliche Licht des Telefons verwende ich, um den Raum ein wenig weiter zu erkunden. Rechts neben mir scheint ein Wäscheschacht zu sein. Gegenüber von mir steht ein Regal mit frischer Wäsche und Handtüchern. Wenn das hier ein offizielles Krankenhaus ist, wieso unterhalten sich die Leute so seltsam? Und warum war ich gefesselt?

Noch immer frage ich mich, ob das alles nur ein Traum ist. Zwar spüre ich inzwischen alles realer, aber kann das hier real sein? Ich wünschte mir auf jeden Fall, ich würde wieder aufwachen und an einem Ort sein, wo ich in Sicherheit bin, an einem Ort den ich kenne, mit Personen die ich kenne. Wieso erinnere ich mich denn überhaupt nicht, an niemanden?

Vorsichtig verstaue ich den Pass und das Telefon wieder in meiner Jacke, bevor ich mich in Richtung Tür bewege. Zunächst lausche ich nur.

[18]

Das Erwachen

„Genossen, der Diversant 10b ist nicht mehr im Bett," höre ich eine weibliche Stimme rufen, „findet ihn. Er kann nicht weit gekommen sein. Schaut in jedem Raum, auch der Wäschekammer."

Schritte auf dem Flur werden hastiger. Ich bewege mich schnell zum Wäscheschacht, öffne ihn und klettere hinein. Meine Muskeln scheinen noch gut zu reagieren. Vielleicht macht das der Schock, die Angst, das Adrenalin. Sie sind schwach, reagieren aber noch erstaunlich gut.

Meine Hände erfühlen oben etwas an dem ich mich festhalten kann. Ich ziehe mich hoch. Weiter oben angekommen, drücke ich mit meinen Beinen gegen die Wand und verhalte mich so ruhig wie möglich.

Auf einmal öffnet sich eine Tür, vermutlich die des Wäscheraumes.

„Hier ist auch niemand," ruft eine junge, männliche Stimme.

„Wirf sicherheitshalber die dreckige Wäsche herunter und höre ob jemand schreit," höre ich eine erfahrenere Stimme rufen.

Die Klappe zum Wäscheschacht öffnet sich. Ein wenig Licht strömt in den Schacht hinein. Ich erkenne das Grau des Rohres um mich herum und halte mich so gut und ruhig wie möglich fest.

Wäsche wird heruntergeschmissen. Ich spüre, wie Schweiß langsam meine Stirn herunterrollt. Der Tropfen landet in meinem T-Shirt.

Agent Pfeiffer: Rote Fahnen im Wind

Es wird zunehmend schwieriger, mich hier oben zu halten, aber ich muss. Die Leute scheinen mich als Feindbild zu sehen, oder als Diversant, was auch immer das ist.

Kurze Zeit später höre ich, wie die Klappe wieder schließt. Ich warte noch wenige Minuten, bevor ich mich vorsichtig herablasse.

Leider schaffe ich es nicht, perfekt leise zu sein. Ich muss einfach hoffen, dass mich niemand hört und dass keine Wäsche von oben herunterfällt.

Zentimeter für Zentimeter kämpfe ich mich herunter. Ich weiß nicht, wie weit es heruntergeht oder was mich unten erwartet.

Drei Stockwerke tiefer reicht meine Kraft kaum noch aus. Ich bin überrascht, dass ich überhaupt soweit komme. Es kommt mir so vor als hat das Adrenalin meinen Kreislauf wieder stabilisiert, und ich scheine echt viel Sport zu machen. Durch die Ritze in der Klappe kann ich nichts erkennen. Vermutlich ist es auch dunkel in diesem Raum.

All meinen Mut nehme ich zusammen und drücke die Klappe auf. Die Klappe scheint ein wenig zu klemmen. Ich höre ein Reißgeräusch beim Öffnen. Das Licht im Raum ist aus, dennoch sind dort zwei Monitore am Leuchten.

Vorsichtig klettere ich in den Raum. Bei einem Blick zurück erkenne ich, dass scheinbar Tapeten über die Öffnung geklebt wurden.

Rechts neben der Tür scheint ein Schloss mit Zahlenkombination zu sein. Grüne Lichter blinken hier. Ist dies ein besonderer Raum für die Gruppe, die das Gebäude betreibt?

Das Erwachen

Langsam und schon etwas sicherer auf meinen erschöpften Beinen begebe ich mich an einen der Monitore.

Es sind Textdokumente mit folgenden Titeln geöffnet:

- „GegenKa, die Kämpfer des Volkes"
- „Kapitalismus bedeutet das Ende der Freiheit"
- „Kostenlose Kleinstkredite für die Armen wären die Rettung"
- „Maschinen übernehmen die Regierung, Kapitalismus rückt an die Macht"
- „Mindestlohn von EUR 18,- die Stunde bei einer maximalen Arbeitszeit von 32 Stunden das Ziel"
- „Regierung vertuscht Waffendeals"
- „Regierung verkauft Bevölkerung für dumm, wehrt euch"
- „Reiche werden immer reicher, Eigentum gehört abgeschafft, für die Gemeinschaft"
- „Sozialismus als einzig wahre und gerechte Lösung"
- „Unternehmen sind die wahren Übeltäter in Afrika"
- „Unternehmen beuten das Volk aus, nieder mit dem Kapitalismus"
- „Vorgehensmodell"

Ich schaue detaillierter in das Vorgehensmodell. Auf die Schnelle erkenne ich folgenden Inhalt:

„1. Artikel schreiben und von Kaderleitung freigeben lassen. Inhalte sollten klar die Vorzüge unseres Systems aufweisen, sowie Kerninhalte der Partei als Initiator preisen. Wenn wir unsere Partei stark machen, können wir immer mehr unsere Lösung, die einzig wahre Lösung einführen.

2. Nach Freigabe kann der Artikel in unserem Tool hochgeladen werden. Dieses veröffentlicht die Artikel auf diversen Online-Portalen und sorgt mit Hilfe von bots gleich für ausreichend traffic, um bei den Suchmaschinen schnell oben zu landen.

3. Die Artikel in allen Social Media Profilen teilen und gegenseitig auch in den Kommentaren anpreisen. Dies profiliert die Meinungsbildung in der Bevölkerung."

Hierunter folgt einer Liste diverser Profile in den sozialen Medien. Bei jedem sozialen Medium scheint es mehrere Konten zu geben.

In diesem Moment erscheint eine Notiz, dass es eine neue E-Mail gibt. Ich gehe in das E-Mail-Postfach.

Die neueste E-Mail hat den Betreff, „Klassenfeind 10b entlaufen". Instinktiv lösche ich diese sicherheitshalber. Weitere E-Mails haben folgende Betreffs wie:

- „Alles für den Staat, wie du uns diese Woche speziell unterstützen kannst"
- „Nach erfolgreichem Wahlergebnis: Ideenwettbewerb ‚Kapitalismus in die Knie'"
- „Die neuesten Artikel, für alle. Alle teilen, jetzt!"
- „GegenKa – Unsere Exekutive des Volkes bald mit noch mehr Möglichkeiten"
- „Projekt BrainConnect startet jetzt auch an Menschen"
- „Neuigkeiten von Partnern aus aller Welt"
- „Lang lebe unsere Partei, in der Gemeinschaft stark, ein Rückblick"

Auf einmal höre ich es von der Tür abgehend piepen. Jemand scheint den Raum betreten zu wollen. Die Tür müsste sich nach innen öffnen. Ich laufe schnell hinter die Tür, kurz bevor sie sich öffnet.

Das Licht geht an. Rechts neben mir stehen Stahlstangen eines scheinbar noch nicht aufgebauten Regals an der Wand.

Erst tritt eine, dann eine weitere Person ein.

Die Tür schließt wieder. Ich greife eine stabile und dicke Stange und ziehe zuerst der ersten Person von hinten über den Kopf, dann auch der zweiten Person. Beide gehen sofort zu Boden.

Alles passiert schnell. Die zwei hatten keine Zeit zu reagieren oder zu schreien, waren scheinbar überrascht. Ich schaue mich um. In einem Regal in der Nähe liegt eine Rolle Panzertape. Unmittelbar ergreife ich dieses.

Ich ziehe die beiden Körper in eine versteckte Ecke und fessle sie an Armen, Beinen und Mund.

Was soll ich denn jetzt bloß tun? Wie komme ich hier raus? Soll ich die beiden als Geiseln nehmen? Würde das überhaupt erfolgreich sein? Könnten diese kranken Leute hier nicht auch auf zwei Personen verzichten, wenn es um das Wohl ihrer Partei geht? Ich kann mir vorstellen, dass diese Informationen nicht nach draußen gelangen sollen.

An einem der Computer ist ein Ladekabel angeschlossen, welches zu meinem Mobiltelefon passt. Lang lebe die Vereinheitlichung von Ladekabeln. Ich schließe es an und ermögliche eine Datenverbindung. Unmittelbar kopiere ich so viele Dokumente wie möglich herüber. Darunter sind Textdokumente, Tabellenkalkulation, Fotos und gespeicherte E-Mails.

Agent Pfeiffer: Rote Fahnen im Wind

Noch immer scheinen die beiden bewusstlos zu sein. Jemand klopft an der Tür. Ich ziehe sofort das Ladekabel ab und verstaue Kabel und Telefon in meiner Jacke, aber was jetzt? Wohin jetzt?

Von draußen höre ich eine Frau rufen, „wie ist der Code für den Presse-Raum? Max und Günther öffnen nicht. Ich sollte ihnen Kaffee bringen."

„Einen Moment," antwortet eine andere weibliche Stimme.

Sofort begebe ich mich wieder zum Wäscheschacht. Vorsichtig betrete ich ihn und greife oben wieder nach einem Halt. Nach kurzer Zeit finde ich wie vorher im oberen Stockwerk wieder einen Halt und ziehe mich hoch.

Durch die übertapezierten Ritze der Klappenöffnung höre ich ein piepen. Jetzt muss ich mich wieder ruhig verhalten.

„Danke und bis später" höre ich jemanden sagen. Die Tür schließt.

„Huch, was ist denn mit der Tapete passiert?" Kommentiert eine weibliche Stimme fragend.

Meine Hände werden immer feuchter vom Schweiß. Meine Muskeln müssen schon extrem kämpfen, um mich oben zu halten.

Schritte kommen näher. Jemand klopft am Wäscherohr und kommentiert, „huch, was ist denn das, ein Rohr?"

Zumindest scheinen die beiden Körper gut versteckt zu sein. Die Assistentin, Praktikantin oder was für eine Rolle sie auch immer spielt, hat die beiden scheinbar noch nicht entdeckt.

Das Erwachen

Licht strömt ins Rohr, die Klappe ist offen. Ein Kopf regt sich in den Schacht.

Meine Finger rutschen ab, ich falle, treffe den Kopf zunächst noch, bevor es im freien Fall hinuntergeht. Ich habe sie hoffentlich nicht schwer verletzt. Bewusstlos sollte sie aber schon sein.

Ich falle für einige Sekunden, versuche, mich mit den Händen abzubremsen, hilft aber nicht viel, als sich der Schacht zur Seite neigt und ich etwas bremsend weiter hinunterrutsche. Ich lande in einem Haufen voller stinkender Wäsche, der mich zum Glück sanft bremst.

In diesen neuen Raum gelangt Licht lediglich durch ein mattes Fenster in der Tür. Es riecht hier schon recht abartig. Der Geruch ist schwer zu beschreiben. Es ist ein Gemisch aus vielen verschiedenen Sachen. Vorsichtig krieche ich aus dem Wäschehaufen und schleiche in Richtung Tür, wo ich für einige Minuten lausche. Es ist nichts zu hören. Langsam und vorsichtig öffne ich die Tür nach außen.

Flackernde Neonröhren an der Decke erhellen den Raum. Diese verursachen zudem ein leises, unregelmäßiges Summen.

Wände, Decken und Boden sind aus reinem Sichtbeton. Auf Dekoration wurde hier kein Wert gelegt. Hoffentlich gibt es hier einen sicheren Weg raus. Wenn ich unentdeckt bleibe, dann sicher hier.

Von der Decke tropft es manchmal. Es ist schwer zu sagen, ob es sich um einen Wasserschaden oder um Schwitzwasser handelt. Am Boden gibt es auf jeden Fall mehrere kleine Pfützen.

Agent Pfeiffer: Rote Fahnen im Wind

Ich versuche, im trockenen zu laufen. Nasse Schuhe könnten Spuren hinterlassen.

Im ersten Raum rechts befinden sich technische Anlagen für die Wasser- und Gasversorgung. Auf der gegenüberliegenden Seite scheint sich ein Notstromaggregat zu befinden. Die Beschriftung auf den Geräten ist auf Russisch.

Im weiteren Laufe des Ganges gibt es rechts einen größeren Raum, der scheinbar für An- und Ablieferungen verwendet wird.

Auch dieser Raum wird durch flackernde Neonröhren schwach beleuchtet. Links gibt es ein Tor zur Be- und Entladung von Lastkraftwagen. Auf der anderen Seite stehen ein Haufen Kartons. Auch die Beschriftung auf diesen ist auf Russisch. Einige Kartons sind offen.

Ich nähere mich ihnen und schaue hinein. Dies scheinen Propaganda-Materialien für die Partei zu sein. Es gibt in verschiedenen Kartons Flyer, Zeitschriften und rote Fahnen. In einem Karton gibt es sogar dunkelgraue Masken zum Vermummen von Gesichtern. Auch technische Geräte befinden sich in den Kartons.

Was sind das für Geräte? Sind das Abhörgeräte oder GPS-Empfänger? Werden Parteifeinde ausspioniert? Erfolgt alles in Kooperation mit Russland? Oder bin ich hier sogar in Russland, in einer Außenstelle der Partei? Die Zeitschriften und Flyer sind aber auf Deutsch.

Mit meinem Mobiltelefon nehme ich Fotos von jeder Kiste. Beweise könnten nützlich sein.

Nichtsdestotrotz, ich muss hier raus, aber wie?

[26]

Das Erwachen

Vorsichtig schleiche ich mich zum Tor. Auf der rechten Seite erkenne ich jetzt auch eine separate Tür. Ich begebe mich dort hin und lausche. Durch das Schlüsselloch dringt etwas Licht in den Raum. Ich schaue hindurch.

Hinter dieser Tür ist zunächst eine Rampe, die vom Erdgeschoss hier runterführt. Durch das Loch strömt eine Luft wie nach dem Regen hinein, saubere Luft. Ich hoffe nur, die Luft ist auch rein hinter dieser Tür. Die Tür scheint wirklich nach draußen zu führen, was für ein Glück.

All meinen Mut nehme ich zusammen und öffne die Tür. Sie ist glücklicherweise nicht verschlossen. Was für eine Lücke im Sicherheitssystem.

Ich Verlasse die Laderampe und gehe langsam die Rampe ins Erdgeschoss hoch.

Je näher ich komme, desto klarer erkenne ich, dass das Gebäude an einer Hauptstraße liegt. Relativ viele Autos passieren die Auffahrt.

Ich warte im Schatten des Ganges einige Autos ab, auf eine passende Gelegenheit. Vielleicht gibt es ja einen LKW auf den ich verdeckt aufspringen kann.

Der Regen wird wieder stärker. Vermehrt prallen Tropfen vom Boden ab und spritzen in meine Richtung. Es bildet sich ein kleiner Fluss am Boden die Rampe herunter.

Nach einigen Minuten erkenne ich ein Taxi und halte es an. Das Geld in meiner Hosentasche sollte noch für eine Fahrt ausreichen.

Eilig springe ich ins Taxi und sage, „einmal zum nächsten Bahnhof bitte."

„Ok," bestätigt der Fahrer und aktiviert das Taxameter.

Flucht mit Hindernissen

Der Taxifahrer ist ein älterer, vermutlich türkischstämmiger Herr. Er hat ein Lächeln auf seinen Lippen und scheint gut gelaunt zu sein.

„Sie sind wohl auf der Flucht?" Fragt er.

Woher weiß der das? Weiß er es? Was sage ich jetzt bloß, ohne mich zu verraten?

„Ja, auf der Flucht vor dem Regen. Der ist momentan schon heftig," kommentiere ich und versuche, ein Lächeln auf meine Lippen zu zaubern. Ich hoffe, er hat dies auch als Lächeln wahrgenommen.

Ich schaue durch die Fenster. Wir befinden uns in einer Kleinstadt. Viele Geschäfte und Wohnungen scheinen verlassen zu sein. Die Straßen sind gut erhalten, aber zumeist leer. Die Gebäude hingegen zerfallen teilweise schon.

Auf den Straßen gibt es bald nicht mehr viele Autos. Neben den leicht beschlagenen Fenstern sind zudem meine Augen immer noch etwas schwach. Anhand der Nummernschilder könnte ich sonst ausmachen, wo ich mich befinde.

Die Umgebung wird langsam wieder ländlicher. Ich hoffe, er fährt mich wirklich zum Bahnhof und gehört nicht zu der Partei.

Der Fahrer biegt links ab und fährt auf einige kleinere rote Gebäude mit auch roten Dachziegeln zu. Zwischen den Gebäuden befinden sich drei Betonpfeiler die in der Mitte so etwas wie einen Adler tragen.

Flucht mit Hindernissen

Ist dies wirklich ein Bahnhof oder nur ein weiteres Gebäude der Partei und ich komme jetzt in spezielle Haft? Was soll ich bloß machen? Die Angst lähmt mich etwas.

Kurze Zeit später fahren wir in einen Tunnel hinein. Langsam wird es hier echt unheimlich. Wenigstens ist der Tunnel etwas beleuchtet.

Aus dem Tunnel fahren wir wieder ins Licht und biegen Rechts in Richtung der roten Gebäude ab.

Auf der rechten Seite erkenne ich zum Glück auch Schienen. Das beruhigt mich schon etwas, oder werde ich womöglich in Richtung Russland deportiert oder entführt werden?

Vor einem Eingang hält der Fahrer an.

„Das macht acht Euro Vierzig bitte", nennt er mir den Preis für die Fahrt.

Noch leicht irritiert greife ich in die Tasche und erwische einen zwanzig Euro scheinen.

„Zehn Euro bitte," antworte ich, um nicht zu sehr wie auf der Flucht zu wirken, während ich ihm das Geld reiche, „und eine Quittung."

„Jawohl," antwortet der Fahrer, gibt mir das Wechselgeld und stellt die Quittung aus.

„Danke und einen tollen Tag noch," verabschiede ich mich.

„Ihnen auch," höre ich noch aus dem Hintergrund während ich ins Trockene laufe.

Agent Pfeiffer: Rote Fahnen im Wind

Am Bahnhof angekommen hoffe ich, dass es hier nicht irgendwelche Parteimitglieder gibt, die mich erkennen. Ist es klug, bereits heute mit einem Zug zu verschwinden oder sollte ich womöglich noch etwas warten? Wo bin ich hier überhaupt?

Auf einem Schild im Gebäude erkenne ich, „Frankfurt (Oder)". Wohin sollte ich von hier denn bloß fliehen?

Ich schaue mich kurz im Gebäude um. Ein Fastfood-Restaurant, ein Café, ein Zeitungsladen, viel mehr gibt es hier nicht.

Vermutlich kennt hier jeder jeden und unbekannte Gesichter fallen sofort auf. Ich sollte mich wirklich noch ein oder zwei Nächte verstecken, untertauchen, bis sich die Lage beruhigt hat. Sofort verlasse ich die Bahnhofshalle wieder.

Auf der rechten Seite erkenne ich einen kleinen Wald. Möglichst unauffällig mache ich mich auf den Weg dorthin.

Ich schlendere in schneller Schrittgeschwindigkeit durch den Regen. Leider habe ich keine Kapuze mit der ich mein Gesicht verstecken könnte.

Im Wald angekommen, fällt mir sofort auf, dass das Gebiet viel zu klein ist. Hier werde ich nicht lange Unterschlupf finden oder doch?

Aus der Ferne erkenne ich ein Baumhaus. Ich stapfe quer durch den Wald dorthin.

Das Häuschen scheint dort schon länger zu stehen. Das Holz des Hauses, sowie der herunterhängenden Leiter sehen bereits grünlich aus, von leichtem Moos bedeckt.

Flucht mit Hindernissen

Mit Vorsicht ziehe ich langsam an der Leiter und immer stärker. Sie scheint mich zu halten. Sofort klettere ich die Leiter hoch. In dem Baumhaus gibt es ein paar Äpfel in einer Schale, Decken, sowie eine Plastikplane. Das Dach ist dicht.

Ich ziehe die Leiter hoch, nehme einen Apfel und beiße genüsslich hinein. Das ist so wohltuend. Die anderen Äpfel lege ich an die Seite und fange mit der Schale Regenwasser auf.

Bereits früh trinke ich die erste Schale aus und lasse es erneut volllaufen.

Jetzt lege ich mich hin, decke mich zu und falle sofort in einen tiefen Schlaf.

Im Schlaf habe ich einen merkwürdigen Traum. Dieses Mal wirkt er viel realer, als wenn ich sonst träume:

Die Sonne scheint unermüdlich auf mich hinunter. Ich bin auf der Straße mit vielen anderen. Ich verstehe nicht, was gerufen wird, dazu ist es zu undeutlich. Viele Leute tragen die Farben rot, gelb und blau in Shirts oder Mützen.

An den Seiten der Straße stehen Wachleute, schwer bewaffnet und mit großen Schutzschildern.

Die Geschäfte am Straßenrand sind leer. Leere Regale über und über. Die Demonstration verläuft friedlich.

Auf einmal fliegen qualmende Gegenstände auf die Straße, direkt vor uns. Ich bin fast ganz vorne bei der Demonstration. Vermummte Mit-Demonstranten laufen vor und werfen sie zurück in eine Mauer schwarz gekleideter Sicherheitskräfte. Sofort fliegen mehr dieser Rauchbomben auf uns zu.

Agent Pfeiffer: Rote Fahnen im Wind

Die Demonstration kommt zum Stillstand. Die Leute schreien lauter. Es geht wohl um fehlendes Essen, fehlende Sicherheit und eine Korrupte Regierung, die die Wirtschaft zum Zusammenbruch gebracht hat.

Auf einmal fallen Schüsse. Vier oder fünf der Demonstranten gehen zu Boden. Die Masse drückt mich nach vorne, andere Demonstranten laufen weg. Weitere Schüsse fallen und mehr Demonstranten gehen zu Boden. So auch ich, aber ich krieche wohl zurück, vielleicht in Sicherheit? Ich habe nicht wirklich Kontrolle über meinen Körper.

Plötzlich werde ich wieder wach. Es hat aufgehört zu regnen. Es wird bereits dunkel. Sollte ich in der Dunkelheit ein sichereres Versteck suchen? Ich denke, ich bin hier noch immer zu zentral, zu offensichtlich ist dieses Baumhaus. Ich bewege mich ein wenig in Richtung Tür meines Unterschlupfes.

An der Straße erkenne ich, wie Leute in der Abenddämmerung spazieren gehen. Zwei weitere Personen sprechen diese an und zeigen dabei einen Zettel. Soweit ich es sagen kann, scheinen alle Personen mit dem Kopf zu schütteln. Sind diese Personen jetzt aktiv auf der Suche nach mir? Vielleicht sollte ich mich zu Fuß auf den Weg an einen anderen Ort machen.

Ich kann nur hoffen, dass mich der Taxifahrer erkannt und der Partei bestätigt hat, dass ich zum Bahnhof bin. Vielleicht werden sie dann davon ausgehen, dass ich abgereist bin. Oder ist der Taxifahrer vielleicht komplett auf meiner Seite gewesen? Vielleicht hat er ihnen bestätigt, er hätte mich irgendwo anders hingebracht.

Flucht mit Hindernissen

Wie dem auch sei, ich kann nur vermuten und brauche Fortschritte, muss mich irgendwie in Sicherheit bringen. Berlin ist relativ nahe und eine riesige Stadt, aber hat die Partei dort auch viele Anhänger, glaube ich, aber woher weiß ich das?

Mit ruhigen Bewegungen begebe ich mich wieder zurück ins Innere des Baumhauses.

„Herr Genosse, der GPS Sensor im Telefon zeigt aber, dass er sich hier in der Umgebung aufhält," höre ich im Hintergrund jemanden rufen.

„Kamerad, das mag sein, vielleicht war er schlau genug, sein Telefon weg zu schmeißen. Du weißt, dass der Satellitenempfang in der Gegend hier auch mal irreführend sein kann," ertönt eine Antwort, „ich sehe ihn nicht und gehe fest davon aus, dass er schon lange nicht mehr in der Stadt ist. Lass uns nach Hause gehen." Die Stimmen sind bereits ganz in der Nähe.

Natürlich, über das Telefon können sie mich orten. Wieso habe ich daran bloß nicht vorher gedacht? Aber ich kann ja aus meinen Fehlern lernen.

„Herr Genosse, geben Sie mir bitte die Nummer. Ich will versuchen, das Telefon anzurufen. Vielleicht klingelt es ja," ertönt ein weiterer Kommentar, bereits wieder etwas entfernt.

„Ich werde es selbst versuchen," kommt die Antwort rasch.

Ich greife sofort hastig mein Telefon und hoffe, sie haben es nicht gehört. Den Bildschirm aktiviere ich und regele den Klingelton herunter. Es fängt an zu vibrieren. Auch

[33]

das Vibrieren schalte ich so schnell wie möglich aus, bevor ich das Display wieder deaktiviere.

„Schau dort," sagt einer der beiden?

„Was denn?" Fragt der Andere.

„Ich glaube, ich habe da hinten ein Licht gesehen, wie von einem Display," erklärt der erste.

„Dann hin da," antwortet der Zweite.

Schritte kommen näher, es raschelt. Sie stapfen durch die Blätter am Boden des Waldes. Teilweise brechen kleinere Äste. Sie nähern sich immer weiter. So ein Mist, vielleicht hätte ich das Mobiltelefon einfach wegwerfen sollen, anstatt den Ton auszuschalten. Jetzt ist es zu spät. Das war wohl nicht meine weiseste Entscheidung heute. Ich rolle mich so weit wie möglich an eine Wand und mache mich so schmal wie möglich.

Übereifrig werfe ich auch das Handy so weit weg wie ich kann. Ich höre, wie es durch die Äste fliegt und am Boden landet.

„Hast du das gehört?" Fragt einer der beiden nach.

Die Antwort kommt sofort, „ja, da vorne laufen ein paar Hasen."

„Ok und schau da, da ist ein Baumhaus. Versteckt er sich wohl da oben?" Fragt der erste nach.

„Das werden wir herausfinden," antwortet der Andere, „wir haben Schusserlaubnis."

Alles was ich danach noch Höre ist das Klicken von Gewähren und Schüsse. Die beiden schießen fleißig

Flucht mit Hindernissen

durch den Boden meines kleinen Häuschens. Mit jedem Schuss kommen sie näher.

Die durch die Luft fliegenden Kugeln und Holzsplitter erzeugen ein schwachen, aber spürbaren, unregelmäßigen Windzug.

Ich bemühe mich, mich nicht zu bewegen, nicht zu schreien, möglichst flach und wenig zu atmen.

Jede Sekunde kommt mir wie eine Ewigkeit vor. Kurze Zeit später verstummen die Schüsse. Ohne weitere Kommentare höre ich wieder Schritte durch den Wald stapfen. Sie entfernen sich wieder.

Ich bleibe hier genauso wie bisher liegen. Das Adrenalin in meinem Blut erlaubt es mir scheinbar, eine unglaubliche Körperspannung aufrecht zu erhalten. Nachdem ich dies überlebt habe, will ich sichergehen, dass ich nicht durch einen weiteren meiner Fehler auffalle.

In dieser Position verharre ich lange Zeit, bestimmt eine halbe Stunde lang. Eine Uhrzeit habe ich leider nicht mehr, ohne Handy. Was soll ich jetzt bloß machen? Ich muss hier weg, in Sicherheit, ich muss abtauchen oder zur Polizei, aber in ein Revier weit weg von hier, weg von den Einflüssen der Partei.

Vielleicht hilft es ja, auf die polnische Seite der Stadt zu gelangen, aber wurde auch Polen lange von sozialistischen Regimen beeinflusst. Was soll ich bloß machen?

Erst einmal lege ich mich etwas entspannter auf den Boden, oder was davon übrig ist. Das Dach, die Decken, die Plastikplane und die Schüssel sind von den Kugeln

Agent Pfeiffer: Rote Fahnen im Wind durchlöchert oder zerbrochen. Ich habe wirklich ein unglaubliches Glück gehabt.

Inzwischen ist es Nacht. Nur der Mond und die Sterne durchströmen die Dunkelheit noch mit Licht. Es ist aber gut, zu wissen, dass es selbst in der dunklen Nacht noch das Licht des Mondes und der Sterne gibt. Sie bringen Licht ins Dunkel und Hoffnung in meine Seele. Die Wohnhäuser auf der anderen Straßenseite haben ihre Lichter inzwischen ausgeschaltet.

Vorsichtig schaue ich mich möglichst genau um. Es sind einige Tiere zu sehen, aber keine Menschenseele. Kann ich mir jetzt im Schutz der Nacht ein neues Versteck suchen? Ich denke, ich sollte es tun, fernab vom Telefon. Ich denke, die Typen werden morgen wieder nach dem Telefon suchen.

So bewege ich mich zur Hängetreppe und lasse sie wieder herunter. Stufe für Stufe gehe ich diese hinunter. Zum Glück hat sie den Kugelhagel überlebt. Die Müdigkeit vom Eingriff macht mir, meiner Muskulatur, meinem Kreislauf immer noch zu schaffen.

Mit viel Anstrengung schlendere ich durch den Wald in Richtung Straße. Auf der linken Seite ist ein Notariat. Kann ich denen vielleicht vertrauen? Besser ist, nicht, nachher arbeiten die noch zusammen.

Also gehe ich weiter in Richtung der Gubener Straße. So steht es auf dem Straßenschild.

Am Fahrbahnrand stehen Autos. Vielleicht hat ja jemand die Tür oder den Kofferraum aufgelassen.

Hoffnungsvoll gehe ich in Richtung der parkenden Autos. Ich versuche alle Türen von einem, von zwei und drei

[36]

Flucht mit Hindernissen

Fahrzeugen, als auf einmal ein Alarm losgeht. Erschrocken laufe ich weg, weit weg. Die sollten davon ausgehen, dass es ein Tier war.

Nach einiger Zeit wechsle ich rüber auf eine Parallelstraße. Hier stehen auch wieder Autos. Ich versuche jetzt nur, die alten Autos zu öffnen, die Autos in denen nichts von innen blinkt. Ich will kein weiteres Risiko eingehen, kein Aufsehen erregen.

Nachdem ich fünf weitere Autos versucht habe, habe ich endlich eines gefunden, bei dem die Fahrertür aufgeht. Ich setze mich rein und öffne die Klappe zu den Kabeln unter dem Lenkrad.

Es ist schon wieder unheimlich, woher ich weiß, wie es geht. Bin ich ein Verbrecher? Ein Autodieb?

Auf jeden Fall finde ich auf Anhieb die richtigen Kabel, als ob ich es direkt wüsste und ich schließe das Auto kurz. Ich schließe die Tür und fahre los.

Jetzt schnell raus hier. Ich folge der Straße, bis sie zum Buschmühlenweg wird. Die Umgebung wird mehr und mehr ländlich. Dieser Straße folge ich über mehrere Kilometer. Das Radio schaltte ich nicht ein, ich will keine Ablenkung, ich will konzentriert und sicher fliehen, davonkommen.

Über diverse Landstraßen fahre ich, nicht zu schnell, aber auch nicht auffällig langsam. Der Tank ist noch halb voll. Auf diese Weise sollte ich es in Sicherheit schaffen. Ich fahre durch Ortschaften wie Lossow, Helenesee, Schlaubetal, Berkenbrück und Fürstenwalde, bis ich erkenne, dass mein Tank fast leer ist. Vorsorglich verschanze ich mein Fluchtauto im Wald und mache mich auf den Weg in die Stadt von Fürstenwalde.

[37]

Agent Pfeiffer: Rote Fahnen im Wind

Auf dem Weg wünschte ich mir, ich hätte ein Telefon, eine Möglichkeit, ein Taxi zu rufen. Zudem sind all meine Beweise lediglich auf meinem Telefon gewesen. Wie soll ich jetzt bloß irgendwen von meinem Erlebnis überzeugen? Die werden denken, ich sei verrückt.

Beim Betreten der Stadt sehe ich eine Zeitung auf dem Boden liegen. Ich hebe sie auf.

„Opposition will Kanzlerin in die Knie zwingen", steht in der Überschrift der Titelmeldung, mit dem Zeichen der Partei oberhalb der Kanzlerin, als ob die Partei diese bedroht oder ja, in die Knie zwingt. Ich muss was Unternehmen. Ich muss diese sozialistische Partei irgendwie in die Schranken weisen, aber wie, so ohne Beweise?

Da werde ich mir Unterstützung suchen müssen, um uns gemeinsam für Recht und Ordnung einzusetzen, für die Demokratie und Freiheit jedes Bürgers.

Die Zeitung verweist darauf, dass heute, morgen oder vor kurzem der 27. Juli 2022 ist.

Ich klemme die Zeitung unter meinen Arm und schlendere weiter. Hier muss ich eine neue Transportmethode finden.

In manchen der Häuser an denen ich passiere hängen kleine Fähnchen der Partei im Fenster.

Was ist hier los? War ich irgendwie länger ausgeschaltet oder erinnere ich mich bloß nicht mehr?

Die Fähnchen sind ein Zeichen, dass ich auch hier vorsichtig sein muss, wem ich traue. Aber wie skrupellos muss die Partei sein, wenn sie an die Mitglieder kommuniziert, dass jemand den sie gefangen haben entflohen ist?

Flucht mit Hindernissen

Müsste dies nicht dazu führen, dass Fragen bezüglich der Arbeitsmethoden der Partei aufgeworfen werden? Ich meine, das wäre doch skandalös.

Oder schafft es die Partei, über Gehirnwäsche und die Verbreitung von Falschmeldungen, dass ich als Staatsfeind angesehen werde? Glauben ihre Anhänger jede Lüge und Übertreibung die sie erzählen? Ihre Falschmeldungen scheinen deren Aussagen zumindest zu untermauern. Gerissen sind die schon.

Vielleicht hätte ich einen Artikel in deren Tool hochladen sollen, ein Artikel der die Skandale dort aufdeckt, aber so viel Zeit hatte ich dann doch nicht.

Oder bin ich etwa doch ein Verbrecher, einer der böses tut und in Haft gehört? Ich weiß es nicht, aber meine Gedanken unterstützen eher die Annahme, dass ich ein guter Mensch bin, finde ich.

Nach kurzer Zeit erkenne ich zum ersten Mal bewusst mein Gesicht. Im Auto wollte ich nur fliehen, da hatte ich keinen Kopf dafür, aber jetzt, hier im Schaufenster eines kleinen Modegeschäfts sehe ich mich.

Ich sehe so aus wie die Person auf dem Pass, nur älter. Dann bin ich also Michael Pfeiffer, 30 Jahre, geboren in Hamburg.

An der rechten Seite meines Kopfes ist ein schmaler Teil der Haare wegrasiert. Klammern halten eine Wunde zusammen.

Wieso ist dem Taxifahrer das vorher nicht aufgefallen oder war er wirklich einfach nur auf meiner Seite? Gibt es selbst in Territorien, Hochburgen der Feinde auch Freunde?

Agent Pfeiffer: Rote Fahnen im Wind

Ich scheine Glück gehabt zu haben. Was ich jetzt aber benötige ist eine Mütze, und vielleicht auch neue Kleidung.

Unermüdlich durchquere ich diverse Straßenzüge, hier in Fürstenwalde, bis ich an einen Altkleidercontainer komme. Aufgerissene Tüten liegen bereits vor dem Container.

Sorgfältig suche ich nach passender Kleidung. Als ich diese gefunden habe, gehe ich in eine dunkle Ecke und wechsle meine Kleidung. Sowohl die Tacker im Kopf, als auch den zentralen Venenkatheter am Hals verdecke ich mit großer Sorgfalt.

So wenig wie nur möglich will ich jetzt auffallen. Meinen Reisepass und das Geld nehme ich aus meiner Kleidung, bevor ich sie direkt in den Altkleidercontainer stecke.

Mit einem etwas erleichterten Gefühl, einem Gefühl der Sicherheit streiche ich jetzt weiter durch die Straßen. Eine Apotheke zeigt die Uhrzeit. Es ist drei Uhr morgens. Ich denke nicht, dass jetzt noch ein Bus oder eine Bahn fährt.

Also mache ich mich wieder auf die Suche nach einem billigen Gefährt. Ich werde fündig, schließe es kurz und mache mich weiter auf den Weg nach Berlin. Im Auto durchquere ich Erkner und fahre bis nach Berlin-Köpenick.

In einem Ortsteil namens Friedrichshagen stelle ich das Auto auf einem privaten Parkplatz ab. Hier sollte es bald abgeschleppt werden.

Zu Fuß gehe ich weiter in eines der größeren bewaldeten Gebiete in der Umgebung. Bald finde ich den Hochsitz eines Jägers. Ich steige hoch, lege mich hin und schlafe ein. Was für ein Tag.

Dein Freund und Helfer

Am nächsten Morgen wache ich mit einer großen Frage im Kopf auf: Wer bin ich? Was tue ich? Wo komme ich her?

Mit meinem Mobiltelefon habe ich nicht nur alle Beweise, sondern auch alle meine Kontakte, E-Mails, Social Media-Zugänge und Fotos aus der Vergangenheit verloren. Irgendwie muss ich aber herausfinden wer ich bin. Was mache ich bloß?

Meine Wahrnehmung war gestern noch verschwommener als heute, aber wenn ich mich recht erinnere, dann war da eine Frau auf dem Display des Smartphones und wenn es so ist, ist sie meine Freundin oder Frau? Sie macht sich sicher sorgen um mich und wenn die Typen von gestern einen GPS Sender installiert haben, wissen sie auch von ihr? Ist sie in Gefahr?

Diese Flucht ist noch lange nicht vorbei. Vielleicht sollte die Flucht auch eine Rettungsmission werden, aber wen rette ich? Wer ist sie? Ich muss das irgendwie herausfinden.

Heute Morgen tut mein Körper ganz schön weh. Er ist sehr erschöpft, aber ich musste die Chance nutzen, zu fliehen. Jetzt muss ich aber auch meinen zentralen Venenkatheter loswerden. Die Wunde, welche die Klammern in meinem Kopf zusammenhalten ist noch zu frisch, zumindest nach dem zu urteilen, was ich im Schaufenster und im Rückspiegel auf der zweiten Fluchtfahrt erkennen konnte. Was ist bloß mit mir passiert?

[41]

Agent Pfeiffer: Rote Fahnen im Wind

Vorsichtig setze ich mich auf. Zunächst schmerzen meine Muskeln. Sie weigern sich, schon wieder aktiv zu werden, aber es nutzt ja nichts. Ich bin noch zu dicht am gestohlenen Auto. Noch bin ich nicht in der Anonymität der Großstadt, in Sicherheit, an einem Ort, an dem ich nach mir und ihr suchen kann, mich finden kann, lernen kann, wer ich bin.

Vielleicht werde ich paranoid, aber es ist unglaublich, wie weit die unsichtbaren Greifarme dieser Partei reichen. Ich bin mir nicht einmal mehr sicher, ob ich zur Polizei gehen kann. Vielleicht ist auch die unterlaufen.

Im Grün des sommerlichen Waldes sehe ich vereinzelt Eichhörnchen in den Bäumen. Sie springen fröhlich und wie es scheint unbefangen von Ast zu Ast. Oder fühlen sie sich vielleicht gejagt und versuchen, sich zu verstecken?

Durch die Baumstämme hindurch erkenne ich am Horizont die Sonne aufgehen. Sie taucht aus einem roten und orangenen Gemisch am Horizont langsam auf, immer höher und schenkt dem Tag ihre Wärme. Als romantisch und schön könnte man es erachten. In mir regt sich aber eher der Drang nach einem sicheren Ort. Die Sonne geht auf. Dies bedeutet: ich muss los, fliehen, mich in Sicherheit bringen, abtauchen.

Noch etwas wackelig auf den Beinen, zwinge ich mich langsam die Treppe des Hochsitzes hinunter. Und stapfe in den Boden des Waldes.

Das Laub am Boden ist noch feucht vom Morgentau. Erst jetzt realisiere ich auch den wunderschönen Gesang der Vögel der Umgebung. In der Entfernung erkenne ich ein Reh, wie es mit dem Maul scheinbar etwas im Laub sucht.

Dein Freund und Helfer

Ich tue einen Schritt in Richtung des Rehs. Vielleicht ist es ja zutraulich. Unter meinen Füßen höre ich einen Ast brechen. Das Reh schreckt unmittelbar auf. Ich bleibe stehen, bewege mich nicht, bis das Reh wieder zwischen dem Laub am Boden weiter nach etwas sucht. Erst jetzt wage ich einen weiteren Schritt. Die Blätter unter meinen Füssen rascheln. Das Reh schaut wieder auf. Dieses Mal bleibe ich nicht stehen, sondern gehe noch einen Schritt voran, aber das Reh flieht unmittelbar. Es begibt sich in Sicherheit, wie ich es tun sollte. Diese kriminellen haben eine Schussfreigabe. Wenn Jäger von hier zum engeren Kreis gehören, dann bin ich hier ganz und gar nicht sicher.

So schnell, wie es mein Gesundheitszustand zulässt, stapfe ich durch den Wald. Ich gehe nicht in Richtung der Stelle, wo ich das Auto abgestellt habe, sondern weiter in Richtung Norden, weg von da.

Zunächst schleiche ich quer durch den Wald, aber schon bald stoße ich auf einen Waldweg. Dieser sollte mich in die Zivilisation oder zumindest an eine Straße führen.

Für einige hundert Meter stapfe ich durch den Sand der den Waldweg kennzeichnet. Auch dieser ist noch feucht vom Morgentau. Er klebt unter und auch an den Seiten meiner Schuhe.

Aus der Entfernung erkenne ich eine Straße. Auf der gegenüberliegenden Seite ist ein Schild, ein weißes S in einem grün ausgefüllten Kreis ist darauf zu erkennen. Darunter ist ein Pfeil nach links.

Ich nähere mich vorsichtig der Straße. Solche verlassenen Straßen erachte ich als besonders gefährlich. Wenige Meter vor der Straße biege ich deshalb bereits vorsorglich nach links ab. Ich wähle einen Weg

Agent Pfeiffer: Rote Fahnen im Wind quer durch den Wald, im Schutz der Bäume und Büsche. Allerdings bereitet mir das Rascheln der Blätter unter meinen Füßen ein wenig Sorgen. Langsamer zu gehen, macht es nicht wirklich leiser, also beeile ich mich.

In der Entfernung tauchen auf meiner Straßenseite erste Gebäude auf. Ich nähere mich in geduckter Haltung der Straße. Ein, zwei Autos passieren direkt hintereinander, weshalb ich mich schnell auf den Boden lege. Ich weiß nicht mehr, wem ich hier noch trauen kann.

Auf der gegenüberliegenden Straßenseite scheinen sich noch keine Gebäude zu befindens.

Also krieche ich näher zur Straße und schaue aus. Ich gehe sicher, dass sich kein Auto nähert, bevor ich schnell aufstehe und über die Straße eile.

Auf dieser Seite gehe ich etwas tiefer in den Wald. Niemand in den Häusern soll Verdacht schöpfen.

So schnell wie es mein Zustand zulässt hurte ich durch jetzt durch den Wald, entlang der Straße, in Richtung S-Bahn. Der Bushaltestelle „Brösener Straße" gebe ich keine Chance. Nicht anonym genug wäre es, mit dem Bus zu fahren. Ich darf mir keine weiteren Fehler erlauben. Auch einige Waldwege überquere ich auf meiner Flucht durch den Wald mit Vorsicht.

Einige hundert Meter später nähern sich auch auf meiner Seite Gebäude. Sie kommen so nahe, dass ich es als besser und sicherer erachte, dem Gehweg direkt zu folgen.

Also wechsle ich auf den Gehweg. In der Distanz ist die S-Bahn-Station immer deutlicher erkennbar.

[44]

Dein Freund und Helfer

Frisch motiviert treibt mich die Sehnsucht nach Sicherheit in der Anonymität der Großstadt in einen schnelleren Gang, voran in Richtung des relativ anonymen Ausweges.

Kurz vor dem Eingang hält auf einmal ein Polizeiauto neben mir. Das Seitenfenster geht runter.

„Guten Morgen, ist alles gut bei Ihnen?" Fragt mich der Polizist, der auf dem Beifahrersitz sitzt.

Nervös antworte ich, „ja, alles gut, ja, ich war nur gerade spazieren."

Er hakt nach, „Ist Ihnen was passiert? Ihre Kleidung ist voller Laub."

Ich antworte, noch nervöser, schon leicht stotternd, „ja, alles ok, alles gut."

Die Tür des Beifahrers öffnet sich.

Der Polizist kommt auf mich zu und sagt, „könnte ich bitte mal Ihren Personalausweis sehen? Wo wohnen Sie denn?"

Von wegen Freund und Helfer. Können die mich nicht einfach in Ruhe lassen?

„Ja klar," antworte ich und durchsuche mit zittriger Hand meine Taschen.

Wo ist mein Reisepass jetzt nur? Ich spüre mein Geld aber nicht den Pass. Habe ich diesen etwa im Auto verloren?

Der Polizist schaut bereits etwas nervös zu seinen Kollegen. Auch die Außentaschen meiner neuen Jacke prüfe ich. Da ist er. Noch einmal Glück gehabt. Meine Hand zittert immer noch, gegebenenfalls sogar mehr als

Agent Pfeiffer: Rote Fahnen im Wind

zuvor schon. Vielleicht wirkt neben der Nervosität auch die Ermüdung durch den Stress.

Auf jeden Fall reiche ich ihm meinen Pass. Er reicht ihn weiter an seinen Kollegen und dreht sich wieder zu mir.

„Sind sie wirklich in Ordnung?" Fragt der Polizist erneut nach, „Sie zittern ja geradezu. Brauchen Sie etwas? Können wir sie irgendwo hinbringen? Wo wohnen Sie?"

„In der Stadt," erwidere ich kurz, mache eine Pause und fahre fort, „direkt an der S Bahn. Ich muss nur zur Station da vorne."

„Fehlt Ihnen etwas? Sie zittern so sehr," hakt der Polizist erneut nach.

„Ich bin in Ordnung, ich bin nur Nervös, werde sonst nicht von Polizisten angehalten," beschreibe ich.

Jetzt steigt auch der zweite Polizist aus, kommt auf mich zu und reicht mir meinen Reisepass.

„Herr Pfeiffer, was haben Sie da am Hals?" Fragt er nach, „an Ihrem Schal ist Blut."

„Blut?" stammle ich vor mir hin, „oh, Blut, ja, Blut, ich war im Wald gestürzt und habe mich leicht verletzt, ist aber nur halb so schlimm. Ist nur halb so schlimm, alles in Ordnung."

Die Polizisten schauen sich an. Der Beifahrer zeigt keine Regung in seinem Gesicht. Der Schnäuzer bildet eine gerade, horizontale Linie, wie ein Tor vor seinen Nasenlöchern. Seine Haare sind kurz und gräulich auch auf dem Kopf. Auf seinem Namensschild steht ‚Ramovski'.

Dein Freund und Helfer

Der Fahrer ist glattrasiert. Auch unter seiner Mütze scheint er keine Haare zu haben. Laut Namensschild heißt er ‚Schmitt'.

Schmitt wirkt auf mich so aalig glatt wie einer dieser Nazis, wobei man ja keine Leute nach dem Aussehen beurteilen soll. Könnte er dennoch Mitglied einer linksradikalen Partei sein? Hat seine Behaarung nichts mit seiner Gesinnung zu tun? Oder ist er ein verdecktes Parteimitglied?

Beide flüstern sich etwas zu.

„Kann ich jetzt gehen?" Nehme ich all meinen Mut zusammen und frage direkt nach.

Ramovski fordert mich auf, „wir würden Sie gerne mit aufs Revier nehmen, um Ihnen weitere Fragen zu stellen. Bitte steigen Sie ein, aber zunächst müssen wir Sie noch auf Waffen überprüfen. Bitte legen Sie die Hände auf den Streifenwagen und spreizen die Beine."

Ich weiß es nicht, kann ich ihm vertrauen? Der Polizei sollte ich mich auf jeden Fall nicht wiedersetzen.

Ohne nachzufragen folge ich den Anweisungen. Schmitt durchsucht mich: meinen Oberkörper, vorne, hinten und die Seiten, dann auch die Beine. Scheinbar lässt er den Hals auf Grund der Verletzung außer Acht, Glück gehabt.

„Er ist sauber," bestätigt er nach der Durchsuchung.

Ramovski öffnet die hintere Seitentür und schaut mich einladend und freundlich an.

Bereitwillig steige ich ein. Auch die beiden Polizisten setzen sich wieder ins Polizeifahrzeug. Direkt vor mir

Agent Pfeiffer: Rote Fahnen im Wind

trennt mich ein enges festes Gitter von der vorderen Sitzreihe.

„Wagen 13 an Cäsar, Status 5," gibt Ramovski im Funk an.

„Cäsar bestätigt Wagen 13," ertönt eine Antwort.

Er setzt fort, „Wagen 13 meldet einen 036, 031 nach PEKO am Bahnhof Friedrichshagen. 056 zur AZW erforderlich. Ggf. Verdacht auf 116, 119, HILOPE der OLO. ADV ergab OS, daher ohne Acht. 056 ist nicht Gustav Emil. Wir sind auf den Weg ins PRev für weiteres Vorgehen."

„Cäsar bestätigt," ertönt die Antwort.

Ich weiß nicht, was jetzt passiert ist. Zu viele Abkürzungen gab es, und Nummern. Wie soll das bloß ein Mensch verstehen? Ein Gefühl in mir gibt mir aber Sicherheit.

Eine Uhr auf dem Tempomat zeigt an, es ist 05:29, also noch früh am Morgen.

Im Laufe der Fahrt fallen meine Augen wieder zu.

Auf einmal habe ich wieder einen dieser unglaublich real erscheinenden Träume:

Ich schaue auf eine rot angemalte Wand. Vor dieser Wand Knien fünf Personen, vier Männer und eine Frau. Alle tragen eine regenbogenfarbene Armbinde. Alle haben ein schwarzes Tuch vor den Augen.

Am Boden liegt ein gelb-rötlicher Sand. Windböen fegen leichtere Sandkörner teilweise zur Seite, aber auch ins Gesicht der dort knieenden Menschen.

Dein Freund und Helfer

Entgegen der Windrichtung marschieren auf einmal fünf Soldaten in einer Reihe vor diese Personen. Die Uniformen sind grünlich. Auf den Schultern haften rote Abzeichen. Auch die Stoffmützen sind rötlich, mit goldenen Emblemen. Stolz und konzentriert schauen sie nach vorne, bevor sie sich im Winkel von 90 Grad entlang der Linie – Mauer und kniender Person – zur Person drehen. Das Gewehr, welches sie zuvor mit ihren feinen hellgrauen Handschuhen diagonal vor dem Körper getragen haben, halten sie jetzt im rechten Winkel zum Boden entlang der rechten Schulter nach oben.

Von der Seite höre ich jemanden in slawisch klingender Sprache reden. Merkwürdiger Weise verstehe ich seine Worte.

„Liebe Genossinnen und Genossen, seit Jahren kämpfen wir jetzt bereits gegen unsere Klassenfeinde, die Zweifler an unser Menschen- und Sozialbild. Auch Erziehungsmaßnahmen zur Bekämpfung ihrer Homosexualität oder dem Glauben an den Kapitalismus zeigen keinen nachhaltigen Erfolg. Sie lassen uns zum Schutze unseres Systems, des Staates und des Leitbildes der Gleichheit, Gerechtigkeit und Solidarität unter der unumgänglichen Steuerung durch unseren Staat keine Chance. Deshalb werden wir heute unsere kranken Mitbürger auch zum Schutze vor sich selbst exekutieren müssen. Soldaten, bitte geht in Schussstellung," tönt es laut rufend von der Seite.

Auf einmal wackelt jemand an meinen Schultern.

„Aufstehen her Pfeiffer, wir sind angekommen, aufwachen," höre ich mit noch geschlossenen Augen.

[49]

Agent Pfeiffer: Rote Fahnen im Wind

Schweren Mutes öffne ich meine Augen und erwidere, „ok, ok, ich bin ja schon wach."

Langsam steige ich aus dem Streifenwagen aus. Der Parkplatz ist von einem weißen Zaun umgeben. In der Mitte des Parkplatzes steht ein Laubbaum. Das Polizeigebäude ist im Erdgeschoss aus großen rot glänzenden Steinen gemauert. Die drei oberen Stockwerke sind weiß ausgespachtelt. Beide Bereiche trennt eine schmale schwarze Schicht. Die Fenster sind alle dunkel, umgeben von einem schwarzen Rahmen. Manche Fenster sind mit einer braunen Folie scheinbar abgedunkelt. Sind dies die Verhörräume? Andere Fenster sind mit Jalousien abgedunkelt, vielleicht zum Schutz vor den Strahlen der aufgehenden Sonne.

„Folgen sie mir," fordert mich Schmitt auf.

Er geht vor, ich folge ihm. Ramovski folgt mir. Gemeinsam betreten wir die Wache durch einen Hintereingang.

Am Boden laufen wir auf hellen gräulich-neutralen Fliesen. Die Wände sind weiß. Keine Bilder, nur wenige Pflanzen. Alles scheint hier seine Ordnung zu haben. Überflüssige Dekoration, um den Raum angenehmer zu gestalten fehlt.

An standardisierten hellbraunen Schreibtischen vorbei führen mich die beiden Polizisten in einen abgedunkelten Raum.

„Setzen sie sich bitte," fordert mich Schmitt auf, „das Wasser auf dem Tisch können sie trinken. Gleich wird jemand zu Ihnen kommen."

Ich betrete den Raum und setze mich auf einen Stuhl am Tisch in der Mitte des Raumes. Die Tür schließt.

[50]

Dein Freund und Helfer

Hier sitze ich jetzt in einem Raum mit weißen Wänden. Der Boden besteht aus einem dunkelgrauen Teppich, keine kalten Fliesen mehr. Gegenüber von mir ist ein großer Spiegel an der Wand. Hier kann man vermutlich von der anderen Seite durchschauen. Ich darf mich nicht auffällig verhalten, sehe aber schon echt nicht gut aus, wie ein Obdachloser, mit meiner schwarzen Mütze und dem beigen dünnen Stoffmantel, der zudem schmutzig ist, teilweise mit Blutflecken. In meinem rot weißen Schal einer lokalen Fußballmannschaft hat sich etwas Laub verfangen.

Auf dem hellbraunen Tisch befinden sich ein modernes Diktiergerät und eine Karaffe mit Wasser. Neben dem Wasser stehen weiße Plastikbecher. Ich gieße mir Wasser ein. Die Karaffe ist aus einem leichten und transparenten Plastik. Der weiße Plastikbecher gibt bereits unter leichtem Druck meiner Hand nach. Das Wasser betrachte ich noch skeptisch.

Vorsichtig nehme ich einen ersten kleinen Schluck vom Wasser und warte erst einmal einige Zeit ab. Entweder ist die Dosis zu gering, oder es handelt sich wirklich nur um reines Trinkwasser.

Ein Blick auf meine Hände erleichtert mich etwas: Ich zittere nicht mehr.

Vom Durst getrieben schütte ich den Rest des Bechers, sowie drei weitere Becher ohne wirklich länger abzusetzen in mich hinein, überlege sogar, direkt aus der Karaffe zu trinken. Dies fühlt sich so unglaublich gut in meinem sonst so trockenen Rachen an, wie das Gefühl einer Befreiung.

Agent Pfeiffer: Rote Fahnen im Wind

Nach etwa einer halben Stunde in diesem so sterilen Raum, bin ich kurz davor, wieder im Sitzen einzuschlafen, als sich auf einmal die Tür öffnet.

„Tut mir leid, dass Sie so lange warten mussten," entschuldigt sich eine weibliche Stimme auf dem Weg hinein, „ich bin Polizeioberkommissarin Sanchez. Dies ist mein Kollege Polizeikommissar Hartmann."

Polizeioberkommissarin Sanchez ist scheinbar etwa durchschnittlich groß. Ihre langen schwarzen Haare sind hinten am Kopf zu einem lockeren Zopf zusammengebunden. Sie ist geschätzt in den späten dreißiger Lebensjahren und hat dunkelbraune Augen sowie fein gezupfte Augenbrauen. Ihre Lippen sind unauffällig. Sie trägt kein Makeup. Vom Typ her würde ich sie eher südamerikanisch einordnen. Dies ist aber kein Grund zur Erleichterung. Auch in Südamerika gibt es sozialistisch geprägte Regierungen. Vielleicht haben sie die Behörden hier auch international unterlaufen. Kann ich ihr trauen?

Polizeikommissar Hartmann ist Jung, vermutlich um die 30 Jahre alt. Er sieht typisch deutsch aus. Er trägt einen Dreitagebart und mittellange dunkelblonde Haare. Er ist natürlich wesentlich blasser als Sanchez. Außerdem ist er auch wesentlich größer und neigt beim Gehen dazu, etwas in die Höhe zu springen. Dies zeugt von Motivation und innerer Energie, denke ich.

Beide setzen sich mir gegenüber auf die beiden anderen Stühle und legen einen Block mit einem Stift vor sich.

„Herr Pfeiffer, wissen Sie, weshalb Sie hier sind?" Fragt mich Sanchez in einem akzentfreiem Deutsch.

Dein Freund und Helfer

Sie hat weder das Aufnahmegerät gestartet, noch mich gefragt, ob sie das Gespräch aufzeichnen kann. Ist dies ein Zeichen? Soll es keine Beweise geben?

„Um ehrlich zu sein, nein," antworte ich, „können Sie mich bitte aufklären?"

Hartmann mischt sich ein, „Frau Polizeioberkommissarin, wollen Sie das Gespräch nicht vorschriftsmäßig aufzeichnen?"

„Ja sicher doch," reagiert sie etwas nervös und schaltet das Diktiergerät ein.

Hartmann fragt mit scheinbar gestärktem Selbstbewusstsein nach, „ok, Herr Pfeiffer, sind sie mit einer Aufzeichnung einverstanden?"

„Ja, sicher doch," antworte ich etwas erleichtert, „aber warum bin ich hier?"

„Einen Moment noch, ich muss eben die Personalien abgleichen," führt er seinen Leitfaden fort, „sie sind also Herr Michael Pfeiffer, geboren am zehnten Mai 1992 in Hamburg, Wohnsitz in der Riemannstraße 19 in Berlin Kreuzberg, ist das richtig?"

„Weiß ich nicht," antworte ich spontan, mache eine kurze Pause und korrigiere mich, „ich meine ja."

„Können Sie bestätigen, dass sie das sind?" hakt Hartmann nach.

„Ja," bestätige ich, „das bin ich, ganz sicher."

„Warum haben Sie gezögert?" Fragt Hartmann erneut.

Agent Pfeiffer: Rote Fahnen im Wind

Was sage ich jetzt bloß? Am besten irgendetwas, um meine Freundin in Sicherheit zu bringen. Ich muss von der Adresse ablenken und so schnell wie möglich hin da. Sie soll verreisen, irgendwo in Sicherheit, zu Freunden oder so.

„Nunja, ich wohne dort offiziell mit meiner Freundin, ja, allerdings haben wir uns verstritten, weshalb ich ausgezogen bin. Wir werden uns wohl trennen. Es funktioniert einfach nicht mehr," versuche ich, eine Situation zu erzeugen, die sie schützt, die schöne Unbekannte.

„Ich verstehe, und wo wohnen Sie jetzt?" kommt die nächste Frage von Sanchez,

„Bei Freunden hier in Köpenick," erkläre ich kurz.

„Welche Adresse ist das?" Will Sanchez näher wissen.

„Muss ich darauf antworten?" Frage ich nach, „ich meine, mein Privatleben muss schon respektiert werden und ich meine, ich habe nichts verbrochen."

Hartmann nimmt mich in Schutz, „Sie haben Recht, Herr Pfeiffer, bedenken Sie, aber dass Sie sich ummelden müssen, sobald sie längere Zeit woanders wohnen."

„Ok, verstanden" bestätige ich ihn, „aber warum halten Sie mich hier fest?"

„Wir halten Sie nicht fest. Sobald wir ein paar fragwürdige Punkte geklärt haben, können Sie auch gehen. Unter einigen Punkten wirken Sie halt verdächtig," antwortet mir Hartmann.

„Gut, was sind die Punkte?" versuche ich, die Befragung abzukürzen.

[54]

Dein Freund und Helfer

„Also, Herr Pfeiffer," fängt Sanchez leicht verärgert an, „was haben Sie im Wald gemacht und wieso haben Sie am ganzen Körper so stark gezittert?"

Jetzt brauche ich eine gute Ausrede. Was erzähle ich bloß?

„Nunja," fange ich an, „das ist mir ein wenig peinlich, aber ich wohne ja bei diesem Freund. Gestern Nachmittag haben wir ein wenig getrunken, Wodka und so. Nunja, irgendwann bin ich dann volltrunken auf die Idee gekommen, meine Ex-Freundin, also die vor der letzten zu besuchen. Allerdings habe ich mich dabei verlaufen, bin dann gestürzt und habe mich am Hals verletzt. Ich bin dann liegen geblieben und habe dort geschlafen, da es in der Zwischenzeit dunkel geworden ist. Naja, mein Schal ist jetzt blutig, aber mir geht es wieder gut, wirklich."

„Ok," bestätigt Hartmann.

Sanchez unterbricht ihn unmittelbar, „können Sie den Schal bitte abnehmen und auch die Mütze?"

„Nunja," versuche ich das unvermeidbare zu verhindern, „ich würde die Blutung am Hals ungerne wieder auslösen. Sie kennen ja die Wirkung von Alkohol im Blut."

Auf einmal klopft es an der Tür. Eine junge Frau mit mittellangen offenen, hellblonden Haaren und hellblauen Augen schaut hinein.

Sie fordert die beiden Kommissare auf, „könnt ihr mal bitte herauskommen? Der Boss will euch sehen."

„Ok," bestätigt Hartmann und steht auf.

Sanchez zögert noch. An der Tür angekommen fordert Hartmann seine Kollegin auf, „Frau

Agent Pfeiffer: Rote Fahnen im Wind

Polizeioberkommissarin, kommen Sie bitte? Der Boss ruft."

„Ja, ja, ich komme ja," antwortet Sie widerspenstig und noch etwas genervter, „Herr Pfeiffer, wir sind hier noch nicht fertig. Bis gleich."

Sie schließt die Tür hinter sich. Scheiße, was mache ich jetzt bloß? Wie kann ich meine Geschichte aufrechterhalten? Das letzte was ich jetzt benötige ist, dass das Kartenhaus zusammenbricht. Den zentralen Venenkatheter und die Wunde mit Klammern an meinem Kopf kann ich wohl kaum verheimlichen.

Sehr kurze Zeit später öffnet die Tür wieder. Die blonde, hübsche junge Polizeibeamtin tritt hinein.

„Tragen Sie Handschellen?" fragt sie mich,

Ich verneine, „nein."

„Gut," bestätigt sie, „dann stehen Sie schon auf. Ich bringe Sie hier raus."

Hoffnungsvoll stehe ich auf, oder ist das nur eine Falle, ein Versuch, mich der Partei auszuliefern? Ist das ein blonder Engel oder ein als Engel getarnter Teufel?

Wie dem auch sei, ich habe keine Wahl, nicht wirklich eine Alternative. Wenn ich die Mütze und den Schal abnehme, fliege ich komplett auf. Das kann ich nicht riskieren. Sanchez vertraue ich überhaupt nicht, komische Frau. Ich muss aber auch manchmal an das Gute im Menschen glauben, sowie an das Gute in diesem blonden Engel. Was für eine andere Chance habe ich auch? Ich folge ihr eng.

„Wieso machen Sie das?" frage ich leise flüsternd nach.

Dein Freund und Helfer

„Ich bin mit Ihnen verbunden," antwortet Sie, „ich will, dass Sie in Sicherheit sind. Wir sind Teil einer Untergrundarmee gegen die feindliche Übernahme der sozialistischen Partei. Mehr müssen Sie noch nicht wissen."

Am Hauptausgang angekommen kommentiert sie, „an der Straße gehen Sie links," und drückt mir heimlich einen Zettel in die Hand.

Auf ihrem Namensschild erkenne ich noch schnell ‚Lehmann', bevor ich das Revier schnell verlasse und der Straße nach links folge. Erst jetzt entfalte ich den Zettel. Dort steht geschrieben, „folge der Karlstraße links. An der Müggelheimer Straße wieder rechts und an der Wendenschloßstraße links. Vor der Wendenschloßstraße 98 steht ein Transporter. Dieser wird dich in unseren Unterschlupf, in Sicherheit bringen."

Ok, was soll ich machen? Kann ich ihr trauen oder nicht? Was wenn Sie von der Partei kommt und was bedeutet, sie ist mit mir verbunden? Was für eine Untergrundarmee? Das klingt alles verdächtig. Was haben die mit mir gemacht? Habe ich vielleicht einen GPS Empfänger oder einen RFID Chip in den Kopf implantiert bekommen? Bin ich überhaupt irgendwo sicher oder bringe ich mein komplettes Umfeld in Gefahr?

Im schnellen Schritt folge ich der Karlstraße nach links. Am Ende gehe ich wieder links in die Müggelheimer Straße. Vielleicht finde ich irgendwo einen Unterschlupf, ein Versteck auf dem Weg. Dieser Straße folge ich einige hundert Meter im schnelleren Gang.

Links passiere ich einen See oder eine Flussmündung und einen kleinen Park, bevor ich über eine Brücke gehe.

Agent Pfeiffer: Rote Fahnen im Wind

Hinter der Brücke wechsle ich hastig nach rechts. Ich achte nicht mehr auf die Straßennamen, muss mich nur irgendwie verstecken. Die Straße führt automatisch nach links in einen Park. Der Park grenzt an einem Fluss. Zu offen ist die Sich hier. Bald gehe ich nach links in eine neue Straße und die nächste Straße wieder nach rechts.

An einer kommenden Kreuzung sehe ich junge Leute mit Rucksäcken eine Straße nach links hochgehen. Sind das vielleicht Studenten? Oder Personen die zur Arbeit gehen?

Ich folge ihnen. Nach fünf weiteren Minuten führen sie mich direkt an eine S-Bahn-Station. „Berlin-Spindlersfeld" steht auf dem Schild der Station. Ich versuche, mich immer im toten Winkel der Überwachungskameras aufzuhalten. Dieses Risikopotential hatte ich nicht bedacht.

Am Kartenautomat hole ich mir ein Ticket und verschwinde in den nächsten Zug, in einen möglichst vollen Wagen, möglichst versteckt von den Kameras mache ich mich klein. Die Nervosität begleitet mich stets. Umso vorsichtiger verhalte ich mich.

Beim Blick auf die Karte des Bahnnetzes fällt mir sofort eine Station stärker ins Auge als Andere: „Gneisenaustraße". Wieso fällt mir die Station so sehr ins Auge? Vielleicht verbinde ich unterbewusst ja etwas mit ihr.

Dort werde ich mich jetzt hinbewegen. Vielleicht erinnere ich mich dort ja an etwas. Am Bahnhof Berlin-Neukölln wechsle ich in die U-Bahn und steige an der Gneisenaustraße aus.

Neue Einsichten

Noch in der Station fällt mir eine größere Landkarte in einem Schaufenster auf. Mit meinem Gesicht von den Kameras abgewandt, begebe ich mich dort hin.

Auffällig ist der rote Kreis. Dieser kennzeichnet meinen aktuellen Standort, aber wo ist die Riemannstraße?

Berlin ist schon verdammt groß. Mein erster Eindruck beschreibt sich am besten mit der Suche nach einer Nadel in einem Heuhaufen. Ich sollte vielleicht besser ein Internetcafé aufsuchen, aber dafür ist es wohl noch zu früh, ist ja gerade mal 06:30. Außer mir sind noch einige andere hier, wahrscheinlich Personen auf dem Weg zur Arbeit.

Vielleicht kommen bei einem Blick auf die Karte Erinnerungen wieder hoch. Auf der anderen Seite, wie lange sollte ich hier noch bleiben? Ich fühle mich hier nicht sicher, Kameras links und rechts, ich weiß nicht, wem ich trauen kann.

Auf der Karte sehe ich, Gneisenaustraße, Zossener Straße, Bergmannstraße, Mehringdamm, hey, dort zwischen Bergmannstraße und Gneisenaustraße ist eine kleinere Straße, die Riemannstraße.

Den nächsten Ausgang aus der Station nehme ich. Und gehe die Treppe schnell hoch. Links gibt es einen kleinen Dönerstand, aber der hat noch geschlossen. Gerne würde ich jetzt so etwas Anonymes essen, aber egal.

Vor mir liegt eine Kreuzung mit Ampeln, Geneisenaustraße Ecke Zossener Straße. Die Zossener Straße gehe ich links hoch. Rechts und links gibt es einige

Agent Pfeiffer: Rote Fahnen im Wind
Geschäfte, aber alles hat zu, außer einer Bäckerei. Ich
hole mir schnell ein Croissant und gehe weiter.

In der ersten Straße rechts geht es in die Riemannstraße.
Ich überquere auch die Zossener Straße und biege in die
Riemannstraße ab. Ist dies mein zu Hause? Mir kommt
nichts bekannt vor, rein gar nichts.

Voller Aufmerksamkeit folge ich der Straße. Gibt es
irgendwo auffällige Personen in Autos? Es ist niemand
außer mir auf der Straße oder in einem Fahrzeug. So folge
ich der Straße weiter auf der Suche nach der
Hausnummer 19.

Eine kleinere Kreuzung überquere ich noch. Links an der
Kreuzung ist ein Restaurant, wahrscheinlich italienisch.
An dieser Stelle der Riemannstraße dürfen keine Autos
passieren. Es ist eine Art Fußgängerzone, eine beruhigte
Zone, für einige Meter zumindest.

Noch in diesem Bereich auf der linken Seite ist die
Hausnummer 19. Ich gehe zur Klingel und suche nach
Pfeiffer.

Reihe für Reihe gehe ich die Klingelschilder durch, bis ich
meinen Nachnamen finde. Ich wohne wohl im ersten
Stock des linken Seitenflügels. Ein Nachname meiner
Freundin steht dort nicht. Wohnt sie hier vielleicht nicht
oder sind wir sogar verheiratet?

Es wird seltsam sein, oben anzukommen, aber ich will sie
nicht in Gefahr bringen. Ich habe sie sicherlich geliebt,
bevor ich mein Gedächtnis verloren habe, oder wohne ich
hier alleine und niemand wird mir öffnen?

Ich werde es nur herausfinden, wenn ich es ausprobiere,
also klingle ich, einmal, zwei Mal lange und ich warte.

[60]

Neue Einsichten

Nach kurzer Zeit tönt aus der Sprechanlage eine freundliche, verschlafene und irgendwie auch bekannte Stimme, „ja, wer ist da?"

„Ich bins," sage ich und ein Summen ertönt. Ich drücke die Haustür auf. Die Wände scheinen frisch gestrichen zu sein. Der Duft von Farbe liegt noch in der Luft. Ich gehe weiter in den Innenhof. Auf der linken Seite gehe ich die Treppe hinauf. Noch ist alles fremd für mich. Im ersten Stockwerk steht es wieder auf der rechten Seite, „Pfeiffer". Kurz bevor ich klingeln kann, öffnet sich die Tür.

„Micha?" begrüßt mich die Frau, welche ich vorher auf meinem Display gesehen habe, „du bist schon wieder zurück von der Geschäftsreise? Wie siehst du eigentlich aus und wo ist dein Gepäck? Komme erst mal hinein."

Sie öffnet die Tür komplett. Ich trete hinein. Hinter der ersten Tür rechts verbirgt sich eine Küche. Die Frau geht vor in den Raum hinein. Ich folge ihr.

„Setz dich," bietet sie mir an, mich zu setzen. Ich setze mich, wie auch sie.

Beim näheren Anblick kommt mir diese Person sehr bekannt vor. Ihr Haar ist dunkelblond und noch durcheinandergeworfen vom Schlaf. Um ihre grün-braunen Augen hat sie leichte Augenringe. Ihre Nase und Lippen sehen für mich einfach perfekt aus. Sie trägt eine helle, kurze Short in Rosa und ein weißes Shirt.

Sie greift meine Hand und sagt, „Micha, jetzt sag schon, was ist mit dir passiert und was ist das für Kleidung?"

„Ich weiß es nicht," antworte ich, „und ich will dich nicht in Gefahr bringen. Ehrlich gesagt weiß ich nichts mehr von vorher und dein Gesicht ist das Erste überhaupt, was mir bekannt vorkommt, irgendwie."

„Wie du weißt es nicht?" Hakt sie besorgt noch, „kennst du mich nicht mehr?"

„Dein Anblick löst besondere Gefühle, Liebe und Fürsorge in mir aus, aber," erkläre ich, mache eine kurze Pause und nehme Schal und Mütze ab, „aber ich weiß nicht mehr wer du bist, nicht einmal wer ich bin."

„Oh mein Gott," steht sie erschrocken auf, „was ist mit dir passiert? Hattest du einen Unfall?"

Sanft streicht sie durch mein Haar und kommentiert noch einmal, „mein armes Bärchen, was ist dir bloß passiert?"

„Ich weiß es nicht," beteuere ich erneut, „ich bin so aufgewacht und geflohen. Ich glaube, ich wurde entführt und ich glaube, wir sind hier nicht in Sicherheit. Wir müssen fliehen, ganz weit wegfliegen, aber getrennt. Ich muss hier Sachen erledigen, aber ich will dich in Sicherheit wissen."

„Ok, ok, aber lass mich zumindest den zentralen Venenkatheter entfernen," reagiert sie überraschender Weise gefasst, „und auch die Kopfwunde sieht schon gut aus. Die Klammern können auch raus."

„Wieso kennst du dich so gut aus?" Frage ich sie.

„Stimmt ja, du weißt es nicht mehr," erklärt sie, „ich bin Krankenschwester."

Endlich spüre ich ansatzweise das Gefühl von Geborgenheit und Sicherheit, auch wenn ich nicht in Sicherheit bin. Diese Frau ist definitiv gut für mich.

Neue Einsichten

Sie verlässt den Raum kurz und kommt mit einer kleinen Zange, einem Pflaster und einer kleinen Schere wieder.

Mit großer Ruhe und Sicherheit zieht sie mir den Katheter und die Klammern. Dann desinfiziert sie alles noch einmal und verbindet die Wunden sauber. Gerade das Entfernen der Klammern zwischen den nachwachsenden Haaren löst leichte Schmerzen aus, aber was ist das schon?

„Danke, mein Schatz," bedanke ich mich und fahre nervöser werden fort, „jetzt müssen wir aber los. Du solltest irgendwo hinfliegen, weit weg, in Sicherheit, in ein nichtsozialistisches Land. Packe schnell ein paar Sachen und raus hier. Am besten hebst du so viel Geld wie möglich ab und zahlst nur noch in bar. Sonst können sie dich vielleicht orten. Lass uns beeilen."

„Ganz ruhig," versucht sie, mich zu beruhigen, „ich hatte dich für verrückt gehalten, aber kurz nach deiner Abreise hattest du mich angerufen und gebeten, Sachen zu packen und viel Bargeld zu besorgen, damit wir schnell fliehen können. Es ist alles vorbereitet. Aber sag mir, warum können wir nicht als Familie zusammen fliehen?"

Ich schaue sie an und flüstere unter stärker werdenden Emotionen, „ich weiß nicht, was in meinem Kopf ist, vielleicht eine Art Ortungssender. Mit mir wärst du nicht in Sicherheit, denke ich."

„Aber Samantha kommt doch mit mir, darauf bestehe ich dann," erwidert sie.

„Samantha?" Frage ich kurzerhand nach.

„Ja, Samantha, unsere Tochter," bestätigt sie.

„Tochter? Wir? Ja klar, nein, sie muss auch in Sicherheit sein. Wie heißt du eigentlich?" Hake ich nach.

„Ich heiße Lisa und da du es wohl nicht mehr weißt, wir werden nach Israel fliegen, bei Freunden unterkommen. Alles ist bereit, oder zumindest sind unsere Freunde vorgewarnt. Wir werden über nicht registrierte Telefone in den Koffern in Verbindung bleiben können, wenn du es für sicher hältst," klärt sie mich auf, steht auf und geht in Richtung Tür.

„Na komm schon, ich trage bestimmt nicht alle Koffer und Samantha," fordert sie mich auf.

Sofort springe ich auf und folge ihr. Zusammen gehen wir ins Schlafzimmer. Sie holt zwei große Koffer aus dem Kleiderschrank. Ich nehme beide und stelle sie in den Flur. Lisa geht in einen anderen Raum. Ich folge ihr anschließend. Sie nimmt die kleine Samantha vorsichtig aus dem Bett.

Samantha ist wunderschön, so süß, klein und noch so verletzlich. Ich schätze, sie ist noch nicht einmal ein Jahr alt. Die hellblonden Haare auf dem Kopf fangen langsam an zu wachsen. Sie hat eine kleine Stupsnase und ein noch so unschuldiges Lächeln.

„Gib sie mir, ich halte sie," fordere ich Lisa sehnsüchtig auf, „dann kannst du dir was Anderes anziehen."

Ein erleichtertes Lächeln erobert Lisas so wunderschönes Gesicht. Sie reicht mir unsere Tochter. Samanthas Nähe fühlt sich so toll an, so unglaublich warm ist sie. Ihre kleinen Hände liegen auf meiner Brust. Voller Geborgenheit und entspannt legt die Kleine auch ihre rechte Gesichtshälfte auf meine Brust. Ihr Kopf riecht nach, ja nach zu Hause, nach Familie. Sie scheint sich sicher zu fühlen und schläft direkt wieder ein. Das fühlt sich so unglaublich toll an.

Trotz der dreckigen und wahrscheinlich stinkenden Kleidung die ich trage, scheint Samantha sich mit mir immer noch geborgen und in Sicherheit zu fühlen. Auch für mich ist das ein tolles Gefühl. Sie lässt mich einfach alles um mich herum vergessen. Ich verliere mich im Moment.

„Micha, lass uns los," fordert mich Lisa von hinten auf, „wenn wir in Gefahr sind, sollten wir keine Zeit verlieren. Gib mir Samantha, ich werde sie in meinem Beutel tragen. Trägst du die Koffer runter? Schaffst du das?"

„Ja klar," antworte ich und reiche Samantha schweren Herzens zurück an Lisa, die Frau die ich zu lieben scheine.

Lisa übernimmt unsere Tochter sicher und trägt sie in einem Beutel vor ihrer Brust. Ich nehme die beiden Koffer und trage sie mühsam die Treppe hinunter, Schritt für Schritt. Zum Glück wohnen wir im ersten Stockwerk und nicht weiter oben.

Gemeinsam verlassen wir das Gebäude. Ich bringe die beiden, mein Leben, noch zur U-Bahn-Station Mehringdamm, wo sich unsere Wege trennen.

Meine Lieben fahren zum Flughafen Tegel, ich mache mich zu Fuß auf den Weg in eine andere Richtung, jetzt mit einem Koffer, aber wo soll ich hin? Zunächst folge ich der Gneisenaustraße weiter, die jetzt aber Yorckstraße heißt.

Wieder schwelge ich in Gedanken. Soll ich wirklich versuchen, diese Partei, die Bösen, versuchen diese

Agent Pfeiffer: Rote Fahnen im Wind

Leute alleine zu bekämpfen oder soll ich nach Verbündeten suchen? Vielleicht finde ich ja bei der Partei der Kanzlerin Zuflucht und Unterstützung. Oder ist dies ein Kampf den ich nicht gewinnen kann? Ist es ein Kampf gegen einen übermächtigen Gegner? Sie scheinen inzwischen Unterstützung in weiten Bevölkerungsschichten sowie auch im Ausland zu haben. Vielleicht wäre es ja das Beste, irgendwie einen Fluchtweg nach Israel zu finden, mit meiner Familie zu leben, meine Familie neu kennenzulernen und mit diesem Land einfach abzuschließen.

Nein, ich kann nicht einfach aufgeben. Es wäre zu egoistisch von mir, nur an mich und meine Familie zu denken. Ich kann das Land, mein Vaterland nicht einfach aufgeben. So viele unschuldige und auch unwissende Menschen gibt es hier. Ich muss etwas unternehmen, aber was? Und wo soll ich jetzt bloß unterkommen?

Um etwas unauffälliger zu sein, folge ich bald einer weniger befahreneren Straße nach rechts. Zwischen den beiden Fahrbahnen ist ein kleiner Streifen mit Park und Spielplatz. Das ist echt schön umgesetzt. Am Ende der Straße führen längliche, leicht rötliche Stufen nach oben in einen Park, „Park am Gleisdreieck" steht dort auf einem stählernen Schild am Anfang.

Einige Personen gehen hier zu dieser frühen Stunde mit ihren Hunden Gassi. Andere laufen oder machen Yoga auf der Wiese. Sie folgen ihren täglichen ritualen und haben wahrscheinlich keine Ahnung von dem, was auf sie zukommen könnte. Aber wie soll ich sie überzeugen? Beweise habe ich nicht. Nur mein Wort und sie erklären mich wahrscheinlich für verrückt, lassen mich vielleicht sogar einweisen.

Neue Einsichten

Ich betrete den Park. Er ist sehr weitläufig. Auf der rechten Seite gibt es ein Café, aber es ist noch nicht geöffnet. Zu früh ist es noch. Wenige Meter weiter gibt es eine Betonfläche, auch mit Sitzmöglichkeiten. Ich glaube, dort könnte ich unauffällig ein wenig sitzen, warten bis das Café öffnet. Inzwischen habe ich großen Kohldampf.

Also ziehe ich meinen schweren Koffer hinter mir her dort hin. Ich setze mich in den Schatten, hinter die Betonklötze, am Ende der Fläche, im Schutz vor der Sonne und vor den Augen der teilweise starrenden Passanten.

Ich öffne den Koffer. Endlich saubere Kleidung. Schnell ziehe ich mir meine eigene, saubere Kleidung an, sowie eine Kappe und eine Sonnenbrille. Das Pflaster an meinem Hals ziehe ich ab und verstaue es in einer herumliegenden Plastiktüte.

Was ist sonst noch im Koffer? Ein Mobiltelefon und Ladegerät, eine SIM-Karte, ein Notebook, eine Armbanduhr, eine Deutschlandkarte, aber auch Bargeld, Papiere, scheinbar ein gefälschter, israelischer Reisepass und ein Dienstausweis. Außerdem ist hier noch ein Zettel mit verschiedenen Buchstaben- und Zahlenkombinationen, aber was ist das? Sind das Passwörter?

Ein Anblick des Dienstausweises verschlägt mir meine Sprache. Arbeite ich für das Bundesamt für Verfassungsschutz? Bin ich vielleicht ein V-Mann, gewesen? Gesicht und Name passen. Sollte ich dort hin? Kann ich denen überhaupt trauen? Was ist, wenn ich von Kollegen verraten worden und deshalb aufgeflogen bin? Nein, es ist definitiv zu früh, dort anzufangen, denen zu vertrauen. Dazu weiß ich zu wenig.

Agent Pfeiffer: Rote Fahnen im Wind

Vollkommen erschöpft lehne ich mich zurück und schlafe wieder ein.

Nach gefühlt keiner Zeit stupst mich jemand an. Ich habe mich inzwischen unterbewusst hingelegt. Um mich herum höre ich Kinder und Hunde bellen. Viel mehr Leben ist hier auf einmal im Park.

Über mir ist ein bekanntes Gesicht. Wer ist sie? Verdammt, das ist doch die Lehmann aus dem Polizeirevier früher heute.

Reflexartig rücke ich zurück nach hinten und frage, „was wollen Sie von mir? Wie haben Sie mich gefunden? Wer sind Sie? Sind Sie nicht die Lehmann von der Polizei?"

„Guten Morgen Herr Pfeiffer," antwortet sie und legt ihre Hände vorsichtig auf meine, „keine Angst, alles wird gut. Mein Name ist nicht Lehmann und ich bin nicht bei der Polizei, zumindest nicht bei der deutschen. Mein Name ist Sophie van der Meer. Ich komme von Europol und ermittle hier verdeckt mit einer kleinen Gruppe von Kollegen gegen eine radikalisierende Gruppierung, die sich scheinbar Falschnachrichten und eine automatisierte Verbreitung dieser zu Gebrauch macht, um ihre Standpunkte in der Bevölkerung zu verankern. Wir sind quasi eine kleine, aber bald hoffentlich auch effektive Untergrundarmee, unter uns, aber global schon größer."

Sie legt eine kurze Pause ein. Ich beruhige mich etwas, woraufhin Sophie fortsetzt, „wir sind über einen Chip im Kopf verbunden. Vielleicht haben Sie bereits Träume wahrgenommen, die sich real anfühlen. Dies sind Kollegen im Ausland, von kooperierenden Geheimdiensten im Kampf gegen vergleichbare Gruppierungen. Sie rufen somit nach Unterstützung. Sie wurden scheinbar von der Gruppierung gefangengenommen und Ihnen wurde ein ähnlicher Chip wie unserer implantiert, womöglich als eines der ersten Testobjekte. Bitte erzählen Sie mir alles, was Sie über die Gruppierung wissen."

„Ich weiß nicht, nicht viel, noch nicht einmal ob ich Ihnen trauen kann," erkläre ich mich, „ich weiß noch nicht einmal wer ich bin oder wie ich in das Gebäude dort gekommen bin. Deshalb bin ich vor Angst geflohen und habe sogar mein Handy, alles was mich an meine Vergangenheit erinnert hatte verloren. Ich weiß nicht, was ich Ihnen sagen kann."

„Ok," erzählt sie weiter, „die Gruppierung scheint in Deutschland unter dem Decknamen GegenKa zu agieren. Sagt Ihnen das was?"

„Selbst, wenn," erkläre ich, „wieso sollte ich Ihnen trauen?"

„Wenn ich sie ausschalten wollte, hätte ich Ihnen hier im Versteck schon längst ein tödliches Elixier spritzen können. Wir benötigen wirklich lediglich ihre Unterstützung. Wir werden Sie danach auch in Sicherheit bringen," versucht sie, mich zu überzeugen.

„Ok, ich denke, Sie sind die einzige Chance, die letzte Hoffnung die ich habe," beginne ich, „immerhin haben Sie mich schon einmal gerettet, wahrscheinlich zumindest. Also wie gesagt, was vor dem Erwachen an diesem Ort dort drüben war, weiß ich nicht. Mein Gedächtnis ist wie formatiert. Allerdings habe ich in dem Koffer einen Dienstausweis vom BfV gefunden. Scheinbar arbeitete ich auch für einen Geheimdienst. Aus dem Gebäude in Frankfurt (Oder) bin ich durch einen Wäscheschacht

Agent Pfeiffer: Rote Fahnen im Wind

geflohen. Über einen Zwischenhalt war ich wohl in einem Presseraum. Das gesamte Gebäude wird scheinbar von der sozialistischen Partei kontrolliert. Aus diesem Raum werden Artikel veröffentlich und mit Hilfe von Bots und diversen Profilen in den sozialen Medien in den Suchmaschinen und in den Köpfen der Menschen nach ganz oben befördert. Alles wohl zum Wohle der Partei. In einem E-Mail-Betreff hatte ich gelesen, dass die GegenKa wohl eine Art exekutive der sozialistischen Partei ist. Im Keller des Gebäudes habe ich viele Kartons mit slawischer Aufschrift gefunden. In den Kartons habe ich Propagandamaterialien, aber auch technische Geräte gefunden. Scheinbar wird die Partei aus dem Ausland unterstützt und beliefert. In den E-Mails glaube ich auch gelesen zu haben, dass die Partei wohl international auch Partner hat. Irgendwie habe ich es da raus geschafft. Ich hatte auch von allem Fotos gemacht, aber als die mich über mein Handy geortet und fast erschossen haben, habe ich es weggeworfen und bin geflohen, hierher, wo ich auf der Polizeiwache meine Adresse herausgefunden habe, woher ich mir jetzt einen Koffer mit Sachen geholt habe."

„Ja ich weiß, eine süße Tochter haben Sie da," antwortet Sophie, „ich habe Kollegen darauf angesetzt, alle Gefahren von deinen beiden Lieben abzuwenden. Am Flughafen übernehmen dann Kollegen von den IDF. Machen Sie sich keine Sorgen. Von mir aus können wir uns auch duzen."

„Ja gerne," bestätige ich, „und danke, ich glaube, die beiden sind mir sehr wichtig."

Sophie schaut sich um und sagt, „ok, Michael, ich muss jetzt auch weiter. Ich kann dir vorschlagen, deinen Koffer mitzunehmen, aber wir haben hier nur einen Zweisitzer, mein Kollege und ich."

Sie drückt mir einen Zettel in die Hand, „nimm aus dem Koffer was du benötigst und komme heute Abend gegen 19:00 zu der Adresse auf den Zettel."

„Ok, gerne," bestätige ich, nehme das Mobiltelefon, Ladekabel, SIM-Karte, den israelischen Pass sowie Geld aus dem Koffer und schließe ihn.

Sophie nimmt den Koffer und verschwindet aus dem Park. Ich setze mich in das anliegende Kaffee.

Im Café bestelle ich erst einmal ein deftiges Frühstück und einen starken Kaffee. Voller Genuss esse ich diese erste Mahlzeit seit, ja seit wann? Dies ist die erste richtige Mahlzeit an die ich mich erinnere. Und entweder ist es nur der große Hunger oder eine großartige Qualität des Essens, aber es schmeckt mir fantastisch.

Ich entspanne hier noch ein paar Stunden weiter und trinke einige Säfte. Nachdem Hunger und Durst gelöscht sind, öffne ich den Zettel den mir Sophie zugesteckt hat. Ich soll in die Pestalozzistraße Nummer 72, dritter Stock, bei „Brachmann". Dann steht hier noch „U-Bahnhof Wilmersdorfer Straße". OK, ich werde noch genug Zeit haben, die Adresse zu finden. Zunächst einmal gönne ich mir und meinen Muskeln ein wenig Ruhe.

Schon mehr entspannt schaue Ich zu, wie einer Kindergarten- oder Grundschulgruppe auf einem Weg vor mir scheinbar die Straßenzeichen beigebracht werden. Weiter hinten auf der Wiese liegen die ersten Leute schon wieder in der Sonne. Andere Kinder spielen Fangen oder Verstecken.

Agent Pfeiffer: Rote Fahnen im Wind

Die Stimmung ist gut. Die Sonne macht die Menschen glücklicher. Sie genießen ihr Leben, wissen aber wohl nichts von dem, was auf sie zukommt. Selbst wenn sie davon schon wüssten, wissen sie vielleicht nicht, dass es sich wohl großenteils um Fehlmeldungen handelt, dass eine Gruppe von Menschen sie mit Unterstützung der Technik und ausländischer Regierungen in eine bestimmte Ecke drängt. Sie realisieren das vielleicht nicht und wenn sie darauf angesprochen werden würden, würden sie mir wohl nicht glauben und sich selbst als stabil und gut bewandert beschreiben. Vielleicht wären die radikalen und schlichtweg falschen Meldungen bereits zu sehr verinnerlicht.

Ok, zugegebener Maßen klappt es hier nicht. Trotz der Hoffnung die ich jetzt dank Sophie habe, gelingt es mir immer noch nicht, zu entspannen. Vielleicht sollte ich mir ein Bett suchen, in einem Hotel oder so. Einen zweiten Pass habe ich jetzt ja. Mein israelischer Deckname ist Shimon Farhi.

Also bezahle ich und frage nach der nächsten U-Bahn-Station. Sie leitet mich zum U-Bahnhof Yorckstraße.

Gemütlich spaziere ich dorthin, in meiner neu gewonnenen gefühlten Anonymität zwischen den Menschen die sich hier im Park aufhalten.

Auf dem Weg finde ich auch einen Wasserspender. Ich nutze ihn, um meine Hände und mein Gesicht einmal gründlich zu waschen. Ab fällt all der Dreck des letzten Tages. Endlich kann ich mich auch in ein Hotel trauen.

In unmittelbarer Nähe zum Bahnhof finde ich sogar noch einen türkischen Friseur. Ich betrete den Laden.

Neue Einsichten

Ein Mitarbeiter lädt mich direkt auf einen Stuhl ein und fragt, „hallo, wie kann ich es Ihnen schneiden?"

Ich nehme meine Kappe ab und antworte, „ich komme gerade aus dem Krankenhaus, bitte einmal komplett auf fünf Millimeter kürzen."

„Sehr gerne," bestätigt Mustafa. Das ist der Name auf dem Kittel den er trägt.

Bereits nach fünf Minuten ist Mustafa fertig und hält mir einen Spiegel hin, um mir auch die Rückseite meines Kopfes vorzuführen.

„Sehr schön," antworte ich. Mustafa nimmt den Kittel von mir und wir gehen zur Kasse.

„Sagen wir mal zehn Euro," bietet er mir.

Ich gebe ihm einen Zwanziger und sage „stimmt so, einen schönen Tag noch."

„Danke Ihnen auch," ruft er mir zu, während ich den Laden schon wieder verlasse.

In der Bahnstation erkenne ich, dass ich bereits in der richtigen U-Bahn-Linie bin. Ich prüfe, ob ich meine Tageskarte noch habe, finde sie und steige in die Bahn. Natürlich halte ich mein Gesicht möglichst immer von den Kameras entfernt. Vielleicht hilft mir unterbewusst auch das Training, welches ich durch meinen Job bekommen haben müsste, um abzutauchen.

In der Wilmersdorfer Straße angekommen, finde ich in der Krumme Straße direkt ein Hotel. Dort haben sie noch ein Einzelzimmer frei. Ich checke mit dem israelischen Pass ein, begebe mich in mein Zimmer, lege mich aufs Bett und schlafe direkt ein.

[73]

Agent Pfeiffer: Rote Fahnen im Wind

Wieder habe ich einen dieser so realen Träume. Passiert dies wirklich gerade irgendwo auf der Welt? Wie viele von uns gibt es bereits dort draußen?

Der Traum verläuft wie folgt:

Ich stehe in einer Menschenmenge. Um mich herum stehen tausende anderer Menschen. Alle schauen auf eine Leinwand. Hierauf wird ein Fußballspiel projiziert. Die Beschriftung ist auf Koreanisch. Ich glaube, diese Lesen zu können. Es spielen Nordkorea gegen Venezuela und Nordkorea führt drei zu null. Die Leute jubeln. Sie freuen sich, sind wohl stolz auf ihr Land.

Auf einer Bühne unterhalb der Leinwand hängen Plakate. Auf Ihnen steht auch auf Koreanisch „Fußball Weltmeisterschaft 2022 in Katar, Halbfinale Nordkorea gegen Venezuela."

Auf einmal wechselt aber die Anzeige. Was passiert hier? Plötzlich spielen Brasilien gegen Portugal. Die Leute um mich herum sind verwundert. Es fallen Schüsse im Hintergrund, kurz bevor die Projektion endet.

Was ist hier denn jetzt passiert? Kreiert die nordkoreanische Regierung sogar ihre eigenen Nachrichten und Sportereignisse? Wurde das System hier einfach mal gehackt? Passieren diese Träume wirklich? Ist das alles Realität?

Auf jeden Fall werde ich durch das Klingeln des Zimmertelefons neben mir geweckt.

Langsam hebe ich ab und melde mich, „ja?"

„Hallo Michael, hier ist Sophie," ertönt die Antwort, „ich habe gesehen, dass du eingecheckt hast. Die Rezeption hat mich durchgestellt. Ich wollte dich nur wecken. Es ist jetzt 18:00. Also hast du noch eine Stunde Zeit um dich frisch zu machen und was zu essen. Bis gleich."

Halb verschlafen und noch ein wenig verwirrt bestätige ich den Plan, „ok, danke."

So stehe ich auf, nehme eine Dusche, hole mir einen Döner in einem Imbiss unterhalb der S-Bahn-Brücke und mache mich auf den Weg in die Pestalozzistraße.

Träume werden wahr

Etwas versteckt finde ich das Klingelschild „Brachmann". Ich drücke auf die Klingel und schon bald ertönt das Summen. Niemand fragt wer ich bin. Ist das pures Vertrauen oder ein Resultat der Gehirnverbindung die wir zu habe scheinen.

Noch ein wenig vorsichtig steige ich langsam die Treppe hinauf.

An der Tür begrüßt mich Sophie mit einer Umarmung, „hallo Michael, schön, dass du uns endlich besuchen kommst. Komm rein."

Etwas verunsichert folge ich ihr in die Wohnung. Sie schließt die Tür wieder und zieht mich weiter in die Wohnung in eine Art Büro.

An den Außenwänden stehen fünf Schreibtische. An dreien sitzen drei Männer. In der Mitte des Raumes steht ein runder Tisch mit fünf Stühlen. Alles ist in einem hellen Holz-Ton gestaltet. Die Stühle sind schwarz, einfache schwarze Holzstühle, nach dem Motto, bloß nicht zu viel Aufmerksamkeit beim Einkauf erregen.

Agent Pfeiffer: Rote Fahnen im Wind

Am Boden liegt Laminat. In der Mitte des Raumes, also unterhalb des Tisches liegt ein runder weißer Teppich. Die Fenster sind mit weißen Jalousien abgedunkelt. Das Licht kommt von den Strahlern an der Decke.

„Michael, danke für dein Vertrauen," beginnt Sophie die Einführung, „zunächst einmal kann ich dir bestätigen, dass deine Frau und Kind sicher bei euren Freunden angekommen sind. Unsere Kollegen vor Ort haben dies bestätigt. Gerne stelle ich dir auch das Team vor. Das sind Thomas, Giovanni, Francois und ich und ja, jetzt auch du, wenn du uns helfen willst. Für dich ist der fünfte Schreibtisch. Dies hier ist unsere Zentrale. Wir ermitteln verdeckt von hier aus, bevor wir ins Feld gehen."

Thomas sitzt entspannt an seinem Schreibtisch. Hinter ihm steht ein Notebook und ein Monitor auf dem Tisch. Sein Gesicht ist glattrasiert und seine Kopfbehaarung mittellang und dunkelblond. Auf seiner Nase trägt er eine unscheinbare, rundliche Brille. Er hat die blasseste Haut von den drei Männern, wirkt aber zugleich auch am fittesten. Er strahlt eine offene, positive Energie aus.

Giovanni scheint mehr der südländische Typ zu sein, vielleicht Italiener. Er hat kurzes schwarzes Haar und trägt einen dichten Schnäuzer. Sein Hauttyp ist relativ dunkel. Im Sitzen wirkt er kleiner als Thomas und auch als Francois. Er hat ebenfalls ein Lächeln auf seinen Lippen, vielleicht ein Teil der südländischen Fröhlichkeit.

Francois hat schulterlanges dunkelblondes Haar und trägt einen Dreitagebart. Die Behaarung im Gesicht ist aber unregelmäßig. Er macht den jüngsten, aber zugleich auch den ruhigsten und erfahrensten ersten Eindruck unter den Dreien. Mit einem sympathischen Selbstvertrauen ist er der Einzige der mich parallel auch noch begrüßt, „hallo

[76]

Michael, freut mich." Er spricht mit einem leichten französischen Akzent.

Alle drei, so wie auch Sophie, sind als Zivilisten gekleidet. An der Seite aller Schreibtische hängt sogar ein Brustgurt mit einer Waffe auf der rechten, sowie eine Weste, vielleicht eine Kugelsichere Weste auf der linken Seite. Dies hängt an allen fünf, nicht nur an vieren, nein, auch an meinem potentiellen Schreibtisch.

„Hallo, freut mich auch. Wobei genau kann ich euch den unterstützen?" Frage ich in die Runde.

„Wir werden sehen," antwortet Sophie, „mit deinen neuen Informationen werden wir einen Plan für eine neue Mission erarbeiten. Wir denken darüber nach, die Zentrale direkt auszuschalten, die Partei am Herzen zu treffen."

„Ja," schaltet sich Thomas ein, „denn jeder Tag der vergeht ist ein Tag mehr an dem Sie die Bevölkerung mit Lügen durchgiften, ein Tag mehr an dem unser vor wenigen Jahren noch so friedliches Land von linksterroristischen Anschlagen erschüttert werden kann."

„Ich verstehe," kommentiere ich, „aber wie ihr wisst, habe ich das Meiste von dem was vorher war vergessen. Könnt ihr mich mal kurz abholen?"

„Natürlich," meldet sich Francois, „seit Jahren wird die Welt inzwischen schon von Terrorismus bedroht. Anfangs waren es Täter, welche vorgaben, einen islamistischen Hintergrund zu haben. Sie haben die Anschläge als ihren Glaubenskrieg beschrieben. Aus diesem Krieg heraus haben sich dann auch rechtsextreme Anschläge entwickelt."

Agent Pfeiffer: Rote Fahnen im Wind

„Genau," fährt Giovanni fort, „aus den Anschlägen, die von fremden Kulturen organisiert wurden, ist bei vielen Menschen eine Fremdenangst und infolgedessen ein Fremdenhass entstanden. Die neuen Anschläge waren gegen Asylbewerberheime, Moscheen und andere Aufenthaltsorte von Personen aus dem Nahen Osten gerichtet. Der Staat hat sich darauf konzentriert, diese beiden Arten des Terrorismus anzugehen. In den letzten Jahren wurden die meisten Terrorzellen erfolgreich zerschlagen."

„Was dabei allerdings übersehen wurde," schließt Thomas an, „ist die Gefahr die aus der linksradikalen Ecke ausgeht. Es gibt zwar schon seit Ewigkeiten scheinbar gesetzesfreie Räume, wie in der Rigaer Straße in Berlin, also Gebäude die von Linksradikalen besetzt wurden, die für sich die Gesetze nicht beachten und gegen die auf Basis politischer Entscheidungen nicht vorgegangen wurde, selbst wenn sie beispielsweise aktiv Polizisten angegriffen, angezündet oder mit Steinen beworfen haben."

Ich nehme einige Tränen war, die bei ihm Kullern. Thomas schaut bedrückt auf den Boden.

Sophie schaltet sich ein, „ja, leider hat Thomas bei einem diese Übergriffe bereits früh seine große Schwester verloren. Bereits seit Ewigkeiten zünden diese linksradikalen Terroristen auch Autos auf offener Straße an. Im Laufe der Zeit hat dann die sozialistische Partei angefangen, genau bei diesen Leuten für sich zu werben. Schnell haben sie Anhänger gefunden. Hieraus hat sich dann auch die GegenKa gegründet, eine Vereinigung die wie du meintest, die exekutive Kraft der sozialistischen Partei ist. Dank dir kennen wir die Zusammenhänge beider Organisationen jetzt besser. In der Zwischenzeit

[78]

Träume werden wahr

haben die Terroristen auch angefangen, Anschläge an kommerziellen Einrichtungen wie Banken zu verüben. Neuerdings werden sie sogar noch extremer. Bis vor kurzem wurden zumeist Gebäude angegriffen. Es kamen fast nur Polizisten zu Schaden, was auch schon zu viel ist. Jetzt werden aber auch kommerzielle Veranstaltungen angegangen. Die Zeit der reinen Demonstrationen gegen den Kommerz ist vorbei. Inzwischen versuchen sie, die Köpfe der Wirtschaft auszuschalten. Da die sozialistische Partei im Bundestag immer mehr an Macht gewinnt, und das nicht nur innerhalb ihrer eigenen Partei, ist es kaum noch möglich, aktiv gegen die linksradikalen Terroristen vorzugehen. Es scheint, als breite sich der gesetzlose Raum langsam aber sicher immer weiter aus. Deutschland oder gar Europa könnte in den kommenden Jahren der Anarchie mit sozialistischer Ausprägung verfallen."

„Das klingt schwer für dich, überein zu bringen?" stellt Giovanni eine Frage, kurz bevor er selber antwortet, „wahrscheinlich ist das der Grund, weshalb über diese Verbindung so lange hinweggesehen wurde. Es scheint spezielle Absprachen und Vereinbarungen zwischen Partei und GegenKa zu geben. Ich kann mir vorstellen, dass die Partei der GegenKa langfristig Räume anbietet, wenn sie mit ihren Leuten die Verbreitung der Falschnachrichten unterstützt und aktiv gegen die vorgeht, die der ganzen Verschwörung auf die Schliche kommen. Aber das ist nur meine Theorie. Fakt ist, dass sie zusammenarbeiten, national, und sogar global mit anderen sozialistischen Gruppierungen. Wir sind eine der verdeckten Zellen von Europol, die sich hier in Deutschland für die Freiheit jedes Einzelnen und gegen den linksradikalen Terrorismus, sowie gegen eine zu starke Macht des Staates einsetzt. Wenn es andere, wie

Agent Pfeiffer: Rote Fahnen im Wind rechtsradikale Bedrohungen gibt, gehen wir dagegen natürlich auch vor. Wir glauben daran, dass die freie Entfaltung jedes einzelnen in einer freien sozialen Marktwirtschaft der beste Weg ist, wie es das in Deutschland leider immer weniger gibt. Der ökonomische Pfad des Sozialismus ist ganz einfach bisher früher oder später immer gescheitert, oder die Freiheit der Menschen ist komplett eingeschränkt. Aber es gibt auch immer wieder Leute die denken, sie würden es besser machen. Bewiesen hat dies noch niemand. Der Einfluss des Staates sollte möglichst geringgehalten werden. So ist unsere Auffassung. Zu viel Staat sorgt nur für zusätzliche Probleme und eine Fortschrittsbremse, siehe auch am Flughafen BER hier bei Berlin."

„Genau," schließt Francois ab, „leider ist die Falschnachrichten-Maschinerie der sozialistischen Partei erfolgreich dabei, durch Lügen an immer mehr Unterstützer zu kommen. Sie verbreiten Themen wie, ‚ohne den Kapitalismus gebe es auch keine Attacken auf Unternehmen', ‚nichtstaatliche Unternehmen seien Böse und würden alles erst entfachen' und ‚wir bräuchten mehr Kontrolle durch den Staat'. Es wird im Verborgenen an einer neuen Weltordnung gebastelt und wir sind eine der Speerspitzen die jetzt die Freiheit verteidigen müssen."

„Wow," melde ich mich noch verblüfft zu Wort, „dieser Terrorismus scheint eine ernste Lage zu sein."

„Genau," stimmt Sophie zu, „und da du entkommen bist, wird deren Gebäude wahrscheinlich noch besser beschützt werden. Aber mache dir keine Sorgen, wir vier werden einen Schlachtplan ausarbeiten. Bei Fragen werden wir auf dich zukommen. Wir haben dir eine Reihe von Videos zusammengestellt, die die aktuelle Lage in vielen Ländern wiederspiegeln. Einige Situationen könntest du bereits gesehen haben. Du wirst aber noch sehen, je länger du den Chip implantiert hast, desto besser wirst du mit den Visionen umgehen können, sie sogar ein- und ausschalten können."

OK, gut zu wissen, danke," schließe ich die Unterhaltung ab, während sich die vier bereits am Tisch in der Mitte zusammensetzen. Sophie breitet eine Landkarte von Frankfurt (Oder) auf dem Tisch aus.

Sie ruft mich rüber, „Michael, kannst du uns bitte noch sagen, in welchem Gebäude die Zentrale ist?"

Eifrig stapfe ich rüber. Die anderen Vier stehen bereits gespannt um den Tisch herum. Ich schaue mir die Karte an und versuche mich zu erinnern.

„Leider war ich noch sehr benommen auf der Flucht und habe mir die Taxifahrt daher nicht genau gemerkt, aber ich denke, dass das Gebäude in diesem Bereich sein muss," kommentiere ich und zeige auf einen Bereich der Karte.

Nach einer kurzen Pause setze ich fort, „das Gebäude ist definitiv mehr als fünf Stockwerke hoch und hat eine Zufahrt zum Be- und Entladen von LKWs. Die Zufahrt führt in den Keller. Diese Zufahrt liegt an einer Hauptstraße. Dies könnte euch vielleicht noch helfen."

Ich drehe mich um und gehe zurück zu meinem Schreibtisch, bevor ich mich plötzlich an ein weiteres Detail erinnere, welches ich vorher nicht bewusst wahrgenommen habe.

Dieses Detail gebe ich noch schnell preis, „und da fällt mir noch ein, in Blickrichtung vom Gebäude zur Straße ist an der rechten Wand ein größeres rotes Graffiti. Dort steht

Agent Pfeiffer: Rote Fahnen im Wind ‚Nazis raus, Wirtschaft raus, Frieden rein'. Dies ist dort in drei Zeilen in einfacher Schreibschrift aufgesprüht."

„Ok, danke," antwortet Sophie.

Mit Spannung schaue ich mir die vorbereiteten Videos an. Das Notebook ist bereits hochgefahren. Die Playlist im Browser ist geöffnet. Ich klicke auf „abspielen".

Der Titel des ersten Videos ist „Linksextremistische Anschläge auf Wirtschaftsforen auf der ganzen Welt". Es wird gezeigt wie vermummte Personen ein Gebäude mit Backsteinen und Molotowcocktails bewerfen. In den Schaufenstern steht auf Plakaten in verschiedenen Sprachen Sachen wie „Wirtschaftsforum, gemeinsam für Innovationen", Herausforderungen gemeinsam meistern", „Unser Wirtschaftsstandort im Vergleich" und anderes.

Parallel wird es auch moderiert. Es wird erklärt, dass sich Menschen in vielen Ländern organisiert haben, um gegen wirtschaftlichen Fortschritt oder auch nur wirtschaftliche Vorträge zu demonstrieren. Leider gebe es auch einige Ausreißer, die aus der Demo heraus mit Gewaltakten agierten, aber dies seien nur Ausnahmen und es gebe kein Grund zur Sorge.

Die gezeigten Bilder sind schon heftig, der Kommentar hingegen verharmlosend. Es wird scheinbar von den Terroristen versucht, Menschen einzuschüchtern, aufgefordert, nachzugeben, mit Gewalt. Welche Rolle die Medien im Ganzen spielen weiß ich nicht. Vielleicht liegt der Eindruck, sie würden kooperieren auch nur an diesem Video.

Das zweite Video hat den Titel „Bundesministerium für Wirtschaft in Brand gesetzt". Es werden Handy-Videos gezeigt, die darstellen, wie vermummte Personen

Träume werden wahr

Molotowcocktails auf das Bundesministerium für Wirtschaft, sowie auch auf umliegende Autos werfen.

Im Kommentar wird dies sachlich beschrieben. Es folgt ein Statement des Bundeswirtschaftsministers, der diesen Vorfall als ein Angriff auf den freien Willen und die Demokratie bezeichnet.

Nach diesem Statement folgt noch eine Stellungnahme einer Politikerin der sozialistischen Partei. Diese beschreibt den Anschlag als logisches Resultat einiger getroffener wirtschaftspolitischer Entscheidungen. Die Mitarbeiter des Ministeriums seien selbst schuld und sie könne gut verstehen, dass sich das deutsche Volk endlich wehre.

Wow, ich hätte nicht gedacht, dass sich Politiker so extrem auf die Seite dieser Terroristen stellen. Wie kann das sein? Wieso wird mit Gewalt und nicht mit Worten reagiert? Ich würde mich nicht einmal wundern, wenn die Partei ihrer exekutive, der GegenKa den Auftrag zum Anschlag gegeben hätte. Weiterhin wird versucht, den Wiederstand mit Gewalt und folgenden haltlosen Anschuldigungen zu brechen.

Es folgt ein Video mit dem Titel „Schalthäuser angezündet, GegenKa legt Bahnnetze lahm". Es werden kleinere verbrannte Gebäude in der Nähe von Eisenbahnschienen gezeigt. Auf den Schienen stehen teilweise Züge, aber nichts fährt.

Im Kommentar wird beschrieben, dass die Bahngesellschaft bereits mehrere Drohbriefe erhalten hatte, sie sollten die Bahnpreise senken. Aus Kostengründen konnte dies allerding bisher nicht umgesetzt werden, weshalb sie auf die Erpresser nicht

Agent Pfeiffer: Rote Fahnen im Wind

eingehen konnten. Als Folge, so wird berichtet, hätten jetzt Personen einer Gruppierung zum Wohl des Volkes, wohl eine Teileinheit der GegenKa, hart durchgegriffen, auf Deutschladebene. 80 % der Bahnlinien stünden still.

Wieder ein Beispiel, wie eine Gruppe von Menschen ihren Willen mit Gewalt durchsetzen will, ohne zu berücksichtigen, dass es bald keine Bahngesellschaft mehr geben könnte, wenn die Gesellschaft nicht wirtschaftlich handle. Was würden sie dann machen? Soll das Ziel sein, die Bahn zu verstaatlichen und den GegenKa-Mitgliedern Freifahrtscheine auszuhändigen?

Man kann viel spekulieren, aber egal, weiter geht es. Im nächsten Video wird berichtet, dass erneut ein US-Amerikaner wegen öffentlicher Anpreisung des Kapitalismus und Anfeindungen zur Nordkoreanischen Regierung, wohlgemerkt, betrunken in einer Bar in Pjöngjang, zu 20 Jahren Strafarbeit verurteilt wurde. Er soll wohl auch die Lügen der Regierung Nordkoreas öffentlich angeprangert haben. Die US-Präsidentin kündigte an, Gespräche mit dem nordkoreanischen Regime aufzusuchen, um eine friedliche Lösung zu finden.

Das folgende Video zeigt zunächst Demonstranten. Die meisten sind in gelb, rot und blau gekleidet. Dieses Video erinnert mich stark an einen Traum den ich hatte.

Der Kommentar berichtet zunächst über Demonstrationen gegen die Ausbeutung der Bevölkerung durch die sozialistische Regierung. Seit mehr als 20 Jahren ginge es bereits so. Seit sechs Jahren gebe es noch nicht einmal mehr Wahlen und die letzte Wahl hätte die sozialistische Partei verloren. Trotzdem stellen Sie die Regierung.

[84]

Träume werden wahr

Die Partei habe es geschafft, die einst florierende Wirtschaft komplett zu zerstören. Hierdurch würde es am Nötigsten fehlen. Es fehlen Medikamente, weshalb die Leute bereits an sonst ungefährlichen Krankheiten sterben würden. Es fehle das Essen und diverse andere Güter in den Supermärkten, weshalb Diebstahl und andere Kriminalität boomen. Aus einem früheren Urlaubsparadies sei ein Schrecken für Urlauber und die eigene Bevölkerung geworden.

Es folgen Bilder von Personen in denselben Farben, die am Boden liegen, regungslos. Es wird beschrieben, dass zwölf Demonstranten erschossen wurden, fünf weitere wurden auf Grund einer resultierenden Massenpanik todgetrampelt. Das venezolanische Regime greift immer mehr zur Gewalt, um die Macht zu erhalten. Der Präsident betonte erneut, dass er alles, was er nicht friedlich umsetzen kann, mit Gewalt umsetzen werde. Seit dem Beginn der Demonstrationen im Jahr 2012 wurden wohl bereits mehr als 300 Menschen auf Befehl der Regierung umgebracht. Hierbei handle es sich nur um die, die bei Demonstrationen erschossen wurden, nicht um die zu Tode getrampelten oder Opfer außerhalb der Demonstrationen, wie erschossene Oppositionsmitglieder. Die Dunkelziffer sei wesentlich höher. Angefangen habe damals alles, als auf einer friedlichen Studentendemonstration gegen das Regime eine erste Person erschossen wurde. Seit diesem Ereignis seien die Leute mit kurzen Unterbrechungen fast täglich auf den Straßen zu demonstrieren. Der Schussbefehl wird von Polizei, Militär und einer Miliz der Regierung ausgeführt.

„Deutscher auf Kuba wegen respektlosem Verhalten in Haft," ist der Titel des nächsten Videos Es wird berichtet,

Agent Pfeiffer: Rote Fahnen im Wind

dass ein deutscher Comedian während einer Reise nach Kuba in eine Radiosendung eingeladen wurde und auf Sendung Witze über den aktuellen und vergangene Präsidenten Kubas gemacht hat.

Dies fand die Regierung nicht so lustig und hat den Comedian umgehend inhaftiert. Es wird gezeigt, wie er in Handschellen in ein Gebäude gebracht wird. Die Verhandlungen seien in den nächsten Wochen. Die deutsche Kanzlerin habe angemeldet, Gespräche mit der kubanischen Regierung aufzunehmen.

Die Bilder im nächsten Video kommen mir etwas bekannt vor. Es ist ein Bericht aus Russland, in denen der Kommentar hart mit der russischen Regierung ins Gefecht geht. Sie habe in den letzten Wochen bereits mehrere hundert politische Gegner wegen Homosexualität oder Oppositionsangehörigkeit erschießen lassen. In einem offiziellen Statement heißt es, es handle sich um eine notwendige Reinigung feindlichen Gedankengutes und sexueller Krankheiten. Dies sei notwendig zur Wahrung der Stabilität des Systems und des Wohles der Bürger Russlands. Unter den Opfern seien viele namenhafte Schauspieler, Unternehmer, Wissenschaftler und Oppositionäre.

Schrecklich, zu was die Menschheit im Stande ist. Wieso wird so oft mit Gewalt reagiert? Gewalt und Lügen sind aus meiner Sicht oft nur Hilfsmittel um sich selber eine Falle zu stellen. Es wird quasi ein riesen Kartenhaus gebaut. Wenn zu viele Karten angegriffen werden, als Lügen enttarnt werden, dann könnte das Kartenhaus einbrechen.

Das nächste Video hat denn Titel „Nordkorea erneut Fußball-Weltmeister, der Preis der Wahrheit". Es werden

Träume werden wahr

Bilder aus Nordkorea gezeigt, Personen, die in Arbeitslagern hungern, teilweise andere Menschen essen. Kurz darauf folgt ein Interview mit einem Italiener, der aus einem der Straflager und später sogar aus dem Land fliehen konnte. Er berichtet darüber, dass er aus reiner Willkür inhaftiert wurde. Der Prozess, der ihm gemacht wurde, war eine Fars. Er habe lediglich ein paar Personen die er kennengelernt hat erklären wollen, dass Nordkorea kein Fußball Weltmeister war und es niemals sein wird. Er habe dies öffentlich korrigieren müssen, entsprechend dem Statement der Nordkoreanischen Regierung. Nach Foltereinheiten hätte er sich zur Lüge bereit erklärt. Anschließend wurde er vergleichsweise gut behandelt. Eine Wache meinte, er wäre jetzt ein Goldjunge, weil sie für ihn eine Ablöse von der italienischen Regierung bekommen könnten. Nordkoreanische Häftlinge hätte es viel härter getroffen. Sie würden mit Arbeit und Unterernährung bis an das Ende aller Kraft getrieben. Über Tunnel Systeme und mit Bestechung hatte er es nach zwei Jahren geschafft, nach Südkorea zu fliehen, in Sicherheit.

Wow, dieser Bericht ist bisher sogar der härteste, bisher. Was ist bloß los in dieser Welt? Es wird Zeit, dass jeder einzelne Mensch der noch klar denken kann sich selbst motiviert, die Welt zu einem besseren Platz zu machen. Ein einziger Mensch startet vielleicht nur eine kleine Briese, aber zusammen können wir einen Sturm entfachen. Wir können Vernunft und Freiheit in der Welt verbreiten, ganz bestimmt nicht über Sozialismus. Dem bin ich mir mehr und mehr sicher.

Ich frage mich, wie viele Videos noch kommen. Das nächste Video ist stark kryptisch. Es wird nicht gezeigt, um welches Land es sich handelt, aber es werden

[87]

Agent Pfeiffer: Rote Fahnen im Wind anscheinend chemische Waffen an Menschenleben getestet. Am Ende steht ein Satz, übersetzt aus einer Sprache die ich nicht kenne, „Zur Ausrottung unserer Gegner, zum Wohle unseres Systems."

Ja, das war kurz und grausam. Wird so etwas sogar zu Propagandazwecken verwendet? Gibt es Regierungen die sich so skrupellos verhalten können?

Im folgenden Video werden Kinder mit grünen Kopftüchern und schwarzer Kleidung gezeigt, denen gelehrt wird, anderen mit Messern die Kehle zu durchschneiden.

Die Szenerie wechselt und es wird ihnen gezeigt, wie Bomben und Sprengstoffgürtel gebaut werden. Den Kindern werden Videos gezeigt, wie Menschen sich selbst und andere in die Luft sprengen und dafür scheinbar in den Himmel mit einem Haufen an Frauen kommen.

Im nächsten Umfeld wird ihnen gezeigt, wie Raketen und Maschinengewehre geschossen werden, auf Puppen als Ziele, oder einfach nur ins Freie.

Unglaublich, dass Kindern Gewalt und wahrscheinlich der Hass gegen einzelne Völkergruppen auf diese Weise von klein auf gelehrt wird. Wie soll Frieden entstehen, wenn nicht mal Kinder den Frieden selber erleben? Die wissen doch gar nicht, was ihnen entgeht. Leider habe ich nichts von dem Gesagten verstanden, aber ich bin mir sicher, es handelt sich hierbei auch um Propaganda, Gewaltverherrlichung und zu einem großen Teil an Gehirnwäsche. Es trifft mich hart, so etwas zu sehen. Wie soll jemals Frieden entstehen, wie sollen friedliche Lösungen entwickelt werden, wenn Kindern von Grund

Träume werden wahr

auf Gewalt und Hass gelehrt werden? Was ist das für ein Leben? Wurde ich auch so erzogen? Ich denke nicht.

Das nächste Video ist wieder auf Englisch. Dieses verstehe ich. Es wird berichtet, dass sich Russland mit Saudi-Arabien und den Vereinten Arabischen Emirate im Kampf gegen andersdenkende verbündet hat. Es wird weiter gezeigt, wie Personen auf offener Straße gesteinigt oder auch enthauptet werden. Dies seien die Strafe für Volksaufhetzung, Homosexualität, Emanzipation und weitere Gründe, die aus meiner Sicht nirgendwo auf der Welt bestraft werden sollten. Das ist grausam, diese Bilder zu sehen, unmenschlich, verachtend und unverständlich.

„Lasst uns Deutschland befreien und dann die Welt," denke ich laut vor mir her.

Sophie kommentiert aus dem Hintergrund, „das ist der Plan. Wie ich sehe, bist du durch mit den Videos. Wie geht es dir?"

„Nunja," antworte ich, „ich bin geschockt. Was dort gezeigt wurde kam unerwartet. Manches hatte ich schon einmal geträumt, aber alles so in der Realität, in Videos zu sehen ist noch einmal eine Nummer härter."

„Ich verstehe," sagt Sophie, „wie wäre es, wenn du jetzt zurück ins Hotel gehst? Wir treffen uns hier dann morgen früh um 09:00."

„Ok, da bin ich dabei," bestätige ich sie, stehe auf, verabschiede mich von jedem persönlich und mache mich auf den Weg zurück ins Hotel.

Es ist bereits 21:00, aber ich denke, ich werde mir noch einen Drink gönnen. In der Krumme Straße finde ich

Agent Pfeiffer: Rote Fahnen im Wind tatsächlich eine Kneipe die noch auf hat, in dieser ansonsten sehr ruhigen Gegend.

Im Eingangsbereich gibt es kleinere Sessel an Tischen, in verschiedenen Farben. Auf der rechten Seite beginnt gleich der Tresen. Die Wände sind orange-braun. Das Licht hier leuchtet nur schwach. Von weiter hinten in diesem Raum höre ich Leute grölen. Sie scheinen ein Sportevent zu verfolgen. Ich begebe mich zu ihnen.

Die Ausstattung hier ist schon rustikaler. Ein Tisch scheint sogar so etwas wie eine alte Nähmaschine zu sein. Stühle Tische, alles hier ist aus einem dunkelbraun angestrichenem Holz mit liebevollen Verzierungen.

Es läuft Fußball. In einem Raum weiter erkenne ich ebenfalls einen Kicker Tisch. Ich entscheide mich dazu, schön sozial das Sportevent zu verfolgen, um nicht unnötig aufzufallen.

So bestelle ich mir ein Bier, wie es alle hier trinken und fiebere beim Spiel mit. Hin und wieder komme ich mit anderen ins Gespräch, aber es geht nur um das Spiel.

Auf einmal sehe ich jemanden scheinbar angeschlagen am Tresen sitzen. Ich gehe zu ihm rüber.

„Na, ist dein Team am Verlieren?" Frage ich nach.

Er hebt seinen Kopf hoch und zur Seite zu mir, mit einem Gesichtsausdruck der Verzweiflung. Er scheint meinen Kommentar als störend zu empfinden und antwortet nicht. Im Gegenteil, er senkt seinen Kopf wieder in Richtung Tresen und Getränk.

Träume werden wahr

Vielleicht kriege ich ihn ja zum Reden. Schließlich hilft es immer, über Herausforderungen zu reden. Zumindest hilft es mir.

„Entschuldigung für den dummen Spruch," versuche ich die Situation zu beruhigen, „ist alles in Ordnung bei dir?"

„Nichts ist in Ordnung," nuschelt er frustriert und stark angetrunken in sein Bier.

„Wenn du reden willst, ich höre dir gerne zu," biete ich ihm an.

Er fängt an, „ok, junger Mann, wenn du schon so nachhakst, dann erzähle ich es dir."

Nach einem Seufzer und einer kurzen Pause spricht er langsam und betrunken weiter, „ich hatte immer gedacht, mich würde es nicht treffen und alles würde in Ordnung sein, aber jetzt bin ich dabei alles zu verlieren, mein Haus, meine Familie, mein Unternehmen, alles."

„Wieso, was ist vorgefallen?" Hake ich nach.

Er antwortet, „diese GegenKa Kacker die sonst nur im Osten randalieren haben letzten Monat meinen Laden und das gesamte Lager in Brand gesteckt. Die Versicherung wird nicht zahlen, weil sie angeblich selbst Insolvenz anmelden müssten, weil es zu viele Anschläge gebe und meine Frau ist schwer krank. Ihr hilft nur ein Medikament welches nicht von der Krankenkasse gezahlt wird. Ohne dieses Medikament hat sie nicht mehr lange zu leben und meine Kinder sind sauer auf mich, weil ich meiner bezaubernden Frau nicht mehr helfen kann. Alles nur wegen dieser linken Terroristen, dieser Rabauken. Wieso unternimmt die Polizei nichts aktiver gegen die? Die und die Politiker stecken doch alle unter einer Decke."

„Oh, das ist schlimm," stimme ich ihm zu, „leider habe ich selber Herausforderungen mit den Linken, denen ich bald aktiv gegenübertreten muss."

„Ich sollte jetzt auch nach Hause gehen, meine Frau benötigt noch ihre Medikamente, solange wir noch welche haben, aber wenn du mal Hilfe benötigst, ruf mich an," verabschiedet er sich und drückt mir eine Visitenkarte in die Hand.

Ich schaue sie mir nicht genauer an, stecke sie direkt in meine Tasche.

„Vielen Dank," drücke ich meine Dankbarkeit aus, „das weiß ich sehr zu schätzen. Ich heiße übrigens Pfeiffer, Michael Pfeiffer. Ich werde mich melden, vielleicht kann ich Ihnen ja auch helfen."

„Ich danke Ihnen," bedankt er sich bei mir, „es zeigt mir, dass es doch noch Empathie und Unterstützung in diesem so kalt gewordenen Land gibt. Wie du auf der Visitenkarte sehen kannst heiße ich Manfred Schulz. Bis bald dann."

„Ja, bis bald", verabschiede ich ihn.

Mein Bier trinke ich noch schnell aus und begebe mich in das Hotel. Dort nehme ich noch eine entspannende Dusche, bevor ich mich schlafen lege

Mission: Niedergang roter Krebs

Am nächsten Morgen wache ich zugegebener Maßen ein wenig entspannter und hoffnungsvoller auf. Es scheint, als könnte ich mit diesem neuen Team etwas erreichen, das Land zu etwas Besserem bewegen. Es von der wuchernden Destruktion und Anarchie befreien.

Mission: Niedergang roter Krebs

Ich nehme noch schnell ein Frühstück im Hotel zu mir und mache mich auf den Weg in unsere Zentrale.

Schnell wird mir die Tür geöffnet und Sophie begrüßt mich mit einer warmen Umarmung, „guten Morgen Michael, schön dass du wiedergekommen bist."

„Gerne," antworte ich, „also was ist der Plan für heute?"

„Wir werden uns auf den Weg nach Frankfurt machen. Über unsere Europol-Zentrale haben wir auch andere Teams gebeten, uns zu unterstützen. Wir haben dazu auch eine motivierende Rede an alle gesendet die du dir gerne anschauen kannst, während wir alle Sachen zusammensuchen und packen."

„Natürlich, aber was wird meine Aufgabe sein?" Hake ich nach.

„Wir fürchten, dass sie dich in der Umgebung erkennen werden," antwortet Sophie, „außerdem kannst du dich nicht an deine Ausbildung erinnern und wir wissen noch nicht einmal, ob du adäquat ausgebildet wurdest. Du wirst im Einsatzfahrzeug bleiben und alles im Auge behalten. Wenn du Gefahren siehst, wirst du uns darüber aufklären."

„Ja, das krieg ich hin," stimme ich zu.

„Gut, dann lass mich weiter Sachen vorbereiten. Gehe ruhig an deinen Schreibtisch," bietet Sophie mir an.

Ich betrete das Büro und setze mich an meinen Schreibtisch. Mein Notebook ist bereits hochgefahren. Die Video-Software zeigt einen schwarzen Bildschirm. Ich klicke auf ‚Abspielen'.

Agent Pfeiffer: Rote Fahnen im Wind

„Liebe Kollegen," ertönt die Stimme von Francois bereits kurz bevor neben dem Ton auch das Bild einsetzt, „wir haben es gestern geschafft, einen von linkssozialistischen Kreisen geflohenen ehemaligen BFV-Agenten bei uns in Sicherheit zu bringen. Er konnte uns nützliche Details zur Zusammengehörigkeit der sozialistischen Partei und der GegenKa nennen. Die Partei nutzt die GegenKa als exekutive. Was die GegenKa im Gegenzug erhält ist noch unklar. Dank der Unterstützung von Michael konnten wir die Zentrale der Partei in Frankfurt (Oder) ausfindig machen."

Er macht eine kurze Pause bevor er weitererzählt, „bereits zu lange durchwuchert das Geschwür, diese linken Parasiten unser früher so stabiles System. Auf der Basis von Lügen die halbautomatisch im Internet verbreitet werden, werde immer größere Anteile der Bevölkerung davon überzeugt, diese Lügen als Wahrheit anzunehmen. Wie ein Krebs durchsetzen diese Reihen mit ihrer andersartigen System-DNA immer mehr Kanäle und Reihen. Wir könnten endlich eine erste erfolgreiche Medizin gefunden haben. Wir wollen noch heute nach Frankfurt reisen, um die Zentrale hochzunehmen, Beweise sicherzustellen. Wenn wir diese Parteizellen nicht ausschalten, könnte am Ende nur noch der Tod des Systems warten. Ich glaube, es ist noch nicht zu spät für uns, gemeinsam Taten sprechen zu lassen. Schließt euch uns an. Lasst uns in den Krieg ziehen, den roten Krebs besiegen. Lasst uns den Kopf der Schlange abschlagen, solange sie nicht zu groß ist."

Das Video endet. Das waren teilweise drastische Worte. Stellen wir uns so nicht auf dieselbe Ebene wie die? Sollte man das Feuer wirklich mit Feuer bekämpfen, um ihm den Sauerstoff zu entziehen?

[94]

Mission: Niedergang roter Krebs

Ich drehe mich um. Auf dem Tisch in der Mitte stehen Reisetaschen voller Waffen und sonstiger Ausrüstung. Ich stehe auf und schau mir diese genauer an. Direkt ersichtlich sind Granaten, Maschinengewehre, Nachtsichtgeräte, Kommunikationsgeräte und Wasser.

„Hier, dies dürfte deine Größe sein," spricht mich Giovanni von der Seite an und drückt mir Kleidung in die Hand.

Ich begebe mich ins Badezimmer und ziehe mich um. Meine neue Kleidung ist schwarz, relativ eng an der Haut und laut eines Etiketts auch Kugelsicher. Zu Hose, Pullover und Schuhen gibt es auch Handschuhe und eine Sturmmaske. An der rechten Seite in Höhe meiner Taille gibt es noch einen leeren Schaft für eine Handfeuerwaffe. Alles ist in schwarz.

Wahrscheinlich werden wir bis zur Dunkelheit warten, um Beweismittel sicherzustellen und diese Parasiten zu verhaften. Sie umzubringen wäre ungesetzlich, zu drastisch und wahrscheinlich auch zu gefährlich für uns. Wir dürfen nicht, wie der rote Krebs den Rechtsstaat aushebeln. Dann könnte die Partei zur Abwechslung mal über einen echten Fall berichten. Nein, ich denke, wir sollten nach den Richtlinien des Rechtsstaates handeln. Sonst wären wir nicht besser als die.

In meiner neuen Kleidung, aber ohne Handschuhe und Sturmmaske, gehe ich wieder zurück ins Büro. Alle anderen warten bereits auf mich.

„Lass uns los," sagt Thomes hochmotiviert, greift eine Tasche und geht Richtung Tür.

Alle anderen, so auch ich, folgen seinem Vorbild. Sophie schließt als letzte Person die Tür ab. Geschlossen gehen wir die Treppe hinunter. Es kommt ein starkes

Agent Pfeiffer: Rote Fahnen im Wind

Zusammengehörigkeitsgefühl, aber auch ein Gefühl der Anspannung, gemischt mit der Hoffnung auf ein Ende des Schreckens auf. Vielleicht haben wir ja wirklich eine Chance, das linksradikale Terroristen-Geschwür zu besiegen und endlich wieder die alten und erfolgreichen Werte unseres Landes aufleben zu lassen.

Vor der Tür, auf der Straße, wartet bereits ein großer, schwarzer Transporter auf uns. Wir nähern uns ihm. Die Tür öffnet sich automatisch. In dem Transporter sehe ich neben den Sitzen für jedes Team-Mitglied auch Monitore und einige Kopfhörer und Knöpfe. Ich glaube, dies wird mein Einsatzgebiet sein.

Alle Team-Mitglieder steigen ein. Ich schaue mich noch einmal um. Wunderschön ist die Gegend hier. Diese Straße scheint zu leben, mit seinen Bäumen am Straßenrand. Blumen auf den Balkonen anliegender Wohnungen bringen Farbe mit ins Spiel. Die Gebäude scheinen alle frisch saniert und gut in Schuss. Kein Graffiti ziert die Wände. Kinder spielen Glücklich auf dem Gehweg, während die Eltern immer ein Auge auf sie werfen. Die Sonne scheint durch die Zweige eines Baumes direkt auf mich.

Auf der einen Seite erinnert mich das ein wenig an Lisa und Samantha. Auf der anderen Seite habe ich aber auch das Gefühl, dass sich einiges ändern wird, dass ich diese Wahrnehmung so für eine Weile nicht mehr haben werde. Ich habe das wahrscheinlich belanglose Gefühl, dass sich ein Vorhang der Dunkelheit über mein Leben legen kann.

Woher kommen jetzt diese negativen Gedanken? Die machen keinen Sinn. Wir werden alles zum Besseren verändern. Ich nehme einen letzten tiefen Atemzug und betrete den Transporter.

Mission: Niedergang roter Krebs

Vorne sitzen zwei Männer in Schwarz mit Helmen auf. Das Team und ich sitzen hinten.

„Na da bist du ja endlich," kommentiert Giovanni, „wir wollen los."

„Ja, Entschuldigung," versuche ich, mich in Schutz zu nehmen, „ich war nur gerade in Gedanken verloren."

„Hast du etwas gesehen?" Fragt mich Sophie.

„Nein," antworte ich, „ich habe nur die Familien mit den Kindern gesehen und daran gedacht, wie sehr ich meine Familie vermisse."

Das sollte reichen. Ich will die Stimmung hier jetzt nicht versauen, wegen eines belanglosen Gefühls von mir.

„Apropos Visionen, die hatte ich bisher nur, wenn ich schlafe. Werden die auch einfach so kommen?" Hake ich nach.

„ja, Rookie," meldet sich Francois zu Wort, „aber du wirst sogar noch mehr auch lernen, diese zu kontrollieren, sogar Hilferufe annehmen und senden zu können."

In einem etwas lauteren Ton sagt er, „Markus, lass uns losfahren bevor wir hier Verdacht erwecken."

„Ja Sir," antwortet Markus und fährt langsam und kontrolliert los, „einen Gedanken von meinem leider kürzlich verstorbenen Großvater will ich dem Team noch mit auf den Weg geben."

„Lass hören," ruft Giovanni in die Runde.

„Gerne," erzählt Markus, „es ist eine kleine Weisheit die er mit seinen Erfahrungen festgestellt hatte. Er sagte immer,

Agent Pfeiffer: Rote Fahnen im Wind

‚Kinder, glaubt mir, im Kapitalismus werden die Reichen immer reicher, aber auch die Einkommen der Armen steigen immer weiter, auch wenn sie es für sich nicht erkennen. Im Sozialismus hingegen nähern sich arm und reich in der Armut einander an. Lediglich die Regierungsmitarbeiter werden wohlhabender. Deutschland versucht einen Mittelweg zu gehen und hey, uns geht es doch eigentlich gut,' oder zumindest ging es uns schon mal besser als jetzt mit wachsendem Einfluss von links."

„Wahre Worte," kommentiere ich, „leider schaffen es die Sozialisten immer das Gegenteil zu kommunizieren, selbst wenn echte Beispiele wie in Venezuela, Kuba, Nordkorea, Russland oder früher auch China das Gegenteil beweisen. China hat die Kurve zumindest wirtschaftlich inzwischen einigermaßen bekommen. Sie haben die Falscheinschätzungen erkannt, anerkannt und den Kurs entsprechend geändert. Sie haben Stärke gezeigt und sich nicht hinter weiteren Lügen versteckt."

„Woher weißt du das?" Fragt mich Sophie, während sie ihre Hand auf meine legt, „ich meine, erinnerst du dich wieder?"

Ich überlege kurz und antworte, „hm, du hast Recht, aber nein, leider ist meine Erinnerung noch nicht zurück. Manchmal habe ich nur das Gefühl, dass ich Sachen einfach weiß, wie zum Beispiel wie ich ein Auto kurzschließe. Es kommt mir einfach zugeflogen."

„Aah, ok," bestätigt Sophie, „schade, aber das wird bestimmt wieder, ist doch ein gutes Zeichen."

Der Rest der Fahrt verläuft ruhig. Jeder ist auf die Mission fokussiert, nur ich fühle mich, als hätte ich keine wirkliche

Mission: Niedergang roter Krebs

Mission, nur Beobachten und Hinweise geben, sonst nichts. Keine Aktion, keine Gefahr.

Ok, ich meine, ich unterstütze das Team so ja schon. Einer muss es ja machen, Schmiere stehen und so. Wenigstens bin ich so weniger in Gefahr und kann bald zu meiner Familie fliegen.

Wir fahren quer durch Berlin, kurz der Kantstraße entlang, über den Kurfürstendamm. Vorbei am Preußenpark und am Fennsee fahren wir schließlich auf die Autobahn. Von der Autobahn aus erkenne ich den ehemaligen Flughafen Tempelhof, der jetzt eine riesige Parkfläche ist. Auch die ewige Baustelle, der noch immer nicht eröffnete oder schon wieder geschlossene Flughafen Berlin Brandenburg, ein Meisterwerk des Einflusses linksgerichteter Berliner Politik in wirtschaftliche Prozesse liegt auf dem Weg. Nach seiner Eröffnung vor zwei Jahren, wurde der Flughafen vor einem Jahr wegen Mängeln wieder geschlossen und wird seitdem weiter saniert.

Scheinbar ist es wahr. Es sieht so aus, als würden langsam aber sicher einige Erinnerungen wiederkommen. Ich kann es kaum erwarten, auf all die schönen und aufregenden Erinnerungen mit meiner Frau wieder zurückgreifen zu können. Leider kann ich es aber nicht erzwingen.

Schon bald sind wir in einem ländlichen Umfeld. Die Leere Brandenburgs würde ich dies bezeichnen.

Nach etwa zwei Stunden Fahrt, auch durch Stau, erreichen wir Markendorf, wo wir an einem Gasthof halten. Der Eigentümer sei auf unserer Seite, hieß es von meinen Team-Mitgliedern. Mir bleibt nichts anderes als abzuwarten. Drei andere schwarze Transporter stehen bereits auf dem Parkplatz.

„Michael, du bleibst bitte erst einmal hier," fordert mich Thomas auf, „Markus wird dir den Gebrauch der Anlagen hier erklären. Wir treffen die anderen Teams und gehen die Taktik durch. Glaube mir, im Notfall heißt es, je weniger du alle Beteiligten kennst, desto besser wird es für dich sein."

„Ok, klar, kein Problem," antworte ich.

„Danke," schließt Thomas ab, dreht sich um und betritt das Gasthaus.

Markus kommt nach hinten zu mir. Sein Beifahrer geht ebenfalls ins Gasthaus. Markus erklärt mir die technische Anlage, wie ich aufzeichne, wie ich bestimme, welche Sicht ich auf dem Hauptmonitor sehe, wie ich bei einzelnen Personen mithöre und so weiter. Leider sind die Kameras, Mikrofone und Ohrstücke noch hier im Transporter. Ich habe also keine Ahnung, was dort drinnen vor sich geht.

Vielleicht ist das auch wirklich besser so, oder nicht alle vertrauen mir komplett. Ein grundsätzliches Mistrauen basiert wahrscheinlich auf Erfahrungen und Ängsten auf beiden Seiten. Ängste führen zu Mistrauen und Abschottung, keine gute Lösung eigentlich. Man sollte sich seinen Herausforderungen stellen, so wie ich mein Mistrauen gegenüber diesem Team abgelegt habe und ihm inzwischen eigentlich vertraue. Was für eine andere Wahl habe ich auch?

Das Mistrauen will ich aber auch nicht schüren. Was mich ein wenig beruhigt ist, dass auch Markus nicht reingeht. Entweder passt er darauf auf, dass ich nichts Dummes

[100]

anstelle oder er soll wie ich im Dunkeln gehalten werden. Er soll nur fahren.

Ich setze mich gemütlich hinten in den Transporter. Durch die abgedunkelten Scheiben erkenne ich gegenüber vom Gasthaus zunächst eine Baumreihe, aber dahinter riesige landwirtschaftlich genutzte Flächen. Nur vereinzelt tun sich hier Gebäude auf.

Der Anblick und die Stille hier beruhigen mich so sehr, dass ich sogar kurz einnicke.

Wieder habe ich einen Traum, der sich so unglaublich real anfühlt:

Die Sicht ist ein wenig verwischt. Was ich erkenne, ich befinde mich in einem Gebäude und bringe an einem Betonpfeiler gerade einen Gegenstand an, der blinkt. Ist das eine Bombe? Ist das einer von uns, von den Europol-Agenten, der ein Gebäude in die Luft sprengt.

Jetzt bringe ich oder die Person des Traumes noch eine Art Bewegungsmelder an. Die Person in der ich stecke schaut auf sein Mobiltelefon. Die Zeit ist dieselbe wie hier. Der Netzanbieter ist in Deutschland. Nach der Freigabe des Bildschirms erscheint ein grünes Hintergrundbild mit weißer arabischer Schrift. Wer ist das? Verübt da jemand ein Attentat in Deutschland?

Erschrocken wache ich auf. Ich habe anscheinend fast den ganzen Tag verschlafen, kein Wunder nach den Anstrengungen der letzten Tage. Im Westen geht die Sonne unter. Die Anderen kommen gerade aus dem Gasthaus zusammen mit 15 anderen vermummten Männern oder Personen.

Agent Pfeiffer: Rote Fahnen im Wind

„Sophie, Sophie," rufe ich, noch immer erschrocken, „Sophie, ich hatte einen dieser Träume, wo ich das Gefühl habe, dass sie wahr sind."

Sophie versucht mich zu beruhigen, „ganz ruhig, atme erst einmal tief ein und aus."

So tue ich es, ich atme tief ein und aus und setze etwas ruhiger fort, „ich habe gesehen wie eine Person, also die sehende Person einen Sprengsatz und einen Bewegungsmelder an den Beton-Pfeiler eines Gebäudes angebracht hat."

„Das war bestimmt einer unserer Kollegen der eine andere Zelle hopsnimmt. Heute wird ein großer Tag für uns," versucht mich Sophie weiterhin zu beruhigen.

„Nein," antworte ich, „das glaube ich nicht. Ich habe gesehen wie die Person auf sein Handy geschaut hat. Er befindet sich in Deutschland und auf seinem Display ist etwas Arabisches in weiß auf grün geschrieben, wie in den Videos der Kinderausbildung die ihr mir geschickt habt."

„Du hast alles klar und deutlich gesehen?" Fragt mich Francois.

„Naja," beschreibe ich die Situation, „die Sicht war schon etwas verschwommen. Ich vermute, die Person braucht eigentlich eine Brille."

Sophie denkt etwas nach und fragt, „was ist dir am Gebäude aufgefallen?"

„Es waren weiße Wände die ich gesehen habe," versuche ich, mich laut zu erinnern, „so war auch der Betonpfeiler weiß und ich glaube, es kommt eine Erinnerung hoch, dass es nicht nur ein einfacher Bewegungsmelder war, der Auslöser reagiert auch auf Wärmesignale im Umfeld. Sonst weiß ich nicht mehr."

„Na gut," sagt Giovanni, „das kann überall gewesen sein und wir können es so auf Anhieb nicht mehr stoppen."

„Richtig," mischt sich Thomas hochmotiviert ein, „und wir haben jetzt eine Mission zu erfüllen. Also lasst uns los hier, ab zum Einsatz."

So setzen wir uns wieder alle in den Transporter, schnallen uns an und fahren los in Richtung Frankfurt (Oder).

Sehr schnell fahren wir über Landstraßen rein in die Stadt. Angeblich wenige Blocks vom Einsatzort entfernt warten wir, bis es richtig dunkel geworden ist. Überraschenderweise fallen sogar die Straßenlichter aus.

Langsam fährt Markus den Transporter in Richtung des Einsatzortes. Aus verschiedenen Richtungen treffen auch die anderen dunklen Transporter ein.

Das Team rüstet sich nun auch schnell mit den Kameras, Mikrofonen und Ohrteilen aus und verlässt den Transporter. Der letzte schiebt die Tür hinter sich zu. Markus stellt den Motor des Wagens ab.

Ich aktiviere die Monitore und das verbundene Notebook. Automatisch verbindet die Überwachungshardware des Teams. Ich drücke auf „Aufnahme", um keine Beweise zu verpassen und setze auch die Kopfhörer auf. Wort und Bild von jedem Team-Mitglied werden aufgezeichnet.

Mein Team betritt das Gebäude zusammen mit einem weiteren Team über den Keller. Die anderen Teams

Agent Pfeiffer: Rote Fahnen im Wind empfange ich hier nicht, aber ich konnte gerade noch sehen, wie sie versuchen, den Haupteingang aufzubrechen.

Die Tür links von der LKW-Ladestelle ist überraschender Weise immer noch nicht verschlossen. Die Teams betreten das Gebäude ohne Probleme.

Im ersten Raum flimmert immer noch das Licht unregelmäßig leuchtender Leuchtröhren. Hier, im Lagerraum stehen auch noch die Kartons, aber weniger als vor zwei Tagen, so aber auch neue.

Sophie überprüft den Inhalt der Kartons, während die anderen die Umgebung beobachten. Das zweite Team hat den Lagerraum bereits verlassen.

Seltsamerweise enthalten alle Kartons nur Propagandamaterialien. Es fehlt die technische Ausrüstung.

Dies gebe ich durch, „Team, vor zwei Tagen gab es dort auch noch Kartons mit technischer Ausrüstung. Diese fehlen jetzt alle."

Sophie antwortet, „ich bestätige. Diese könnten aber auch einfach verteilt worden sein. Bald ist der G20 Gipfel in Nizza. Die linken planen dafür regelmäßig Eingriffe."

„Ok, ich verstehe," bestätige ich und beobachte weiterhin die Monitore.

Mein Team verlässt jetzt auch den Raum. Das andere Team betritt gerade den Wäscheraum am anderen Ende des flackernd beleuchteten relativ dunklen Ganges.

Giovanni öffnet die Tür zum Treppenhaus. Mit gegenseitigem Feuerschutz und vorsichtig stürmt das
[104]

Mission: Niedergang roter Krebs

Team die Treppe hoch und direkt vom Keller ins erste Stockwerk.

Auf einmal werden meine Monitore gestört. Es erscheint das Gesicht einer Frau mittleren Alters auf allen Monitoren und sogar dem Notebook. Sie hat relativ kleine, aber weit geöffnete Augen. Ihr schwarzes Haar ist eng am Kopf hinten zusammengebunden. Es glänzt im Licht der Scheinwerfer. Ihre Lippen sind giftig rot angemalt. Die Haut ist blass, aber die Frau ist braun geschminkt, zumindest im Gesicht. Schön ist das nicht. Sie lächelt nicht, hat einen eher neutralen oder auch ernsten Gesichtsausdruck.

Der Hintergrund ist steril weiß, sonst nichts, nur ein Schatten der Frau rechts unten im Bild stört das Weiß des Hintergrundes. Es gibt keinen Anhaltspunkt darüber, wo sich die Person befinden könnte.

Die Frau fängt an zu sprechen, „lieber Micha, wir wollten uns gerne persönlich bei dir bedanken. Dank deiner tatkräftigen Unterstützung können wir unsere größte Bedrohung, unseren europäischen Klassenfeind gleich endlich neutralisieren und du kannst alles in Echtzeit auf deinen Monitoren beobachten. Du brauchst nicht versuchen, sie zu warnen. Das bringt nichts mehr."

Von Freude befallen lächelt sie jetzt höhnisch und erzählt nach einer kurzen Pause weiter, „natürlich waren wir zunächst besorgt, weil du geflohen bist und vielleicht Beweise hattest, um uns auffliegen zu lassen, aber nach zwölf Stunden konnten wir endlich eine Verbindung zu dir aufbauen. Wir konnten alles sehen und hören, was du hören und sehen konntest. Danke für all die nützlichen Informationen. Wenn du weiter gegen uns kämpfst, werden wir unsere israelisch-palästinensischen Partner

Agent Pfeiffer: Rote Fahnen im Wind beauftragen, deine Familie ausfindig zu machen. Gönne ihnen lieber die Freiheit. Dann erlauben wir dir auch, dich frei in Deutschland bewegen zu können, aber vergiss nicht, wir sehen und hören alles was auch du siehst und hörst. Jetzt wünschen wir dir viel Spaß beim Feuerwerk, und achja, nach Markus brauchst du auch nicht mehr fragen."

Die Übertragung unterbricht. Es erscheinen wieder die Team-Kameras.

Hören kann ich alles. Ich versuche, mein Team über Funk zu erreichen, „Team, hört ihr mich? Achtung wichtig, hört ihr mich? Bitte bestätigen."

Ich warte, bekomme aber keine Antwort.

Ich versuche es erneut, „Team, ihr seid in einer Falle, kommt sofort raus, bitte bestätigen."

Erneut keine Reaktion. Das Team scheint die Mission wie gehabt fortzusetzen.

„Markus, hörst du mich?" Rufe ich nach vorne, auch hier keine Reaktion.

Den Helm sehe ich aber noch im Sitz zurückgelehnt. Vielleicht schläft er ja. Also bewege ich mich in Richtung Fahrer und stupse Markus an. Sein Kopf knickt nach vorne ein. Blut fließt runter.

Oh man, wurde er erschossen? Das linke Seitenfenster ist runter gekurbelt, daher hatte ich kein brechendes Glas wahrgenommen, aber noch nicht mal einen Schuss? Sind Waffen inzwischen so leise?

Mission: Niedergang roter Krebs

Motiviert, die Anderen irgendwie zu warnen, und doch auch mit schlechtem Gewissen, öffne ich die hintere Tür, als es plötzlich Explosionen in dem Gebäude gibt.

Ich höre laute explosionsartige Knallgeräusche. Hinter den Fenstern bewegen sich Feuerwände rasant in Richtung der Fenster. Diese geben der Druckwelle schnell nach. In allen Stockwerken Zerspringen die Fenster auf die Straße. Die Feuerwand bewegt sich noch einige Meter weiter nach draußen in die Luft.

Reflexartig ziehe ich eine Decke, die unter einem Sitz neben mir liegt, vor mein Gesicht. Rechts und links von mir schlagen Splitter ein. Zum Glück handelt es sich hierbei um Sicherheitsglas, es gibt also keine gefährlich scharfen Splitter, hoffe ich.

Zur selben Zeit fliegt auch die Tür des Kellers einige Meter in Richtung Straße und schleift ein wenig weiter, bis vor meine Füße. Dies hätte für mich auch schiefgehen können, ist es aber nicht.

Unmittelbar nach der Explosion laufe ich hinaus auf die Straße. Ich laufe zu den anderen Wagen und schaue hinein. Alle anderen sind erschossen worden, nur ich lebe noch. So viele Tote, alle, sogar mein komplettes Team, alle tot, alles wegen mir, alles, wie konnte ich bloß, wie ist das passiert? Wieso hatten wir daran nicht gedacht?

Mein Chip ist anscheinend angepasst, so programmiert, dass ich alles was ich höre und sehen direkt weiterleite an die Partei. Wie konnte ich Personen, denen ich so vertraue, mein Team, meine Freunde bloß so hintergehen? Was soll ich jetzt machen? Wo soll ich hin? Mit wem kann ich jetzt zusammenarbeiten?

Agent Pfeiffer: Rote Fahnen im Wind

Ohne Ahnung, was ich jetzt tun soll laufe ich hinein ins Gebäude. Unter mir knirschen die Scherben die auf die Straße geflogen sind. Teilweise lassen sie mich nach hinten wegrutschen.

Ich nehme im Moment nicht mehr viel um mich herum wahr. Meine Ohren sind noch ein wenig betäubt vom lauten Knall der mächtigen Explosionen. Ich höre sogar ein leises, andauerndes Piepen. Dennoch nehme ich auch wahr, wie einzelne Auto-Alarmanlagen losgegangen sind.

Das Gebäude betrete ich im Erdgeschoss vorsichtig. Auf der rechten Seite ist ein verschmorter Empfang. Hier und da gibt es kleinere Brände, die sich aber auszubreiten scheinen. Bilder hängen nicht mehr an den Wänden, sondern liegen zersprungen und angebrannt am Boden. Immer mehr Rauch sammelt sich oben an der Decke an. An einem weißen Pfeiler erkenne ich, dass ein großer Teil Brocken durch eine Explosion herausgesprengt wurde. Rings um die Bruchstelle herum ist es tiefschwarz. Je weiter von der zentralen Stelle entfernt, desto heller wird der Grauton des Rußes.

Mein letzter Traum, war das hier im Gebäude? War das Display nur eine Falle, um mich abzulenken, um mich jetzt noch schuldiger fühlen zu lassen? Anscheinend wusste ich sogar von der Gefahr die uns hier erwartete. Ich hätte alles verhindern können. Verdammt, was mache ich jetzt bloß?

Erschrocken laufe ich in Richtung Treppenhaus und rufe, „Sophie, Thomas, Giovanni, Francois, irgendwer, hört ihr mich? Ist da irgendwer? Hört mich irgendwer?"

Mein Gehör entspannt sich langsam vom Knall der Explosion. Trotzdem höre ich keine Reaktion, nichts, nur

Mission: Niedergang roter Krebs

das knisternde und lodernde Geräusch verschiedener, sich ständig ausbreitender Brände. Ich rieche mehr und mehr Qualm und verlasse das Gebäude wieder.

Vor dem Gebäude falle ich in die Knie, setze mich auf meine Verse. Was ist hier passiert? Ich kann es noch nicht vollständig verstehen, geschweige denn glauben. Die Explosion, das Video, alle tot, alles wegen mir.

Was soll ich bloß machen? Wo soll ich bloß hin? Vielleicht erst einmal ins Hotelzimmer? Der Polizei kann ich nicht trauen. Wir waren verdeckt unterwegs und ich gehöre nicht einmal zu Europol. Wer sollte mir also glauben? Mit meinem Israelischen Pass könnten sie mich wahrscheinlich sogar, wie so viele Falschmeldungen als böse darstellen.

Aus dieser Stadt, diesem potentiellen Sumpf des sozialistischen Verderbens, des roten Krebses muss ich raus. Dieser Krebs, der sich jetzt noch freier in der Gesellschaft ausbreiten kann. Was kann dieses Geschwür jetzt noch besiegen? Ich kann es auf jeden Fall nicht. Alles was ich sehe, sehen sie auch.

Verzweifelt richte ich mich wieder auf. Die Laternen sind immer noch aus und seltsamer Weise sind auch weder Polizei, noch Krankenwagen und auch keine Anwohner auf der Straße. Wie kann das sein? Ich meine, der Knall war doch laut genug. Das kann niemand überhört haben.

Langsam, noch nachdenklich und bedrückt begebe ich mich zum Transporter. Den toten Fahrer schmeiße ich auf den Gehweg. Zum Glück trage ich noch meinen schwarzen Anzug mit Handschuhen und Sturmmaske. Bloß keine Spuren hinterlassen die mich auch noch hinter Gittern bringen könnten.

Agent Pfeiffer: Rote Fahnen im Wind

So setze ich mich auf den Fahrersitz und starte den Motor. Möglichst unauffällig mache ich mich zurück auf den Weg nach Berlin.

Sollte ich mich auf den Weg zu meiner Familie begeben? Aber die Frau sagte, ich könne mich frei in Deutschland bewegen, nicht außerhalb, nicht in Israel. Meine Familie kann ich nicht gefährden. Niemand weiterem will ich das Leben Kosten.

Einige Kilometer vom Hotel, auf einem abgelegenen Parkplatz stelle ich den Transporter ab. Im hinteren Raum ziehe ich mich um, zurück in meine eigene Kleidung. Die schwarze Kleidung lasse ich hinten liegen.

Ich nehme eine Reisetasche und packe in ihr das Notebook, die Berlinkarte und die Waffen, die für mich vorgesehen waren. Außerdem finde ich auch noch einen Kanister mit Benzin. Diesen schütte ich aus, verteile es im ganzen Wagen und zünde es aus sicherer Entfernung an.

Schon bald brennt der Transporter lichterloh. Ich kann es nicht riskieren, dass dort Haare oder ähnliches von mir gefunden werden. Nichts was mich in Bedrängnis bringen könnte.

Schnell laufend mache ich mich auf den Weg in die Stadt. Im Hintergrund höre ich auf einmal eine Explosion. War dort noch ein Kanister oder eine Granate? Weiterhin laufe ich schnell, später etwas langsamer, unauffälliger zum Hotel.

Die Nachtschicht fragt mich, „Sie kommen aber spät, haben Sie mit Feuer gespielt? Sie riechen nach Qualm."

„Ja," antworte ich, „wir haben gegrillt, also ich durfte grillen und jetzt will ich nur noch ins Bett."

[110]

Eine Welt bricht zusammen
„Ok, schlafen Sie gut," wünscht mir die Nachtschicht eine gute Nacht.

„Danke, Ihnen eine ruhige Schicht," erwidere ich und verschwinde auf mein Zimmer, wo ich direkt ins Bett falle, schlafe.

Eine Welt bricht zusammen

Sonnenstrahlen, die durch das Fenster in mein Gesicht scheinen, wecken mich am nächsten Morgen auf. Im ersten Moment vergesse ich alles um mich herum, alles was ich eigentlich mit Sicherheit weiß. Ich genieße die Wärme, die mir die Sonne schenkt und drehe mich noch einmal auf die Seite.

Lange hält dieses Gefühl des Friedens aber nicht an. Schon bald erobern die Gedanken und Erinnerungen an die letzten Tage wieder mein Bewusstsein. Ich erinnere mich, wie ich unter kompletter Angst aufgewacht und aus dem Gebäude geflohen bin. Dann war da der Moment in dem ich mich in einem Baumhaus verstecke und fast erschossen wurde. Es folgte die Flucht in gestohlenen Autos, die Nacht im Wald und die Festnahme. Bis dahin gab es niemanden dem ich vertrauen konnte. Ich war verzweifelt.

Dann kam Sophie und hat das Licht in mein Leben zurückgebracht. Dank ihr konnte ich fliehen und meine Familie aufsuchen, sie in Sicherheit bringen. Im Park wurde ich dann wieder von Sophie aufgesucht und ich habe gelernt, auch ihr zu vertrauen. Sie hat mir vertraut und mich in ihrem Team willkommen geheißen. Zusammen haben wir eine Mission gestartet, einen ersten Schlag, um wieder Recht und Ordnung herzustellen. Leider war der Schlag nur ein Schlag gegen uns selbst.

Agent Pfeiffer: Rote Fahnen im Wind

Wegen mir sind wir aufgeflogen, ist das Gebäude explodiert. Andere Kollegen wurden erschossen. So viel Tod wegen mir. Alles tot, alles schwarz, ich bin alleine, alleine hier. Ich muss neue Freunde finden, aber wo, aber wen? Jeden dem ich vertrauen kann bringe ich in unmittelbare Gefahr. Nichts kann ich verheimlichen, nichts. Tragischer Weise bin ich nicht nur mit den Guten verbunden. Die Bösen haben Leserechte meiner Gedanken. Was soll ich bloß machen?

Ist der einzige Ausweg welchen ich habe, die Ressourcen der Gegner zu schwächen, Selbstmord? So weit will ich noch nicht denken. Noch habe ich Hoffnung.

In der Tasche der Hose, die ich gestern getragen habe, finde ich die Visitenkarte die mir der verlorene Unternehmer gegeben hatte. Vielleicht kennt er ja einen Ausweg. Vielleicht kann er mir ja helfen. Wenn mich jemand versteht, dann doch bestimmt er, wer sonst?

„Manfred Schulz" steht auf der Visitenkarte, zusätzlich „Professionelle Inneneinrichtung und Design", eine Adresse und weitere Kontaktinformationen.

Mit der Karte mache ich die Adresse schnell ausfindig. Sie befindet sich nur wenige Gehminuten entfernt. Schnell ziehe ich mir etwas an und nehme auch die Sporttasche mit den Waffen und dem Notebook mit mir. Am Empfang frage ich nach einem Umschlag mit Briefmarke, den ich auch bekomme. Auf dem Umschlag schreibe ich ohne hinzuschauen meine Adresse in der Riemannstraße. Irgendwie muss ich alles was Verdacht erregt loswerden, verstecken, aber dennoch zugänglich haben, bis ich einen Plan habe. Da ich niemanden sonst in Gefahr bringen will, muss ich meine eigene Adresse verwenden.

Eine Welt bricht zusammen

Im zügigen Schritt mache ich mich jetzt auf den Weg zum Bahnhof Zoologischer Garten.

Dort angekommen, bitte ich mit geschlossenen Augen einen Obdachlosen, „entschuldigen Sie, können Sie mir einen Gefallen tun?"

Ich spüre einen Wind auf der Haut, der nicht von der Natur oder den umherfahrenden Autos kommt, zudem auch ein stechender Geruch.

„Ja, aber sicher kann ick dit," ertönt eine dunkle und verrauchte männliche Stimme.

Ich fahre fort, „könnten Sie mir bitte für zehn Euro helfen und mich zu einem offenen Schließfach führen? Ich kann meine Augen nicht öffnen."

„Klar, dit mach ick doch jerne," antwortet er.

Er legt seinen Arm in meinen Arm und führt mich. Hin und wieder stoße ich irgendwo an, aber er führt mich sicher dorthin, wo ich hinmuss. Als er stoppt fühle ich mit meinen Händen nach vorne. Dort ist ein offenes Schließfach.

„Wo ist jetzt mein Jeld?" Hakt er nach.

„Einen Moment noch," bitte ich ihn und verstaue die Tasche in dem Schließfach.

„Können Sie mir für weitere zehn Euro bitte helfen, das Schließfach zu verschließen?" Bitte ich ihn und hole eine Hand voll Kleingeld aus meiner Tasche.

Er hilft mir wieder, ohne zu antworten nimmt Kleingeld, steckt es ins Schließfach, schließt ab und gibt mir den Schlüssel.

Agent Pfeiffer: Rote Fahnen im Wind

„Danke," bedanke ich mich, „für weitere 10 Euro bringen Sie mich bitte zum Zoo Eingang. Wenn ich dort bin, verschwinden Sie bitte so schnell wie möglich."

Jetzt nehme ich die schon bereitgelegten 30 Euro aus meiner Tasche und halte sie ihm hin.

„Danke sehr, Sie haben meinen Tag gerettet," zeigt er seine Dankbarkeit und führt mich weiter, auch über eine befahrene Straße.

„Ick bin dann mal wech," verabschiedet er sich.

Ich warte noch einige Minuten, bevor ich mit noch immer verschlossenen Augen den Schließfach-Schlüssel in dem Umschlag verpacke. Den Umschlag verstaue ich jetzt in meiner Jackentasche.

Zu Laufen, mit verschlossenen Augen, war schon eine riesige Mutprobe, eine Vertrauensprobe. Die Person hätte mich irgendwo anders hinführen können, hätte mich überfallen können, aber sie hat es nicht. Nicht alles im Unbekannten ist also böse und schlecht. Und diesen freundlichen Helfer habe ich nicht dadurch enttarnt, dass ich ihn angesehen habe. Ich fühle mich gut, zumindest ein wenig besser.

Aber Moment, im Bahnhofsbereich gibt es sicherlich auch Überwachungskameras. Was habe ich bloß getan? Wieso habe ich daran nicht gedacht? Habe ich schon wieder jemanden gefährdet? Und ist meine Tasche etwa nicht sicher? Aber was sollte ich sonst mit ihr machen?

Leicht bedrückt und nervös mache ich mich jetzt auf den Weg zu „Manfreds Innendesign". Vielleicht ist er ja in seinem Laden. Da ich ihn jetzt bereits enttarnt habe, muss ich ihn zumindest warnen, dass er sich in Sicherheit bringt. Er weiß noch gar nicht, in was für eine Gefahr ich ihn gebracht habe.

Ich gehe dort zu Fuß hin und denke darüber nach, was ich machen kann. Was kann ich eigentlich unternehmen?

Ich kann nicht aktiv gegen die Partei vorgehen. Die würden sofort Bescheid wissen. Auch kann ich das Land nicht verlassen, also nicht zu meiner Familie, ohne sie in Gefahr zu bringen. Ich traue mich noch nicht einmal, sie anzurufen. Was sollte ich erzählen? Ich will Lisa nicht beunruhigen. Wahrscheinlich würde sie schon bald herkommen, nein, das kann ich nicht riskieren. Auch wenn ich nicht viel über sie, über uns weiß, dennoch fühlte und fühle ich eine unglaublich enge Verbindung zu ihr. Sie muss in Sicherheit sein. Ich darf nichts unternehmen was sie gefährdet, auch wenn das heißt, dass ich sie nie wiedersehe.

Wie konnte ich bloß in diese Situation geraten? Ich weiß nicht, was ich tun soll, geschweige denn, was ich getan habe, um überhaupt in diese Situation zu geraten. Niemandem kann ich vertrauen. Jede Person mit der ich mich unterhalte ist im Risiko. Alles was ich sehe und höre nehmen sie wahr.

Das Gefühl der Verzweiflung wird immer größer in mir. Die Hoffnung schwindet. Ich spüre Angst, Angst nie wieder ein normales Leben haben zu können. Eine Angst, meine Lisa und Samantha nie wieder sehen zu können. Große Angst, jeden mit dem ich mich über die Partei unterhalte, zu riskieren. Ich bringe den Schatten, das Böse über die Menschen in meinem Umfeld. Probleme und Gefahr werden von jetzt an meine ewigen Begleiter sein.

Agent Pfeiffer: Rote Fahnen im Wind

„Merkt ihr nicht, in was für einer Welt wir Leben?" Schreie ich laut hinaus auf die Straße. Einige Leute drehen sich zu mir um.

„Ja, schaut ruhig, aufgeschnitten wurde ich am Kopf, einen Chip haben sie mir implantiert, die linken Terroristen," setze ich mein Geschrei fort, „alles ist organisiert von der sozialistischen Partei. Sie verkaufen euch allen ihre Lügen, nur zahlen sie dafür nicht. Nein, sie nicht, aber ihr werdet dafür zahlen, mit eurer Freiheit, mit eurem Wohlstand. Der Clou ist noch, die welche es durchschauen werden umgebracht oder instrumentalisiert, genau wie auch ich. Alles was ich sehe oder höre, sieht und hört auch dieser Abschaum. Sie belügen euch alle und wenn ihr nicht nach ihrer Pfeife tanzt, seid auch ihr dran."

Ich laufe einige Schritte weiter, bin schon fast in Manfreds Laden. Noch einmal fühle ich mich einfach danach, zu schreien. Das Schreien hat in diesem Moment etwas Befreiendes.

Also schreie ich einfach, „aah, öffnet eure Augen, nicht der Kapitalismus, sondern der Drang nach Macht und Dominanz der Sozialisten sind was euch vernichtet. Es wird euch alle vernichten. Keine Chance habt ihr! Ihr könnt euch verstecken, diese Terroristen werden euch finden. Lauft so lange ihr noch könnt. Lauft! Aah."

Jetzt stehe ich vor Manfreds Laden. Die Scheibe in der Tür ist zerschlagen. Alle anderen Schaufensterscheiben sind noch stark verrußt. Der Gestank von verbranntem Plastik, aber auch Holz, reicht noch bis vor die Tür in meine Nase. Dies ist also einer der Anschlagsorte gegen den Kapitalismus, der vom Berliner Senat einfach mal als Kollateralschaden abgetan wird. Zu groß ist der Einfluss

Eine Welt bricht zusammen

der Sozialistischen Partei hier bereits seit Jahren. Traurig ist es, dass ihr Einfluss mit Unterstützung aus anderen Ländern, basierend auf Lügen und einer rot, wie in Blut getränkten Ideologie, immer weiterwächst, wie ein Krebsgeschwür, das die Gesellschaft langsam und qualvoll umbringt.

Ich betrete den Laden durch die zerschlagene Tür. Der Gestank wird hier drinnen noch schlimmer. Verschmorte Plastikgegenstände und zumeist abgebrannte Reste von Holzmöbeln stehen hier herum. Die Wände sind alle schwarz vom Ruß. Auch im Hinterzimmer und dem Waschzimmer sind die Folgen des Anschlags unübersehbar. Manfred ist nicht hier. Ich hoffe, ihm ist nichts passiert.

„Manfred," rufe ich, vielleicht hört er mich ja, „Manfred, sie sind auch hinter dir her. Laufen musst du, laufen so weit wie möglich. Diese Terroristen wollen nicht nur den Kapitalismus, sondern auch jeden der den Kapitalismus versteht umbringen. Jeder der die Ökonomie versteht ist eine Gefahr für das System. Sie wollen den ökonomischen Analphabetismus sähen. Sie wollen unsere so wunderbare und zumeist freie Gesellschaft zerstören, die Politiker und GegenKa. Aah, Manfred, hörst du mich? Wir sind hier nicht mehr sicher. Niemand ist hier sicher."

An der Straße erkenne ich Passanten passieren. Manche schauen auch zu mir rein oder bleiben sogar stehen.

„Nicht gucken sollt ihr, laufen müsst ihr, bringt euch in Sicherheit solange ihr noch könnt. Schon bald wird ein blutrotes sozialistisches Regime auch euch jagen, wenn ihr deren Glauben nicht teilt. Mich hat es schon getroffen. Ich bin eine Gefahr für jeden um mich drum zu. Alles was

Agent Pfeiffer: Rote Fahnen im Wind

ich sehe und höre, hören auch die. Die haben mir einen Chip eingepflanzt und meine Erinnerung ausgelöscht. Nichts weiß ich mehr, außer dass die Böse sind und euch alle belügen. Nehmt euch in Acht vor dem linken Gesindel, diesen Terroristen. Jetzt, wenn ich euch sehe, seid ihr auch in Gefahr, also lauft, ihr wisst jetzt zu viel."

In der Ecke des Raumes sehe ich eine noch fast volle Flasche mit Whisky. Es sieht so aus, als wollte sich Manfred hier betrinken, die Lösung im Alkohol finden. Aber vielleicht klappt das ja auch bei mir. Ich gehe zur Flasche und bringe sie zurück an meinen Platz.

Hier sitze ich im Schneidersitz und trinke den Whisky, pur und warm, wie er am wenigsten schmeckt. Am Anfang ist es noch echt ekelig, aber schon bald ist mir das auch egal.

Draußen nehme ich wahr, wie hin und wieder Leute reinschauen.

Ich rufe schon etwas betrunken hinaus, „ihr braucht gar nicht so doof zu gucken und zu lachen. Das Lachen wird euch auch noch vergehen. Die Sozialisten kommen für euch. Wer hat Angst vorm roten Mann? Niemand? Solltet ihr aber. Sie werden euch alle verfolgen und foltern, bis ihr ihrem Glauben, ihrer blutigen Ideologie folgt, oder wenn ihr gegen sie vorgeht, werden sie euch umbringen. Sie sagen, sie wären nicht mehr wie zu Zeiten der DDR. In Wirklichkeit sind sie noch Schlimmer. Die GegenKa ist die neue Stasi. In Frankfurt (Oder) haben sie ein neues Folterlager Hohenschönhausen, oder hatten, das ist ja explodiert, boom, mit allen meinen Freunden drinnen. Lauft solange ihr noch könnt. Schon bald kommt der Onkel Genosse auch für euch. Er wird euch holen, also lauft. Ihr seid alle Klassenfeinde. Ihr seid alle krank. Lauft

Eine Welt bricht zusammen schnell, lauft weg, lauft so schnell und weit euch eure Beine tragen."

Diese Hoffnungslosigkeit, Verzweiflung und Angst zerfressen meinen Körper. Der Alkohol macht es nur noch schlimmer, aber das ist jetzt auch egal. Ich lege mich einfach auf den Boden und Schreie, „aah," für einige Minuten.

Auf einmal betreten zwei Männer in Schwarz mit gelben Streifen den Raum. Ich erkenne sie nur in den Augenwinkeln und schreie einfach weiter, fühle mich auch benebelt.

„Haben Sie Schmerzen?" Fragt einer. Ich schreie nur. Das fühlt sich jetzt befreiend an.

Der andere kniet sich neben mir nieder. legt seine in Handschuhen eingetauchte Hand auf meine Schulter, und fragt, „ist alles in Ordnung?"

Ich schrecke bei Berührung zurück und rufe, „ihr gehört zu denen. Ihr seid auch Mitglieder dieser roten sozialistischen Terroristen. Wollt ihr mich jetzt auch umbringen oder einsperren? Reicht es nicht, dass ihr mein Leben zerstört habt?"

„Sind sie in Ordnung? Was haben Sie?" fragt einer der beiden nach.

„Was soll los sein?" Frage ich laut rufend nach, „ich war in Ordnung, bis mir die Sozialisten einen Chip implantiert haben, hier in den Kopf. Jetzt sehen und hören sie alles was ich sehe und höre. All meine Erinnerungen haben sie gelöscht, alles, aber das wisst ihr doch, ihr gehört doch zu denen. Lasst mich in Ruhe. Verschwindet aus meinem

Leben. Lasst mich in Ruhe. Ich will euch nicht und lasst meine Familie in Frieden. Die haben euch nichts getan."

Einer der beiden geht raus und spricht etwas in sein Funkgerät. Ich sitze zusammengekauert in einer Ecke, als der eine von draußen plötzlich wieder hineinkommt. Er versteckt etwas hinter seinem Rücken.

„Wie heißen Sie?" Fragt er ganz ruhig nach.

„Das wissen Sie doch," schreie ich ihn an.

„Ganz ruhig," antwortet er, „was halten Sie davon, wenn wir Sie in Sicherheit bringen? Wir sind auf Ihrer Seite."

„In Sicherheit?" Hake ich nach, „wo soll das sein? Ihr linkes Gesindel seid doch überall."

Er kommt näher und versucht, mir seine Hand auf die Schulter zu legen. Ich zucke zusammen, als der andere eingreift und mich fest gegen die Wand presst. Der erste Feuerwehrmann spritzt mir etwas in den Arm. Schon bald verliere ich das Bewusstsein.

Den nächsten Augenaufschlag erlebe ich sitzend in einem Wagen, wahrscheinlich einem Krankenwagen. Meine Arme und Beine sind festgebunden. Ich kann diese kaum bewegen. Von oben ertönt eine schrille Sirene. Hinter mir müsste der Fahrer sitzen. Vor mir sitzt ein anderer Sanitäter.

„Wohin bringen Sie mich? Ins GegenKa Lager? Soll ich dort gefoltert werden?" Frage ich aggressiv nach.

„Nein, wir bringen Sie in Sicherheit," antwortet der Sanitäter in ruhiger Stimme.

[120]

Eine Welt bricht zusammen

„In Sicherheit, dass ich nicht lache," antworte ich laut, während ich versuche, mich zu befreien, „sie Stecken doch mit denen unter einer Decke. Für Sie bin ich doch nur ein Klassenfeind. Ja, ich habe alles mitbekommen, Ihre Kollegen haben mir einen Chip eingepflanzt und sehen und hören alles was ich sehe und höre. So habt ihr mich doch auch gefunden. Erzählen Sie doch kein Müll."

„Psst, beruhigen Sie sich doch," bittet mich der Sanitäter mit aller Ruhe.

„Beruhigen?" Erwidere ich aufgebracht, „nur damit Sie sich nicht so schlecht fühlen wegen dem was Sie mit mir machen? Sie sind echt witzig."

In diesem Moment verabreicht mir der Sanitäter eine weitere Spritze und ich schlafe ein.

Vorsichtig öffne ich meine Augen. Mein Kopf fühlt sich benommen an. Von links oben strahlt mich die Sonne an, durch ein Fenster, schmal und ganz oben an der Wand.

Ich befinde mich auf einer Liege, bin wieder gefesselt. Der Raum ist weiß. Die Wände sehen aus, als wären Sie mit Polstern bedeckt. Ansonsten ist der Raum steril.

„Hallo," rufe ich, „wo bin ich hier?"

Keine Antwort ertönt. Für einige Zeit versuche ich, mich aus meinen Hand- und Fußfesseln zu befreien, aber ohne Erfolg. Irgendwann fangen meine Hand- und Fußgelenke an zu schmerzen, aber ich höre nicht auf. Ein Zeitgefühl habe ich hier nicht, nur den Drang, mich zu befreien, was auch immer ich dann machen werde.

Irgendwann betreten Personen in weißen Kitteln den Raum.

[121]

Agent Pfeiffer: Rote Fahnen im Wind

„Wer sind Sie?" Frage ich nach, „sind Sie auch mit der Partei? Was machen Sie mit mir? Wo bin ich?"

Gesprächig sind meine Gäste nicht. Sie drücken lediglich meinen Kopf ins Kissen und leuchten mir in die Augen. Sind das wohlmöglich echte Ärzte und ich bin paranoid geworden?

Nein, das kann nicht sein. Die Partei ist überall. Sie haben meine Freunde getötet und meine Familie bedroht. Wahrscheinlich haben sie auch bereits Manfred und den netten Obdachlosen eingesperrt oder sogar schlimmeres mit ihnen gemacht.

„Warum bringen Sie mich nicht einfach um? Dann wäre ich zumindest durch mit dem Chaos oder bin ich ein zu großes Investment für die Partei?" Denke ich laut vor mir hin.

Eine der Personen verlässt den Raum kurz und holt einen Becher.

„Ist das was zu trinken?" Frage ich, „das wäre super, weil ich habe echt Durst."

„Mund öffnen," fordert mich die Kittelträgerin auf, mit dem Becher in der Hand.

In der Vorfreude und Erwartung auf etwas zu trinken, öffne ich den Mund. Sie hält mir den Becher an den Mund, aber alles was rauskommt sind nur Pillen. Ich spucke sie wieder aus.

Die Person holt einen weiteren Becher und fordert mich auf, „bitte den Mund öffnen und die Tabletten nicht ausspucken. Die Tabletten helfen Ihnen."

Ich halte meinen Mund geschlossen.

[122]

Eine Welt bricht zusammen

Sie wiederholt die Bitte, „bitte öffnen Sie den Mund."

Den Mund behalte ich geschlossen. Die Frau schaut ihren Kollegen an. Er nickt und fasst mich mit seinen Händen an. Mit einem Griff zwingt er mich, den Mund zu öffnen.

Sie stopft die Tabletten in meinen Mund und er presst meinen Mund zu.

„Schlucken Sie schon," fordert er mich auf.

Ich schlucke nicht.

„Ich habe Zeit," fährt er fort, „früher oder später werden Sie schon schlucken. Je früher, desto besser für sie."

Doch ich halte meinen Wiederstand aufrecht, solange, bis ich so viel Spucke im Mund habe, dass ich schlucken muss. Ich hoffe nur, dass die Tabletten bereits genügend angegriffen sind, so dass die Wirkstoffe es nicht mehr dorthin schaffen, wo sie hinsollen.

„Danke, bis später" verabschieden sich die Kittelträger nach draußen.

Wo bin ich hier nur gelandet? Bin ich in einer psychiatrischen Heilanstalt? Wie komme ich hier her? Hat mich die Partei einweisen lassen um eine Gehirnwäsche zu verüben?

Wieso ist mein Leben bloß so instabil, so unglaublich wechselhaft. War es immer schon so? Ich glaube nicht, aber ich weiß es auch nicht. Was soll ich bloß machen?

Allmählich fühle ich mich immer mehr benebelt in meinem Kopf. Es fällt mir immer schwerer, meine Gedanken zu fokussieren, mich zu konzentrieren. Mein Kopf fühlt sich an, als würde mein Gehirn gegen die Kopfwände prallen. Bumm, bumm, bumm.

Das Fenster ganz oben an der Wand bewegt sich weiter nach oben Es wird auch ein wenig s-förmig. Die Lampe direkt über mir strahlt inzwischen buntes Licht aus. Kleine Kugeln, Pyramiden und andere Formen fallen langsam auf mich herab und in den Raum. Sie könnten mich erdrücken, aber ich mache mir keine Sorgen.

Wieso sollte ich mir auch Sorgen machen? Ich meine, mir geht es gut soweit. Mir geht es einfach gut. Es ist alles toll.

So träume ich vor mir her und schlafe langsam ein. Ich träume von Einhörnern und Engeln die sich um mich kümmern. Sie tragen mich hinaus, zeigen mir eine wunderbare Welt, eine Erde ohne Hass, Angst, Mistrauen, Gewalt und Krieg.

Sie fliegen mich in eine Welt in der jeder frei ist, sich um sein Leben zu kümmern, sich und seine Familie ernährt, aber auch mit anderen tauscht und kooperiert.

Um es zu vereinfachen, an die Ware zu kommen die sie benötigen, nutzen sie Geld als Wertaufbewahrungsmittel. Güter direkt sind ja schließlich verderblich und niemand braucht für sich 20 Fische am Tag. So kann sich jeder ein Guthaben anarbeiten, um an anderen Tagen auch mal abzuschalten, oder sich vermehrt um seine Träume zu kümmern. Dies macht die Menschen glücklich. Das kann ich sehen. Es macht sie glücklich, weil sie auch wissen, wie es ist, jeden Tag Beeren zu sammeln und auf die Jagd gehen zu müssen, sich komplett um alles zu kümmern. Stattdessen haben sie eine Form der Arbeitsteilung entwickelt. Damals, als jeder noch alles gemacht hat, hatten sie nicht die Freizeit, nicht den Luxus, auch ihrer

Eine Welt bricht zusammen

Leidenschaft zu folgen. Auch gab es wesentlich weniger Innovation und Fortschritt.

Diese wundervollen Fabelwesen zeigen mir, wie jeder jeden respektiert und wertschätzt. Es gibt niemanden, der ihnen vorschreibt, was sie zu tun haben. Auch gibt es keinen Staat, der versucht, den Markt über unnütze Regeln komplett zu regulieren, auszubremsen und das Leben so zu relativieren. Wenn es jemandem nicht gut geht, springen Familie und Freunde ein. Sie unterstützen einander. Sie kümmern sich umeinander.

Gesetze sind hier überhaupt nicht notwendig, da jeder für sich akzeptiert, nicht zu stehlen, nicht zu betrügen, nicht Gewalt auszuüben und nicht zu morden. Die Menschen können auch aufeinander vertrauen und darauf, dass sich der Markt von alleine reguliert. Sie leben nach ihren guten gleichwertigen und respektierenden Werten. Normen sind hier nicht benötigt.

Selbst wenn einzelne Personen mal Konflikte haben, so lösen sie diese mit Worten und Kompromissen. Sie greifen nicht zur Gewalt, weder verbaler noch physischer Gewalt. Konflikte werden mit Vernunft und Verstand gelöst. Manchmal unterstützen auch unparteiische Schlichter.

Die Menschen brauchen hierzu keinen Glauben, weil sie an den Erfolg des Guten glauben und daran, dass jeder Mensch sein Glück selbst in die Hand nehmen muss. Sie erkennen das Gute zuerst und vertrauen den Mitmenschen, auch an das Gute zu glauben. Diese Menschen sehen zuerst Chancen in neuen Wegen und nicht das Risiko. Sie machen und lernen aus der Vergangenheit, um Fehler nicht zu wiederholen. Sie laufen nicht zehn Mal gegen die gleiche Wand, sondern wenden das Gelernte auch an. Hierzu benötigen sie keine Jahrhunderte alte Schrift, sondern einzig und alleine ihre Vernunft und der Glaube an den Erfolg.

In dieser Welt will ich leben, will ich bleiben. Jeder akzeptiert mich wie ich bin. Jeder glaubt an das Mitgefühl mit dem nächsten, an die Macht der Güte und Liebe. Jeder glaubt daran, dass es mit der Logik am besten vorangeht. Alle sehen sich Gegenseitig als gleichwertig an, ungeachtet der Rasse, Sexualität oder des Geschlechtes. Egal wer, alle zeigen Empathie, sie zeigen eine Bereitschaft, sich in anderen Menschen, Pflanzen und Tieren einzufühlen. Sie leben im Einklang mit der Natur und berauben sie nicht übermäßig um ihr Leben.

Jeder in dieser wunderbaren Welt glaubt auch an sich, seine Potentiale und seine Erfolge. Sie zeigen Ehrlichkeit und Integrität. Die Menschen in dieser Welt haben den Schlüssel für ein Zusammenleben aller Rassen, Lebewesen, Pflanzen und dem Leben schenkenden Planeten gefunden. Dies müssen sich die Schreiber alter Texte als Paradies vorgestellt haben, eine Idee, ein Ideal, welches von Generation zu Generation weitergegeben wurde, bis es auf Papier festgehalten wurde.

Auf einmal verschwinden die Engel und Einhörner. Ich stehe am Boden und dunkle Wolken ziehen auf. Was passiert hier?

Wie in einem Traum kann ich immer noch fliegen, jetzt aber alleine. Ich kann die Welt von oben betrachten. Ich kann sehen, wie sich die Welt verändert.

Auf einmal jagen die Menschen viel mehr Tiere als sie benötigen. Die Gier nach Geld und Macht lässt sie das wunderbare Gleichgewicht der Erde zerstören. Die

Eine Welt bricht zusammen

Menschen entwickeln Kriminalität, suchen Lösungen in physischer Gewalt, an Stelle von Logik und Worten. Sie verstehen sich immer weniger. Die Menschheit entwickelt Fremdenhass, basierend auf Angst durch die wachsende Kriminalität und die Angst vor dem Fremden. Je mehr Angst auftritt, desto mehr Fremdenhass und Abschottung entwickeln sich. Es gibt immer mehr Gruppierungen die sich abgrenzen von anderen, nur weil sie anders aussehen, anders lieben oder anders sind. Sie entwickeln eine Angst vor dem Unbekannten. Sie glauben nicht mehr an das Gute, an die Chance, anstelle des Risikos. Sie sehen Probleme und keine Herausforderungen.

Einige weise Menschen sehnen sich nach alten Zeiten und suchen nach Lösungen. Sie erschaffen Religionen um anderen einen Sinn im Leben zu ermöglichen. Mit weisen Texten wollen sie es erreichen, die Menschheit wieder in den Griff zu bekommen. Ein höheres Wesen soll Regeln aufstellen, Regeln wie liebe den nächsten wie dich selbst, du sollst nicht stehlen oder du sollst nicht morden. Wem sollten sie sonst gehorchen, wenn nicht einem höheren Wesen, einem Erschaffer? Sie beschreiben eine komplette Geschichte drum rum, um diese Werte an folgende Generationen weiterzugeben und das Böse im Keim zu ersticken.

Leider klappt dies aber nicht zu 100%. So bildet sich eine Institution um diese Religionen, die wiederum von Menschen gesteuert auch Macht und Dominanz begehrt.

Parallel werden auch andere Konstrukte gebildet, Regierungen die Gesetze erlassen. Es wird die Gewaltenteilung eingeführt, um die Gefahr von Machtmissbrauch zu verhindern. Drei unterschiedliche Einheiten entwickeln Gesetze, kontrollieren ihre Einhaltung und sprechen Recht.

Agent Pfeiffer: Rote Fahnen im Wind

Es entwickeln sich mehr und mehr Gesetze. In manchen Ländern kontrolliert der Staat sogar alles und jeden. Er will jeden als gleichgestellt ansehen und teilt Arbeitsplätze und Nahrung zentral zu. Auf Grund der aufkommenden Gewalt wurde so alles reguliert und parallel die Freiheit jedes einzelnen geraubt. Ist der Staat somit nicht zur höchsten Instanz der Kriminalität geworden?

In anderen Ländern dominiert ein autoritärer Strang, um alles unter Kontrolle zu halten. Mit Gewalt wird bestraft und nur die Monarchen verdienen am Ende, versprechen im Gegenzug Sicherheit, Sicherheit vor anderen Ländern, Räubern und vor sich selbst. Diese Monarchien erlassen die Gesetze und Erlasse, die sie benötigen.

Erst spät scheint sich die Lage etwas zu beruhigen, scheint die Freiheit jedes Einzelnen wieder mehr Bedeutung zu gewinnen.

Ich wache auf, öffne meine Augen und denke über das Geträumte nach. Könnte dies die Entwicklung der Geschichte der Menschheit gewesen sein? Führt der Selbstschutz, zum zwanghaften Willen, jede Person als gleich, mit gleichen Potentialen anzusehen? Führt der Selbstschutz des Sozialismus dazu, dass das schützende Organ in sich selbst kriminell wird? Sorgt der Wille, die Sucht nach mehr und mehr Macht, dazu, dass ein im Grunde nicht schlechter Gedanke dafür sorgt, dass dieser bösartig umgesetzt wird? Sollten Vereinigungen von Menschen nicht weniger die Möglichkeit haben, Macht über ganze Nationen wie Diktatoren auszuüben? Ist nicht jedes System in dem Menschen beteiligt sind, bereits von einer potentiellen Gefahr infiltriert?

Je mehr Regeln es gibt, je mehr der Staat die Wirtschaft und die Bevölkerung steuern will, desto weniger Freiheit

Eine Welt bricht zusammen

hat jeder Einzelne. und desto weniger Freiheit hat auch die Wirtschaft. Der Grundgedanke dahinter ist, die Kriminalität einzuschränken, aber funktioniert das je nach System unterschiedlich gut. Macht- und Dominanzgier einzelner Menschen steigt diesen immer wieder zu Kopfe.

Der Sozialismus hat bisher jede Wirtschaft und in Folge dessen auch die Verfügbarkeit der Güter und die Lebensqualität der Bevölkerung in die Knie gezwungen. Leider gibt es immer wieder Idealisten die glauben, es besser machen zu können, auf Kosten ganzer Staaten wie Venezuela oder Nordkorea. Man muss den Menschen, dem Markt auch Freiheiten geben, um glücklich zu sein, um Fortschritt zu erreichen und um den Wohlstand einer Gesellschaft zu fördern.

Wow, verrückt, was diese Drogen mit mir gemacht haben. Eigentlich sollten sie mich einschränken, aber irgendwie habe ich das Gefühl, dass sie mich weiser machen. Ich erinnere mich daran, wofür ich kämpfe, nämlich für die Freiheit, die Selbstbestimmung und die Selbstentfaltung eines jeden. Nicht jeder Mensch hat schließlich die gleichen Talente, weshalb es wichtig ist, dass sich jeder Mensch selbst entfalten kann.

Doof nur, dass ich mich nicht an meine Talente erinnere. Was macht mir Spaß? Worin bin ich gut?

Unerwartet entspannt döse ich weiter vor mir hin.

Nach einiger Zeit betreten die zwei Kittelträger wieder den Raum. Ich werde vom Öffnen des Schlosses der Tür wach.

„Hey ihr zwei, lasst mich raus, ich muss die Welt retten, auch euch. Ich habe eine Mission für die Freiheit. Lasst mich raus oder gehört ihr auch zu den Gegnern?" Rufe ich den beiden entgegen.

Der Mann bleibt stehen, die Frau geht wieder raus. Sie kommt mit einem Infusionsständer wieder zurück.

„Wir müssen Ihnen Flüssigkeit zuführen," erklärt sie mir, „bitte wehren Sie sich nicht. Keine Angst, das ist nur Wasser und wir sind für Sie da."

Ich versuche aber, mich zu wehren. Schließlich sehe ich klar und muss das Land, vielleicht sogar die Welt retten. Ich bin ein Freiheitskämpfer.

Der Mann hält meinen Arm fest. Die Frau legt mir einen Zugang mit Dreiwegehahn und lässt verschiedene Substanzen in meine Venen laufen. Zunächst fühle ich mich noch normal, bald wird mir aber übel bevor ich wieder einschlafe.

Dunkle Hoffnung

Ein schwarzer Raum, kein Traum, nichts an das ich mich erinnere, irgendwann nehme ich meine Umgebung nur wieder wahr. Mein Kopf fühlt sich weich an. Wer bin ich, wo bin ich? Wie bin ich hierhergekommen? Bin ich hier etwa zu Hause? Ich trage weiße Hausschuhe und einen weißen Pyjama.

Auf einem Stuhl sitze ich, mit drei anderen am selben Tisch. Zwei spielen Schach, der dritte malt und ich? Was mache ich hier und wer sind die anderen? Alle tragen die selbe Kleidung hier, auch an den anderen Tischen.

Ich frage in die Runde, „hey, wer bist du? Wer bin ich? Wo bin ich hier?"

Dunkle Hoffnung

„Psst," flüstert der Malende, „nicht reden, wenn die Aufseher wieder merken, dass dein Verstand wiederkommt, dann setzen sie dich wieder unter Drogen und du verschwindest für ein paar Tage, also rede nicht, male einfach nur vor dich hin. Schließlich musst du hier raus kommen um die Menschheit zu retten, um ihr und uns die Freiheit zu schenken."

„Richtig," flüstert einer der Schachspieler, „schließlich bist du der Auserwählte, der Retter der Menschheit, der goldene Reiter der die Freiheit bringt, und die Aufseher sind mit dir kritischer als mit allen anderen. Du musst dein goldenes Einhorn finden, um deine Mission zu erfüllen."

„Ok, wenn ihr meint," antworte ich leise flüsternd und ruhig, „kann ich mich denn bewegen?"

„Ja," antwortet der Maler, „aber vorsichtig, langsam, nicht reden, nicht antworten, wenn dann einzelne Worte und auf den Boden gucken. Immer runter gucken, Nicht lächeln und kleine Schritte, sehr kleine Schritte."

„Ok, danke," antworte ich.

Was meinen die mit ich sei der Auserwählte? Auserwählt von wem? Und Freiheit? Freiheit wovon? Retter vor was? Was ist mein goldenes Einhorn? Wo ist denn mein goldenes Einhorn? Ist das hier irgendwo?

Vorsichtig stehe ich auf und gehe auf den Boden schauend, langsam und in kleinen Schritten durch den Raum. Zunächst laufe ich nur sinnlos Kreise. Die Aufseher sollen keinen Verdacht schöpfen. Schließlich sollen sie mich ja mehr als die Anderen beobachten.

Nach einer Weile verlasse ich den Raum, vorbei an den Aufsehern. Einer von beiden folgt mir. Ich höre Schritte

Agent Pfeiffer: Rote Fahnen im Wind hinter mir, mich folgen. Habe ich dann nirgendwo meine Ruhe?

Ich versuche, einen Raum zu betreten, aber mein Aufpasser stoppt mich, „nein, das ist nicht dein Raum, dies ist der Raum von Gerd."

Er zieht mich raus und führt mich über den Flur in einen anderen Raum.

Mit entspannter Stimme sagt er, „hier, dies ist dein Raum."

Ich sehe das Bett, die Fesseln hängen runter. Die gepolsterten Wände an den Seiten und das Licht kommt herein von weit oben. Jetzt erinnere ich mich. Ich erinnere mich an meinen Traum mit den Engeln und Einhörnern. Ich erinnere mich an die Fahrt in der Ambulanz und an die Explosion in der mein Team ums Leben kam. Ich erinnere mich an die Begegnung mit meiner Frau und meinem Kind, die ich immer noch nicht komplett kenne. Und dann war da noch die Flucht aus einem Gebäude und aus Frankfurt (Oder). Auch an Teile einer OP erinnere ich mich, aber das war es. Was war zuvor? Ich erinnere mich, mich nicht erinnern zu können und das lässt mich nicht in Ruhe. Ich muss die Umgebung hier noch weiter erforschen. Es muss hier einen Ausweg geben. Ich muss für die Freiheit kämpfen, aber wie und womit?

Soweit ich mich erinnere geht alles was ich sehe und höre auch an den Feind. Muss ich eine falsche Fährte legen? Sollte ich meine Verbindung zur Partei nutzen, um sie in eine Falle zu locken? Aber wie und wo und mit wem? Kann ich das alleine?

Wenn Sie gesehen und gehört haben, was wir am Tisch besprochen haben, dann werden sie bald mit neuen Drogen kommen. Es scheint zumindest so, als würden die

Dunkle Hoffnung

Aufseher die Befehle der sozialistischen Partei befolgen. Was kann ich bloß machen? Stillstand, hier im Raum zu bleiben ist keine Lösung. Vielleicht gibt es ja wieder einen Wäscheschacht, oder einen anderen Ausweg.

Vorsichtig und langsam verlasse ich den Raum wieder. Der Aufseher folgt mir. Na toll, jetzt habe ich ein Anhängsel. Ich gehe den Gang entlang, in die entgegengesetzte Richtung als wo ich herkomme. Ich folge dem Gang, der bald nach rechts geht. Mein Spitzel verfolgt mich wieder Schritt für Schritt. Vielleicht kann ich auf Toilette ja mal alleine sein, aber wie komme ich da hin? Wo ist die?

„Toilette," murmle ich vor mich hin.

„Wie bitte? Willst du auf Toilette?" Fragt mein Verfolger.

Ich wiederhole, „Toilette."

„Ok, ich bringe dich auf Toilette," antwortet mein Verfolger und führt mich am Arm in einen Raum.

Er kommt mit rein, bis vor die Toilette und sagt, „hier ist die Toilette."

Er dreht sich um, steht aber noch immer genau vor mir. Ich bin ja echt unter kompletter Bewachung hier.

So ziehe ich meine Hose runter und setze mich hin. In zwei Metern Höhe gibt es auch hier ein Fenster. Wenn ich es schaffen könnte, hier alleine zu sein, dann könnte ich versuchen, raus zu schauen, oder besser noch, auszubrechen. Aber wie krieg ich das hin?

„Durst," brumme ich vor mir hin, „trinken."

„Gleich, wenn Sie fertig sind," antwortet er mürrisch.

„Durst, jetzt," murmle ich als Antwort.

„Hmm, ok, Moment," sagt er widerspenstig und verlässt den Raum.

Dies ist meine Chance. Schnell stehe ich auf, ziehe die Hose wieder an, springe hoch und versuche, mich hochzuziehen. Leider klappt das so nicht. Meine Armmuskeln sind schwach, als wäre ich seit Wochen nicht aktiv gewesen. Wie lange bin ich hier?

Angespornt von der Angst, hier nicht rauszukommen versuche ich es weiter, bis ich jemanden an der Tür höre. Schnell lasse ich mich fallen, als auf einmal der Hausalarm losgeht. War ich das?

„Sie warten hier," ruft mir mein Anhängsel von draußen zu.

Ich antworte natürlich nicht, erkenne aber darin eine Chance, mich hier ein wenig umzuschauen. So verlasse ich meine kleine Toilettenzelle und schaue mich um. Gibt es hier eine Leiter oder etwas das ich als Leiter nutzen kann?

In diesem Raum erkenne ich nichts Nützliches und gehe vor zum Waschbecken, wo ich mich im Spiegel betrachte. Bin das ich? Die Haare sind länger als beim letzten Mal. Die Naht am Kopf ist komplett vom Haar bedeckt. Inzwischen trage ich einen Vollbart. Wie lange bin ich hier? Wie lange geben die mir schon Drogen und wieso rasiert mich keiner, so wie die anderen Patienten oder vielleicht eher Insassen? Alle sehen gepflegt aus, nur ich nicht.

Plötzlich geht die Tür auf und jemand stülpt mir von hinten einen Sack über den Kopf. Ich sehe nur noch dunkel. Ist

[134]

dies ein Grund zur Hoffnung oder der finale Schlag der Partei?

Eine unbekannte, männliche Stimme höre ich kommentieren, „dein goldenes Einhorn ist da."

Was ist hier los? Bin ich doch nur in einer Psychiatrie und die wollten mir helfen? Haben sich die Sozialisten jetzt doch entschieden, mich auszuschalten oder mich zu reaktivieren? Haben sie eine neue Bedrohung die ich wieder infiltrieren soll? In was für einer Scheiße stecke ich hier bloß? Ich will doch lediglich ein einfaches, freies, glückliches Leben mit meiner Familie. Wieso kann ich das nicht haben?

Der Entführer bindet mir meine Arme und Beine fest, die Arme sogar auch an meinen Körper. Ich kann mich nicht wehren. Auf einmal spüre ich wieder eine Spritze im Arm und mir wird übel, bevor ich einschlafe.

Ich werde wach und erkenne wieder grelle Lichter über mir. War alles nur ein Traum? Werde ich wieder wach? Aber wo bin ich hier und wer bin ich? Oder modifizieren mich die linken Terroristen nur wieder?

„Er ist wach," höre ich eine angenehme weibliche Stimme kommentieren.

„Genau rechtzeitig," kommentiert ein Mann in ärztlicher OP-Kleidung, der an der Seite steht, „geben Sie ihm Sauerstoff und Narkosemittel. Dann können wir gleich starten."

Nichts Genaues kann ich bisher erkennen, zu benommen bin ich noch. Leider kann ich bisher nur einige Muskeln im Gesicht steuern, sonst nichts. Ich kann mich nicht wehren. Die Frau, vermutlich eine Schwester drückt mir eine

Agent Pfeiffer: Rote Fahnen im Wind

Atemmaske aufs Gesicht. Nach wenigen Atemzügen werde ich wieder müde, schließe meine Augen und mir wird übel, kurz bevor ich erneut einschlafe.

„Hallo," höre ich jemanden sprechen, „hören Sie mich?

Schwerfällig öffne ich meine Augen. Über mir schaut mich eine Schwester an.

„Guten Morgen Herr Pfeiffer, tapfer haben Sie gekämpft," berichtet sie, „sie haben die Operation gut überstanden und können schon bald wieder raus hier."

Ich fühle mich noch immer von der Narkose benommen und antworte einfach nur, „ok, vielen Dank."

Was ich aber wirklich denke ist anders. Links und rechts vom Bett erkenne ich Gitter, aber meine Hände und Füße sind frei. Ich glaube sogar, mich wieder erinnern zu können, an die wunderbare Zeit die ich mit Lisa hatte, wie wir uns kennengelernt haben und die Geburt von Samantha. Unseren Engel das erste Mal im Arm zu halten.

War das alles, der Kampf gegen die Sozialisten jetzt wirklich nur ein Traum? Was war Traum und was war Realität?

Das letzte an das ich mich vor diesem endlosen Alptraum erinnere ist, wie ich mit einem Kollegen verdeckt ermittelt habe. Ich arbeite in einem Geheimdienst im Auftrag des Verfassungsschutzes. Wir haben eine interne Gruppierung beobachtet, die wir unter internen nationalen terrorverdacht gestellt haben.

Soweit ich mich erinnere, waren wir in einem Auto unterwegs. Die Gruppierung der wir uns kurz zuvor in

Dunkle Hoffnung

Berlin angeschlossen hatten, wurde zu einer zentralen Versammlung „sozialistischer Hoffnungsträger" in Senftenberg eingeladen.

Wir waren auf jeden Fall im Auto auf den Weg dorthin und dann ist uns plötzlich von der Fahrerseite jemand reingefahren. Ich war zum Glück nur Beifahrer. Bin ich jetzt nur operiert worden wegen dem Unfall? Ist alles in Ordnung und die Bedrohung meiner Familie und der Tod des Teams aus meinem Traum waren nur ein Alptraum? Bin ich jetzt wieder sicher? Wenn nicht, dann sehe ich schwarz, aber ja, ich denke, ich kann sicher sein.

Beruhigt schließe ich meine Augen wieder und gebe mich meiner Sehnsucht nach Schlaf hin. Ich hoffe nur, nicht wieder so einen verrückten Traum mit Träumen im Traum zu haben.

Natürlich, wenn ich jetzt darüber nachdenke: Ein Chip im Kopf der mich mit anderen verbindet oder der mich zur Kamera für andere macht. Sowas kann doch nur in einem Buch, im Fernsehen oder im Traum passieren. Sowas kann doch nicht möglich sein.

Selbstsicher und beruhigt döse ich dahin und schlafe langsam wieder ein. Ich fühle mich in Sicherheit. Wenn ich das nächste Mal aufwache, wird Lisa bestimmt da sein, meine wundervolle Frau mit meiner für mich perfekten Tochter, Samantha.

„Guten Morgen Michael," höre ich noch im Halbschlaf eine bekannte weibliche Stimme von der Seite.

Neben dem lieblichen Ton der vertrauten Stimme höre ich aber auch eine Menge Piep-Geräusche in der Umgebung. Haben diese Geräusche meine Träume beeinflusst, vor allem am Anfang, als der Schlaf noch nicht so tief war?

Agent Pfeiffer: Rote Fahnen im Wind

Oder befinde ich mich wieder in linker Gewalt? Aber meine Hände und Füße sind nicht gefesselt. Nein, ich muss woanders sein. Ist das vielleicht meine Frau die mich gerade angesprochen hat?

„Hallo, Michael, hörst du mich?" Versucht es die weibliche Stimme erneut.

„Lisa?" Frage ich kurz bevor ich meine Augen öffne.

Neben mir sitzt nicht Lisa, nein, aber das Gesicht kommt mir bekannt vor. Das ist Sophie. Sophie, aus meinem Traum. Sophie, die in einer Explosion gestorben ist, in meinem Traum. Wieso erinnere ich mich nicht an ihre Rolle in meinem wahren Leben oder träume ich noch? Bin ich womöglich tot? Habe ich Gedächtnislücken nach dem Unfall? Ist es aus zwischen Lisa und mir? Was ist mit Samantha, hat Lisa das volle Sorgerecht? Ich meine, verstehen würde ich es, schließlich ist sie Krankenschwester und mein Job ist gefährlich, so gefährlich, dass ich jetzt hier bin.

„Nein, ich bin nicht Lisa, ich bin Sophie," antwortet sie mit einer liebevollen Stimme.

„Sophie," beginne ich meinen ersten klaren Satz, „Sophie, ich kenne dein Gesicht, aber woher kennen wir uns? Ich meine, es tut mir leid, wenn wir zusammen sind oder so. Ich will dich nicht verletzen, aber woher kennen wir uns? Wie lange kennen wir uns?"

„Nunja," erklärt sie, „wir kennen uns seit etwa zwei Monaten. Ich habe dich aus der Polizeiwache gerettet."

„Das ist alles echt passiert?" Unterbreche ich sie, „ich dachte, das wäre nur ein Alptraum gewesen."

Dunkle Hoffnung

„Ja, das war alles wahr," antwortet sie und legt ihre Hand auf meine.

„Aber, wenn das alles wahr war," versuche ich mein Durcheinander in Worte zu fassen, „wieso lebst du dann noch? Ich meine, die Nachricht von der Partei, die Explosion und all die erschossenen Körper, wenn das alles wahr war, dann muss dich die Explosion doch umgebracht haben. Die war gewaltig und du solltest hier jetzt verschwinden. Ich bringe dich wieder in Gefahr. Sag mir bloß nicht wo ich bin. Sonst findet uns die Partei. Das wäre ein Alptraum. Ich will dich nicht schon wieder umbringen."

„Mach dir keine Sorgen," erklärt Sophie, „wir haben dir den Chip der Partei herausgenommen. Du überträgst nichts mehr an die Partei. Wir haben ihn durch einen unserer Mikrochips ersetzt. Der funktioniert nur bei uns untereinander. So können wir uns warnen und wahrscheinlich ist auch dein Gedächtnis wieder da."

„Ja," stimme ich stolz zu und lächle.

„Das ist doch super," fährt sie fort, „ich bin froh, dass du den Eingriff so gut überstanden hast. Wir müssen uns jetzt neu formatieren. Unsere alten Räumlichkeiten sind nicht mehr sauber."

„Was war mit der Explosion?" Unterbreche ich sie.

Sophie erklärt weiter, „die Explosion war gewaltig. Da hast du recht. Wir hatten Glück. Die Partei hat einige Einstellungen falsch vorgenommen. Wir konnten alles hören und uns in Sicherheit bringen, also zumindest Francois und ich. Thomas und Giovanni haben es leider nicht geschafft. Wir waren sicher im Treppenhaus. Die Druckwelle hatte uns erst einmal umgehauen, aber wir

Agent Pfeiffer: Rote Fahnen im Wind

waren ok. Natürlich konnten wir nicht riskieren, dass du uns siehst oder hörst, weshalb wir oben ruhig geblieben sind, bis wir gehört haben, dass du weggefahren bist. Dann haben auch wir uns auf den Weg in Sicherheit gemacht."

„Das erleichtert mich," antworte ich, „wie habt ihr mich gefunden?"

„Naja," erklärt sie, „erst wollten wir dich nicht suchen. Wir haben andere verdeckte Ermittler ausfindig gemacht, aber die wenigsten wollten uns unterstützen. Entweder sagten sie, wir stünden unter einem schlechten Omen, sie hatten Angst vor der Partei nach dem Vorfall und trautem niemandem mehr, oder sie haben uns einfach nicht geglaubt. Wir brauchten aber noch mehr Leute, weshalb wir uns zunächst mit ausgewählten Kontakten auseinandergesetzt haben, denen wir mehr als nur vertrauen. Da kam der Vorschlag, es zu riskieren, den Chip auszuwechseln. Zu verlieren hattest du ja nichts mehr. Mit dem Chip wärst du sicherlich nicht mehr glücklich gewesen. Über einen Informanten haben wir gehört, dass jemand verrücktes in der Psychiatrie eingewiesen wurde, jemand der gegen die Sozialisten wetterte wie sonst niemand, und auch unter besonderer Überwachung stünde. Da war uns klar, dass du es warst und ja, dann haben wir dich von dort entführt, in diese Privatklinik gebracht und den Chip ausgewechselt. Den Sozialisten-Chip haben wir zerstört, unbrauchbar gemacht und verbrannt, eingeschmolzen."

„Aber hättet ihr die im zentralen Labor nicht analysieren und die Ergebnisse für euch nutzbar machen können?" Hake ich nach.

Dunkle Hoffnung

„Wir wollten kein Risiko eingehen, auch die geheimen Laboratorien auffliegen zu lassen," antwortet Sophie.

„Ok, cool," bestätige ich sie, „aber was ist mit Lisa und Samantha? Hast du was von ihnen gehört? Wurden sie vielleicht entführt, als ich verschwunden bin? Weißt du irgendwas darüber?"

„Mache dir keine Sorgen," beruhigt mich Sophie und streicht mir langsam über den Arm, „unsere israelischen Kontakte haben Lisa und Samantha, wie auch die Gastgeber Guy und Anna in Sicherheit gebracht. Niemand wird ihnen etwas antun können. Dies haben wir bereits angeleiert bevor wir dich aus der Anstalt entführt haben."

„Vielen, vielen Dank," zeige ich meine Dankbarkeit, „ohne euch wäre ich schon längst verloren. Also lasst es uns zu Ende bringen."

„Nein," antwortet sie, „noch nicht, du musst dich erst einmal erholen. Wenn du dich wieder erinnerst, kannst du uns ja erklären, wie du in die Hände des roten Geschwürs gekommen bist. Jetzt solltest du aber erst einmal ruhen, schlafen und so. Mach dir bitte keine Sorgen. Unser neues stärkeres Team bewacht das Krankenhaus. Nicht einmal Ärzte werden sich dir ohne unsere Überwachung nähern können. Im Endeffekt wissen wir nicht, wem wir komplett trauen können."

„Danke," sage ich.

Mit der Erleichterung kommt parallel auch eine unglaubliche Müdigkeit auf mich zu. Plötzlich ist es so, als stimmt mein Körper Sophie bedingungslos zu. Nicht einmal die nervigen Piep-Geräusche im Hintergrund können mich jetzt noch vom Schlafen abhalten. Friedlich und erleichtert schlafe ich wieder ein.

Agent Pfeiffer: Rote Fahnen im Wind

Nach einer guten Mütze Schlaf, werde ich schließlich doch durch das Piepen der Anlagen wieder wach. So ist das nun einmal auf der Intensivstation.

Langsam öffne ich meine Augen. Endlich bin ich auch in der Lage, meine Umgebung besser wahrzunehmen. Ich bin untypischerweise der einzige Patient hier drinnen. Alles Piepen kommt nur von Maschinen die sich um meine Vitalwerte kümmern. Über einen Venenzugang erhalte ich verschiedene Lösungen wie Medikamente als Infusion. Rechts und links an meinem Bett gehen Gitter hoch. Sie sollen verhindern, dass ich herausfalle. Gefesselt bin ich nicht. Rechts am Gitter ist eine Fernbedienung angebracht. Ich scheine in einem Elektrobett zu liegen.

Links neben mir sitzt eine Krankenschwester am Computer. Rechts neben der Tür sitzt jemand anderes, vermutlich ein Aufpasser. Wir sind die einzigen drei hier im Raum.

Der Raum hat keinerlei außergewöhnliche Gegenstände, einfach weiße Wände, eine weiße Decke und einen gräulicher glatten Boden. Auf der linken Seite scheint die Sonne durch ein großes Fenster hinein. Hinter dem Fenster scheint sich eine Art Park zu befinden.

Ich spüre eine unglaubliche Trockenheit in meinem Hals. Es ist, als hätte ich ewig nichts mehr getrunken. Das Wasser der Infusionen reicht nicht aus, um meine Speiseröhre mit Flüssigkeit zu versorgen.

„Durst, Wasser," zwinge ich mit einem starken Kratzen in meinem Hals, in rauchiger Stimme in den Raum.

Die Schwester kommt zu mir und sagt, „Herr Pfeiffer, willkommen zurück, wie fühlen Sie sich?"

[142]

Dunkle Hoffnung

„Durst," wiederhole ich. Ich kann einfach nicht mehr sagen. Zu groß ist der mit Sprechen verbundene Schmerz.

„Einen Moment, ich gehe den Arzt fragen, ob Sie bereits etwas trinken dürfen," antwortet sie und verschwindet in schnellem Gang aus dem Raum.

Ein wenig später kommt sie mit einer Schnabeltasse, gefüllt mit Wasser, wieder zurück. Langsam genieße ich, Schlückchen für Schlückchen, wie das Wasser meinen Hals zurückerobert. Ich habe Wasser noch nie so wohltuend erlebt. Milliliter für Milliliter beschenkt dieses kostbare Gut meinen Hals mit neuem Leben. Für viel zu selbstverständlich habe ich es in der Vergangenheit angesehen.

Für die nächste Zeit liege ich einfach da, erhole mich. Am Nachmittag kommen auch Francois und Sophie vorbei. Zusammen wagen wir meine ersten Schritte, nachdem ich Druck gemacht habe. Zu Beginn bin ich noch sehr wackelig auf den Beinen. Teilweise wird mir schwarz vor Augen, aber je mehr ich fleißig übe, desto besser wird es. Das wichtigste für mich ist, die Situation zu erkennen, zu verstehen und nicht aufzugeben. Es gibt zahlreiche Augenblicke in denen eine Aufgabe sicherlich der einfachste Weg gewesen wäre, aber das bin nicht ich. Ich kämpfe für ein besseres Morgen.

Dank meiner Einstellung bin ich vergleichsweise schnell wieder auf meinen Beinen. Wie einfach wäre es, sich fallen zu lassen, wenn der Kreislauf dich in die Knie zwingt. Wie gut fühlst du dich aber, wenn du kämpfst und es schaffst, dich auf den Beinen zu halten?

[143]

Agent Pfeiffer: Rote Fahnen im Wind

Erfolg ist ein unglaublicher Motivator. Aus diesem Grund habe ich schon immer auch die kleinen Erfolge gefeiert. Das weiß ich jetzt wieder, jetzt wo ich mich erinnere, jetzt, wo ich mich selber gefunden habe.

Die nächsten Tage und Wochen geben mir alle noch zur Erholung. Jeden Tag mache ich kleine Fortschritte, feiere auch meine kleinen Erfolge. Sogar die Nutzung des Chips habe ich mehr und mehr unter Kontrolle. Ich kann ihn jetzt steuern, Stoßmeldungen an andere senden oder auch offen für solche Meldungen sein.

Nach etwa zwei Wochen, einen Tag vor meiner Entlassung kommt das neue Team dann um mich zusammen.

Neben Sophie und Francois sind auch noch weitere Agenten dabei.

Sophie stellt sie vor, „hallo Michael, Francois und mich kennst du ja bereits. Dies sind unsere weiteren neuen Team-Mitglieder."

Sie zeigt von rechts nach links in die Runde und stellt vor, „dies sind Vera, Murat, Victor und Abla. Alle vier sind auch verdeckte Ermittler von Europol, aber sie waren auf andere Ziele angesetzt. Niemand rechnet mit einem von uns sechs, da wir entweder als tot anerkannt wurden oder ganz einfach unbekannt sind. Lediglich dich könnten sie auf ihrer Liste haben. Vielleicht werden wir dich als Köder nutzen. In jedem Fall haben wir jetzt aber wieder die Chance, aus der Dunkelheit zu agieren, lange unentdeckt zu bleiben. Wir sind alle optimal für den Einsatz ausgebildet. Was für eine Ausbildung hast du genossen?"

„Auch ich wurde als Geheimagent ausgebildet," erkläre ich, „dies umfasst die Nutzung modernster Technik mit dem Ziel, abzutauchen oder zu entkommen. Es umfasst ein strenges Sportprogramm, nicht wie die Navy Seals, aber es war doch schon heftig. Ich war damals ebenfalls einer der besten Schützen, auf kurzer, wie auch auf langer Distanz. Auch eine Grundausbildung in der Arbeit mit Sprengstoff habe ich erfolgreich abgeschlossen. Zudem bin ich gut darin, verschlossene Türen zu öffnen, Autos kurzzuschließen und ähnliches."

„Willkommen im Team," begrüßt mich Francois, „ich denke, es ist klar zu sagen, du passt gut ins Team."

Vera trägt mittellanges dunkelblondes Haar. Ihre Augen scheinen grün im Licht der Sonne, welches sie direkt anstrahlt. Sie sieht recht mager im Gesicht aus, aber der Rest des Körpers macht immerhin einen gut durchtrainierten Eindruck. Sie hat ein sympathisches lächeln und auffällig weiße Zähne.

Murat scheint südländischer Abstammung zu sein, dem Namen zu urteilen, kommen die Vorfahren wahrscheinlich aus dem Gebiet der Türkei. Er hat schwarze kurze und extrem lockige Haare. Seine dunkelbraunen Augen wirken stark und selbstsicher. Wenn man Stärke mit den Augen ausdrücken kann, dann ist er ganz vorne mit dabei. Er trägt einen Dreitagebart und hat ein durchaus sympathisches lächeln. Ich denke, ihm kann ich gut vertrauen. Außerdem wirkt er sehr gut durchtrainiert.

Victors Vorfahren scheinen osteuropäischen Ursprungs zu sein. Vielleicht hat er ja sogar Verbindungen in die Szene gegen die wir vorgehen, oder ist er ein Spitzel der Partei? Ich kann ihn schwer einschätzen. Seine hellblauen Augen strahlen auf der einen Seite etwas Unschuldiges und Vertrauenswürdiges aus, auf der anderen Seite aber auch etwas mystisches und eine hohe Risikobereitschaft aus. Er ist der neue Charakter der mich momentan am ehesten zweifeln lässt. Vielleicht liege ich aber auch falsch und das Team ist einfach gut zusammengestellt. Victor sieht eher mager aus. Wenn er regelmäßig trainiert, dann kann er seinen Erfolg gut verstecken. Er wirkt schmächtig und ist auch der Größte im Team.

Abla rechts daneben ist wunderschön. Sie ist jetzt die Schöne im Team. Sie hat eine wundervolle Ausstrahlung. Ihr langes schwarzes Haar glänzt im Sonnenlicht, welches von hinten auf sie strahlt. Sie ist dunkelhäutig und strahlt in ihrer Haltung wahre Klasse aus. Sie scheint topp in Form zu sein. Ihre Beine und ihre Arme sind es auf jeden Fall. Sie hat atemberaubende große braune Augen, ein wahrer Hingucker.

„Ja, herzlich willkommen," grüßt mich auch Murat, „jetzt erkläre uns aber bitte, was weißt du über unsere Zielgruppe? Wie haben sie dich gefangen?"

„Ok," erkläre ich, „als verdeckter Ermittler der BfV war es meine zentrale Aufgabe, den Staat und seine Verfassung vor internen Angreifern zu schützen. Alles und jeder der unserer Gesellschaft und unserem Rechtsstaat gefährlich werden könnte stand im Visier. Mein Partner und ich waren in eine Gruppierung der GegenKa abgetaucht, als verdeckte Ermittler natürlich. Hierzu mussten wir Sachen machen, auf die ich nicht stolz bin. Wir hatten aber ein größeres Ziel, als nur die Zelle auffliegen zu lassen. Wir wollten tiefer rein und unsere Bombe tiefer verwurzelt installieren. Tag für Tag haben wir daran gearbeitet, Vertrauen aufzubauen, uns innerhalb der Organisation hochzuarbeiten. Einfach war es nicht. Der Grad der Anarchie und der Respektlosigkeit in diesen Gruppen ist unmenschlich hoch. Auf der einen Seite mussten wir das Gesetz brechen, ehrliche Unternehmer ruinieren,

[146]

Dunkle Hoffnung

Eigentum zerstören und auf der anderen Seite aber auch die internen Regeln der GegenKa befolgen."

Ich trinke einen Schluck Wasser und fahre fort, „irgendwann schienen wir dann einen Durchbruch erreicht zu haben. Wir wurden in die vermeintliche Zentrale in Senftenberg eingeladen. Dort sollen sich einmal im Monat die Führungskräfte der GegenKa in der Zentrale treffen. Die Zentrale soll dort versteckt sein. Uns wurde mitgeteilt, vor einem Hotel in der Ecke Brieser Straße und Nordstraße zu warten, bis wir abgeholt werden. So weit haben wir es aber nicht geschafft."

Noch einmal hole ich tief Luft, bevor ich weitererzähle, „wir waren zusammen auf dem Weg zum Treffpunkt, als uns auf einmal ein Auto von der Fahrerseite ins Auto gefahren ist. Das Nächste an das ich mich erinnere ist das Erwachen in Frankfurt (Oder), aber die Geschichte kennt ihr ja sicherlich bereits."

„Ja, den Rest wissen wir schon," bestätigt Abla und lächelt mich an.

Vera hakt nach, „was ist aus deinem Kollegen geworden? Ist er tot oder war er vielleicht ein Maulwurf?"

„Ich weiß es nicht," antworte ich, „vielleicht war er es, der im Nebenraum operiert wurde, als ich geflohen bin, aber das weiß ich halt nicht. Ich wusste nicht wer ich bin, war voller Angst. Ich vermute, lediglich das Adrenalin hat mich am Leben gehalten, mir die Kraft gegeben zu fliehen. Einfach war es nicht."

Sophie legt ihre Hand auf meine und versucht, mich zu beruhigen, „ja, das verstehen wir wohl. Aber sei gefasst, dass sie ihn instrumentalisiert haben könnten. Sie nutzen unter anderem auch die Methoden der Folter und

Agent Pfeiffer: Rote Fahnen im Wind

Gehirnwäsche, um Menschen zu verändern, sie zu verbiegen. Wie dem auch sei, vergiss nicht, du kannst immer auf uns zählen."

„Danke," akzeptiere ich die Unterstützung, „also, habt ihr schon weitere Pläne?"

„Bislang haben wir uns nur verdeckt vorbereitet und etwas umgehört. Wir sind unauffällig geblieben, ohne große Pläne, aber nach dem was du erzählt hast," äußert sich Francois, „denke ich zumindest, wir sollten mal verdeckt in Senftenberg ermitteln. Was meint ihr?"

„Ja, das ist zumindest mal ein neuer Ansatz der uns weiterbringen könnte," kommentiert Abla mit einem zauberhaften Lächeln auf ihren Lippen.

„Das denke ich auch," bestätigt Murat, „aber ich wäre in der Region wohl zu auffällig, genau wie Abla. Wir werden im Hintergrund bleiben müssen."

„Was meinst du?" Frage ich nach.

„Na, unsere Hautfarbe. In Orten wie Senftenberg gibt es nicht viele Personen mit einer dunklen Hautfarbe," antwortet er, „nicht alle Kartoffeln mögen Kaffee oder Kakao."

Murat sagt dies nicht in einer bösen, sondern eher in einer humorvollen, sympathischen Art und Weise. Er gibt sich als ein cooler Typ.

„Also gut," antworte ich, „morgen komme ich raus, dann können wir gleich loslegen."

„Du erhol dich erst noch mal," gibt mir Francois zu verstehen, „wir werden das weitere Vorgehen heute

Abend diskutieren und dich dann die nächsten Tage aufklären."

„Genau," stimmt ihm Sophie zu, „wir brauchen dich in voller Stärke."

„Ok, ok, ich verstehe ja schon," antworte ich.

„Gut," sagt Sophie und steht auf, „wir werden uns dann mal verabschieden."

Auf Befehl stehen auch alle anderen auf. Jeder gibt mir zum Abschied die Hand, nur Abla gibt mir auch eine Umarmung. Den letzten Tag im Krankenhaus überlebe ich auch noch.

Am nächsten Tag bestätigt mir der Arzt, dass ich nach Hause kann. So bringt mich die diensthabende Wache ins neue Quartier.

Auf der Spur

An einer Haustür in der Motzstraße in Schöneberg angekommen, klingelt meine Begleitung bei Bruns. Nach wenigen Sekunden ertönt das „ja" einer weiblichen Stimme über die Sprechanlage.

„Marc hier," sagt meine Begleitung.

Mit einem lauten Summen öffnet Marc die Tür. Zusammen gehen wir in den zweiten Stock und betreten dort das neue Quartier.

Noch an der Tür verabschiedet sich Marc schon wieder. Sophie übernimmt eine kurze Führung durch die Räumlichkeiten.

Agent Pfeiffer: Rote Fahnen im Wind

Diese Wohnung ist größer als die vorherige. Sie hat mehr Räume und mehr Quadratmeter. Über drei Schlafzimmer, zwei Arbeitszimmer, eine Küche und ein Badezimmer verfügt das neue Quartier. Meine Sachen aus dem Hotel haben sie bereits abgeholt und zu Abla in ein Zimmer gelegt.

Francois, Victor und Murat, sowie Sophie und Vera teilen sich je ein Schlafzimmer. Ich teile mir ein kleines mit Abla. Aus Kostengründen müssen wir uns ein kleineres Doppelbett teilen. Um ehrlich zu sein, hätte es mich auch schlimmer treffen können.

Wir treffen uns alle im größeren der beiden Arbeitszimmer.

Murat fängt an zu erklären, „auch von mir noch einmal willkommen an Michael. Ich weiß ja, dass du es kaum erwarten kannst, wieder loszulegen. Also, wir haben gestern Abend diskutiert und einige Informanten mal ausgehört. Genaues wissen wir leider noch nicht, aber dennoch haben wir uns entschieden, morgen einen Ausflug nach Senftenberg zu machen. Abla und ich werden dabei im Übertragungswagen bleiben. Victor, Francois und Vera werden eine Gruppe sein, die die Gegend erkundet. Sophie und du, Michael, ihr werdet euch als Paar ausgeben und versuchen, mit Leuten in Kontakt zu treten."

„Aber ist das nicht in wenig riskant?" kommentiere ich, „ich meine, wenn das eine Hochburg der Partei und der GegenKa ist, dann werden die mein Gesicht wohl kennen, denke ich. Versteht mich nicht falsch, aber ich will weder Sophie noch jemand anderen in Gefahr bringen."

Auf der Spur

„Guter Punkt," stimmt Francois zu, „aber auch daran haben wir gedacht. Du erinnerst dich sicherlich an einen der Agentenfilme, in denen die Agenten Silikonmasken getragen haben, um anders auszusehen."

Ich stimme zu, „ja."

„Und jetzt Überraschung," fährt er fort, „etwas Ähnliches werden wir auch bei Sophie, Francois und dir anwenden. Ich bin Experte in der Anwendung der Technik und wir haben für jeden von uns genügend Rohstoffe, um uns alle zu verkleiden."

„Cool," sage ich, „da bin ich ja mal gespannt, wie ich aussehen werde."

„Gut," mischt sich Sophie ein, „morgen früh um 8 fahren wir los. Einige haben noch was vorzubereiten, alle anderen sind frei zu tun was sie wollen."

„Ok," sage ich, „ich gehe ein wenig raus, spazieren gehen, wer kommt mit?"

Murat und Vera sagen zu. Zusammen gehen wir mit einer Decke und ein wenig Obst zum naheliegenden Viktoria-Luise-Platz. Dort entspannen wir ein wenig im Sonnenschein, tanken Kraft und neue Energie.

Wir verstehen uns schon gut. Murat ist ein sehr sympathischer und ehrgeiziger junger Mann. Er hat Feuer im Hintern und treibt uns mit großartigen Ideen an. Er stellt sich auch nicht in den Weg, wenn man manchmal die Regeln ein wenig dehnt, um das größere Ziel zu erreichen.

Vera hingegen achtet sehr auf Regeln. Für sie ist es sehr wichtig, regelkonform zu arbeiten. Sie denkt sehr

Agent Pfeiffer: Rote Fahnen im Wind

strukturiert, so sehr, dass ich befürchte, dass sie auch schon mal in ihrer Struktur verloren gehen kann.

Am Abend kommen wir nochmal alle zusammen und gehen in ein Restaurant in der Nähe etwas essen. Wir wachsen immer mehr als Team zusammen, werden sogar Freunde und freuen uns bereits auf die nächste, unsere erste Mission in diesem Team.

Nach dem Essen gehe ich in das Schlafzimmer von Abla und mir. Abla ist gerade im Badezimmer, sich umziehen, als ich meine Sachen genauer betrachte. Dort ist ein kleines Paket, welches vorher nicht da war, also nicht in meinem Hotelzimmer oder Koffer. Ich nehme das Paket und renne aus dem Zimmer.

„Jungs, Mädels, Team," rufe ich durch die Wohnung, „wer weiß was das ist? Woher kommt das, das Paket hier?"

Murat, Victor und Francois kommen am schnellsten aus dem Zimmer. Sie haben gerade noch ein Bier geöffnet.

„Das war im Hotelzimmer," kommentiert Victor trocken.

„Ja, der Portier hatte es aufs Zimmer gebracht," ergänzt Sophie, „das sei per Post für dich angekommen."

„Ok," antworte ich, „ich hatte aber nichts bestellt, was wenn hierin ein Ortungsgerät ist und wir schon wieder aufgeflogen sind?"

„Mach dir keine Sorgen," beruhigt mich Murat, „wir haben alles, was hier ist gründlich untersucht. Es gibt keine Bomben, keine Ortungsgerte oder Abhörgeräte. Alles ist sauber, auch das Päckchen."

Auf der Spur

„Oh, ok, danke, aber was mag hier drin sein? Vielleicht ja eine biologische Waffe von der Partei, ich traue denen alles zu," stelle ich in den Raum.

„Einen Moment bitte," wirft Murat ein und verschwindet in das kleine Arbeitszimmer. Mit zwei Atemschutzmasken kommt er wieder zurück.

„Lass uns das draußen öffnen," fordert er mich auf, „wenn das eine Bedrohung sein sollte, sollten wir die Räumlichkeiten hier sichern."

Zu zweit gehen wir jetzt wieder raus, auf den inzwischen menschenleeren Viktoria-Luise-Platz. Im Schutz der Dunkelheit setzen wir die Atemschutzmasken auf und ziehen Handschuhe an. Murat hat ebenfalls ein Gerät zur Messung toxischer Stoffe mitgebracht. Dies soll auf dem neuesten Stand der Technik sein.

Vorsichtig öffne ich das Paket. In dem Paket ist eine Holz-Box. Die Holz-Box ist gefüllt mit Sägespänen und einer Matroschka. In der Matroschka ist eine weitere Matroschka und in ihr noch eine und in ihr noch eine. Hierauf folgt noch eine und noch eine. Anstelle der siebten und kleinsten Figur gibt es einen Zettel. Ich nehme ihn heraus und entfalte ihn.

Ich lese laut vor, „lieber Herr Pfeiffer, es tut mir furchtbar leid, was Ihnen alles zugemutet wird, der Chip im Kopf, der Tod all Ihrer Kollegen und die komplette Unsicherheit und Verfolgung. Ich bin in diese Kreise geraten und will hier wieder raus. Vielleicht können Sie mir ja helfen. Auf jeden Fall müssen Sie erst einmal verschwinden. Die Parteispitze hat angeordnet, Sie einweisen zu lassen. Aus der Psychiatrie sollen Sie nie wieder rauskommen. Ich hoffe nur, Sie erhalten diese Nachricht nicht zu spät.

Agent Pfeiffer: Rote Fahnen im Wind
Wenn Sie mir helfen wollen, schreiben Sie bitte mit einer sauberen E-Mail-Adresse an post@coachiendo.com. Ich prüfe die E-Mails einmal in der Woche, wenn ich unbeobachtet von meinen Chefs und Spitzeln zu Hause bin. Fragen Sie in der Nachricht bitte nach dem goldenen Einhorn und nennen Sie mir den Geburtsort Ihrer Tochter. So werde ich Sie erkennen. Bitte helfen Sie mir. Freundliche Grüße, ein Überläufer."

Ich mache eine kurze Pause und sage, „was meinst du dazu?"

„Es könnte ein Anhaltspunkt sein," gesteht Murat, „aber wir sollten die Nachricht erst einmal prüfen lassen, wem die Domain gehört und so weiter."

„Ok, sehe ich ein," stimme ich zu, „veranlasst du alles Weitere?"

„Klar doch," bestätigt er, „jetzt lass uns aber zurückgehen, wir müssen morgen früh raus."

„Ok, super und danke für deine Hilfe," bedanke ich mich und gebe Murat den Zettel. Ich behalte die Matroschkas. Der Karton mit den Sägespänen landet im Müll.

Zusammen gehen wir zurück in die Wohnung. Alle anderen sind bereits im Bett. Auch ich gehe ins Bad, mache mich schnell bettfertig und lege mich neben Abla ins Bett.

„Ist alles in Ordnung?" Fragt Abla im Halbschlaf.

„Ja, alles gut," antworte ich, „wir erklären euch alles morgen.

„Gut," antwortet sie, dreht sich zu mir um und legt eine Hand auf meine Brust.

[154]

Auf der Spur

Ich denke mir nichts dabei, ist bestimmt nur eine Aktion im Schlaf. So drehe auch ich mich auf die Seite. Abla kommt näher und umarmt mich von hinten. So schlafen wir ein.

Am nächsten Morgen frühstücken wir schnell etwas, bevor wir uns in unsere Kostüme schwingen und uns auf den Weg nach Senftenberg machen. Auch wenn wir gut durchkommen, dauert die Fahrt noch fast zwei Stunden.

Senftenberg ist ein kleines, ruhiges Örtchen im Vergleich zu Berlin. Es liegt direkt an einem großen See.

Das Team lässt Sophie und mich direkt am Stadthafen Senftenberg aussteigen. Über kleine Kameras, Knöpfe im Ohr und Mikrophone bleiben wir in Kontakt.

Sophie und ich schlendern zunächst nur durch die Straßen. Wir versuchen, einen Ort auszumachen, an dem wir Informationen erhalten können. Für eine Kneipe ist es sicherlich zu früh.

Viele Personen laufen hier nicht auf den Straßen herum. Gelegentlich machen sich mal Studierende auf den Weg zur Uni oder ältere Personen spazieren durch die Gegend und analysieren genau, was hier vorgeht. Hin und wieder tauschen sie sich auch untereinander aus.

„Siehst du das?" Frage ich nach, „die älteren Personen hier scheinen bestens über alles hier Bescheid zu wissen. Sie spionieren und tauschen sich auch miteinander aus. Vielleicht haben die ja eine Idee."

„Meinst du?" Stellt Sophie die Gegenfrage, „du bleib mal kurz hier, ich horche mal."

Ich setze mich auf eine naheliegende Bank und beobachte, wie sich Sophie einer kleinen Gruppe älterer

Agent Pfeiffer: Rote Fahnen im Wind

Personen nähert. Über den Empfänger in meinem Ohr höre ich jetzt alle ihre Worte mit.

„Hallo," begrüßt sie die Gruppe, „vermisst ihr nicht auch die guten alten Zeiten der DDR?"

„Sie sind doch noch so jung," erwidert ein älterer Mann, „Sie haben doch gar keine Ahnung. Damals war hier zwar mehr Leben, aber dennoch ging es uns schlechter."

„So schlimm ist es doch nun auch nicht gewesen," mischt sich ein anderer Herr ein."

Eine Dame unterstützt ihn, „ja, Bernd, eigentlich ging es uns doch gut. Wir hatten alle Arbeit und die Wirtschaft war hier auch stärker, in der DDR."

„Richtig," setzt der andere Herr wieder ein, „mit der Wende sind erst mal viele junge Leute in den Westen, so auch mein Sohn Tim und von dem hört man jetzt auch nichts mehr. Damals war die Familie näher, da war Familie noch was wert."

Sophie erklärt, „genau, an die Zeiten erinnere ich mich auch noch. Hoffentlich werden es die Sozialisten bald endlich wieder in die Bundesregierung schaffen."

„Die sind doch auch nicht mehr wie früher," kommentiert Bernd, „wollen Macht um jeden Preis."

Die Frau reagiert, „was weißt du denn schon? Wenigstens kümmern die sich noch um Senftenberg."

„Echt?" fragt Sophie nach Details, „wie kümmern sie sich denn um uns?"

Auf der Spur

„Nunja," antwortet die Frau, „die sind hier ja mit in der Regierung die setzen sich für uns ein. Außerdem sind da einmal alle paar Monate auch größere Parteitreffen hier."

Der Mann ergänzt, „ja stimmt, die übernachten immer in der Stadt, viele auch am Marktplatz. Die Stadt ist dann immer voll, bis sie rüber nach Reppist fahren."

„Was ist Reppist?" Fragt Sophie.

„Oh, sie kommen wohl nicht von hier," bemerkt die ältere Frau und schmunzelt, „was macht so jemand so junges und hübsches wie Sie denn hier in Senftenberg?"

„Urlaub mache ich," sagt Sophie, „Urlaub vom Alltag, mit meinem Mann Holger drüben."

„Oh, woher kommen Sie?" Fragt Bernd nach.

„Aus Dresden kommen wir," antwortet Sophie, „eine schöne Stadt haben Sie hier. Wir sind zum ersten Mal hier, wollen später an den See."

„Dann genießen Sie die Stadt noch mal schön," antwortet die Frau.

Sophie sagt, „danke, Ihnen auch noch einen tollen Tag," und sie kommt zurück zu mir.

Noch während sie läuft, ertönt die Stimme von Abla in meinem Ohr, „ich habe mal im Internet nach Reppist gesucht. Reppist war mal eine Gemeinde im Stadtgebiet von Senftenberg. Wegen Bergbaus wurde die Gemeinde vor einiger Zeit geräumt. Heute stehen da nur noch wenige Gebäude, die meisten wurden abgerissen."

„Gibt es da irgendwelche besonders großen Häuser die noch stehen?" Frage ich nach, „immerhin soll die Stadt ja

Agent Pfeiffer: Rote Fahnen im Wind voller Leute sein, wenn diese Treffen sind. Irgendwo müssen die ja unterkommen."

„Das werden wir prüfen," sagt Abla, „ich schlage vor, wir schauen da dann gemeinsam nach Beweisen. Wie es aussieht, gibt es hier wohl keine neue Zentrale. Dennoch könnt ihr euch ja mal ein wenig umhören."

„Werden wir machen," bestätigt Sophie, bereits neben mir stehend.

Hand in Hand schlendern wir weiter durch die Straßen. Nach etwa einer viertel Stunde kommen wir am Marktplatz an. Hier befindet sich auch das Rathaus, in dem sicherlich auch höhere Mitglieder der sozialistischen Partei arbeiten. Dennoch fühlen wir uns durch unsere Silikonmasken gut unkenntlich gemacht und setzen uns in ein Restaurant.

Dort setzen wir uns hin und bestellen etwas zu Mittag Über dem Platz laufen vereinzelt Leute. Einen Markt gibt es heute nicht. Das Restaurant ist auch eher leer. Außer der Bedienung und uns, gibt es hier niemanden.

Die Bedienung ist eine junge Frau, vielleicht Anfang der zwanziger. Ihr Haar ist natürlich und relativ hell blond. Ihre Augen sind grün und ihre Lippen leicht mit einem rosafarbenen Lippenstift bedeckt. Die Kleidung betont ihre Figur kaum. Auf einem Namensschild steht Maria. Sie hat ein freundliches Lächeln.

„Entschuldigen Sie," spricht Sophie Maria an, „leben Sie hier?"

„Geboren und aufgewachsen bin ich hier," antwortet Maria, „inzwischen studiere ich hier sogar."

Auf der Spur

„Schön, solch eine Verbundenheit zur Heimat zu sehen," kommentiert Sophie, „ist heute leider nicht mehr selbstverständlich."

„Ja so ist das wohl," stimmt Maria zu, „ich wollte auch weg, zugegebener Maßen, aber meiner Großmutter geht es nicht so gut und ich muss sie pflegen."

„Oh, das tut mir leid," zeigt Sophie ihre Anteilnahme, „werden Sie dabei denn unterstützt?"

„Nicht wirklich," erklärt Maria, „meine Eltern sind bei einem Autounfall gestorben. Die Geschwister meiner Eltern sind weggezogen und kümmern sich einen Dreck und Geschwister habe ich nicht."

„Unterstützt Sie auch keine Krankenkasse oder der Staat?" Will es Sophie genauer wissen.

„Klar, wir bekommen Pflegegeld und meine Oma kriegt Rente, aber das reicht doch vorne und hinten nicht," erzählt Sophie.

„Ich verstehe," stimmt Sophie zu, „ich habe gehört, die sozialistische Partei hätte hier eine neue Zentrale eingerichtet. Wenn die es endlich in die Bundesregierung schaffen, wird es Ihnen sicherlich bessergehen."

Maria lacht und sagt, „so denken es viele Leute, ja, aber die meisten beschäftigen sich nur mit der halben Wahrheit. Wie die ihre ach so tollen Vorschläge finanzieren wollen, steht in den Sternen und auch die Freiheit jedes Einzelnen wollen sie Einschränken. Die betrachten die Bevölkerung eher als eine monotone Masse und werden sich selbst wahrscheinlich besserstellen. Das wiederholt sich doch auch nur."

Agent Pfeiffer: Rote Fahnen im Wind

„Sie haben sich scheinbar mit dem System beschäftigt," werfe ich ein.

„Ja, ich studiere Politik," antwortet Maria mit einem Lächeln auf den Lippen, „ich werde demnächst die Liberalen vorantreiben."

„Ok," übernimmt Sophie das Gespräch wieder, „aber wissen Sie, wo die Zentrale von denen ist?"

„Die haben zwei Büros, hier um die Ecke und in Kleinkoschen," antwortet Maria, „wieso sind sie da so hinter?"

„Nunja," antwortet Sophie, „wir haben gehört, die hätten hier regelmäßige treffen und wären vor wenigen Monaten hierher umgezogen, von Frankfurt."

„Treffen der Verrückten gibt es, ja, wohl drüben in Reppist. Ich nenne die Treffen immer, die Treffen der Anonymen Verstaatlicher. Zum Wohle des Volkes wollen Sie die Macht des Volkes und des Individualismus nur stehlen, lachhaft. Es gab hier aber keine größeren Umzüge oder so in Senftenberg, das wüsste ich, hier bekomme ich ja alles mit," erzählt Maria ganz frei, „aber bitte informieren Sie sich genau, bevor sie die wählen. Deren Einfluss ist bereits viel zu groß."

„Wir haben nur einige interessante Artikel über die gelesen," sagt Sophie, „gewählt haben wir die aber noch nie. Wir sind halt neugierig."

„Dann ist ja gut," kommentiert Maria, „ich gehe dann mal zurück an die Arbeit."

Auf der Spur

Maria verschwindet. Sophie und ich genießen noch unser Mittagessen, bevor wir uns auf den Weg machen, zumindest eine der zentralen der Partei zu besuchen.

Wie Maria andeutete, gibt es in unmittelbarer Umgebung ein Gebäude mit dem Schild der Partei vor der Haustür. Wir betreten die Räumlichkeiten. Sie sind viel zu klein, um eine neue Zentrale ähnlichen Ausmaßen wie in Frankfurt (Oder) darzustellen.

In der Zentrale konnten sie uns auch nicht viel Auskunft geben. Sie halten sich sehr bedeckt hier. So verlassen wir die Büros relativ schnell wieder.

Murat und Abla holen uns ein paar Straßen weiter wieder ab. Wir sammeln auch die anderen Team-Mitglieder wieder ein und machen uns auf den Weg nach Reppist.

Viel gibt es hier nicht, großenteils leere Felder. Manchmal sind noch die Überreste von Grundmauern erkennbar. Im Nordwesten gibt es riesige Felder voller Solaranlagen.

Gestartet in einem Kulturhaus scheint nichts auffällig zu sein.

Nach einiger Zeit erreichen wir ein scheinbar leerstehendes Gebäude mit runden Umrissen. Wir lassen den Transporter draußen stehen und machen uns, zur Sicherheit bewaffnet, auf den Weg in das Gebäude.

Vorsichtig öffnet Murat als erster die Tür. Victor, Francois, Abla und ich folgen ihm direkt. Sophie und Vera sichern draußen ab.

Mit Waffe in der Hand und in angespannter Haltung gehen wir langsam Schritt für Schritt durch die Dunklen Räumlichkeiten. Auf dem ersten Blick deutet nichts darauf hin, dass sich hier jemand in den letzten Jahren getroffen hat. Die Fenster sind voller Dreck, so dass kaum noch Sonnenlicht hineinstrahlt. Auch am Boden liegen einige Gegenstände, Äste, Verpackungen und Laubblätter, aber auch Plastikabfälle.

Vorsichtig kämpfen wir uns möglichst leise durch die Dunkelheit. Hin und wieder brechen Äste unter unseren Füßen, oder aber wir stoßen an etwas.

Wahrscheinlich wird uns hier nichts erwarten, dennoch sind wir angespannt. Schließlich befinden wir uns hier in einer unbekannten Umgebung.

Gespannt schleichen wir durch einzelne Räume, als wir in einem größeren Raum, vermutlich einem Veranstaltungsraum ankommen.

Der Boden hier ist schon sauberer. An der Decke hängen relativ moderne Strahler. An der Seite steht eine Art Stromgenerator. Ein Plastikschlauch an diesem Generator führt nach oben und durch ein Fenster durch.

Am Boden liegen aber auch einige Zettel. Es scheinen einige Flyer zu sein. Folgende Aufschrift wiederholt sich einige Male:

„Neue Zentrale zur Ausarbeitung von Maßnahmen für die Ausrottung der Klassenfeinde (ZAvMAK) am Sandhaus 38 in Berlin Buch.

Das neue Media-, Spionage-, Forschungs-, Gesundheits- und Steuerungszentrum unseres Dachverbandes, des FürSoz, wird jetzt auch in Berlin eingerichtet.

Neuaufnahmen in die Sockelverbände sind nach schlechten Erfahrungen zunächst gestoppt.

Auf der Spur

Alle GegenKa-Mitglieder, wir sind froh, euch an unserer Seite zu wissen. Eure Vertreter erwarten wir bereits in der ZAvMAK.

Einen erfolgreichen Kampf gegen den Kapitalismus und übermäßigen Eigentum uns Allen."

In einem Seitenraum höre ich etwas, sich bewegen.

„Tz, Francois," flüstere ich und deute auf den Raum wo das Geräusch herkommt.

Auch Francois scheint dies jetzt auch gehört zu haben. Vorsichtig schleichen wir in die Richtung des Raumes. Am Türrahmen stehen wir zu zweit, Francois links, ich rechts.

Vorsichtig spähe ich in den Raum, erkenne aber nichts. Francois gibt mir ein Zeichen, den Raum zu betreten.

Voller Anspannung und Konzentration begebe ich mich langsam als erster in den Raum. Dieser Raum ist komplett dunkel. Keine Fenster gibt es hier. In der rechten Ecke höre ich jemanden atmen. Francois zielt mit seiner Waffe in die Ecke.

„Hallo, wir wollen Sie nicht verletzen," kommentiere ich, „kommen Sie raus."

„Ich bin hier sonst nicht, ich schwöre," tönt eine schwache und ängstlich zitternde Stimme aus der Ecke, „bitte tun Sie mir nichts, ich bin kein Klassenfeind."

„Kommen Sie heraus," ruft Francois.

Von hinten eilen jetzt auch Victor, Murat und Abla heran.

Den Geräuschen nach zu urteilen, bewegt sich die Person. Auch wir gehen langsam rückwärts aus den

Raum. Francois hat die Handfeuerwaffe immer noch nach vorne gerichtet.

Aus der Dunkelheit kommt uns ein älterer Mann mit langen grauen Haaren und Vollbart entgegen. Er scheint sich lange nicht gewaschen zu haben. Seine Kleidung ist alt, teilweise zerrissen und schmutzig. Mit ihm kommt ein nach Schweiß und Müll stinkender Geruch in unsere Nähe. Er sieht schwach aus, vermutlich ein Obdachloser.

Abla wagt sich vor.

„Hallo," sagt sie, „ich heiße Anna. Wie heißen Sie?"

„Max," antwortet er, „ich heiße Maximilian. Du kannst mich Max nennen."

„Ok, Max," fährt Abla fort, „wir suchen nach spannenden Geschichten für ein Buch über Senftenberg. Was können Sie uns über das Gebäude erzählen?"

„Wenn ihr Buchschreiber seid," hakt Max nach, „warum tragt ihr Waffen bei euch?"

„Waffen?" Versucht sich Abla herauszureden, „ach die Waffen, ein älterer Herr in Senftenberg, hatte uns empfohlen, hier zu schauen, aber es sei gefährlich. So hat uns Luis diese Sicherheitsmaßnahme besorgt."

„Ok, und ihr wollt nur reden?" Fragt Max.

„Ja, nur reden. Als Dankeschön geben wir Ihnen gerne was zu essen und trinken," bestätigt ihn Abla.

„Ok," fängt Max an zu erzählen, „früher war das Gebäude mal eine Fabrik in Reppist, ein Werkzeug unserer sozialistischen Regierung. Gute und wichtige Arbeiten wurden hier verrichtet. Bis der Kapitalismus ankam und

Reppist fast dem Erdboden gleichgemacht hat. Nur wenige Gebäude stehen noch. Seit einigen Jahren kommen hier regelmäßig sozialistische Gruppierungen zusammen, um an die Geschichte zu erinnern, wie der Kapitalismus das florierende Reppist dem Erdboden gleichgemacht hat und um für unsere Ziele zu motivieren. Der Mensch an sich sollte kein Unternehmen steuern, sondern der Staat. Nur so kann das Beste für alle ausgearbeitet werden. Wenn jeder einen Arbeitsplatz zugeordnet bekommt, wäre ich auch nicht mehr arbeitslos und alle hätten die gleichen Chancen und die gleiche Bezahlung."

„Ich verstehe," kommentiere ich, „das ist eine gute Geschichte für unseren Film. Und wieso waren Sie so verschreckt?"

„Naja, unsere Kämpfer für die Gemeinschaft wollen nicht, dass ich hier bin. Die sind extrem vorsichtig und das müssen die auch sein. Die lassen hier nicht jeden rein," erklärt Max, „aber wo soll ich sonst hin? Ich meine, ich bin hier geboren. Reppist ist meine Heimat. Sonst kenne ich nichts, sonst gibt es hier nichts."

Max schaut traurig auf den Boden. Abla und Victor nehmen ihn mit zum Transporter, um ihm ein wenig essen und trinken anzubieten.

Natürlich, hat alles, jedes System auch immer seine Schattenseite und es ist herzzerreißend, seine Geschichte zu hören, aber für das Allgemeinwohl und die Freiheit jedes Individuums ist der Sozialismus nun mal nichts. Schließlich haben dann nur weniger Menschen an der Spitze das Sagen. Ok, wir sind hier nicht zum Diskutieren über die beste Lösung. Zudem wollen wir auch keinen Verdacht erregen oder dass er vielleicht doch ein Spitzel ist und uns verrät, wenn wir Verdacht erregen.

Nach der Sicherung einiger Beweismittel gehen wir, also auch alle anderen zurück zum Transporter. Max lassen wir in seiner Heimat zurück, mit einigen Lebensmittel- und Wasservorräten.

Wir fahren zurück nach Berlin, zurück ins Hauptquartier in die Motzstraße. Während der Fahrt diskutieren wir und sehen einstimmig ein, als nächstes dem Gelände Am Sandhaus 38 einen Besuch abzustatten.

Den Abend lassen wir aber erst einmal ruhig ausklingen. Abla und ich entschließen uns, in der Nähe noch eine Pizza essen zu gehen. Wir finden schnell ein gemütliches Familienrestaurant und genießen einen gemeinsamen Abend.

Wir verstehen uns gut, sehr gut sogar, haben ähnliche Interessen und beide einen vergleichbaren Musikgeschmack. Selbst auf der Pizza mögen wir am liebsten Ananas, Champignons und Hähnchenbrust, natürlich mit Tomatensauce und Käse.

Sie und ich, wir haben viel Spaß. Ich glaube fest daran, dass sich da eine gute Freundschaft entwickeln kann.

Die Nacht verbringen wir wieder zusammen in einem Bett. Abla umarmt mich erneut. Es scheint, als wäre sie nicht gerne alleine.

Unverhoffte Unterstützung

Am nächsten Morgen entscheiden wir uns, uns zunächst einmal eine für einen verdeckten Einsatz entsprechende Kleidung zuzulegen.

Unverhoffte Unterstützung

Zusammen als Gruppe voller Freunde schlendern wir durch die Straßen und erforschen die Geschäfte die es gibt. Wonach wir suchen wissen wir von geheimen Informanten und von meinen Erfahrungen in der GegenKa, die ja leider böse für meinen Kollegen geendet haben. Irgendwie habe ich erneut das Gefühl, dass ich wieder dunkle Zeiten über mein Team bringen könnte.

Unsere Suche nach Kleidung verläuft erfolgreich. Am Nachmittag gehen wir getrennte Wege. Francois wollte uns kugelsichere Kleidung zum darunter tragen besorgen. Ich mache mich hingegen auf den Weg zu einem besonderen Besuch.

Heute Nachmittag will ich dem Grab der Frau meines alten Kollegen einen Besuch abstatten und ihr alles erklären, mich bei ihr entschuldigen. Vielleicht gibt sie mir ja auch ein Zeichen, dass Sven jetzt bei ihr ist, sie beide jetzt für die Ewigkeit vereint sind.

In behutsamem Schritt betrete ich den Friedhof. Seid der Beerdigung vor einigen Jahren bin ich nicht mehr hier gewesen. Damals hatte es Sven schon schwer getroffen, als sie wegen einer Krebserkrankung gestorben ist. Jung war sie, aber Krebs kennt keine Altersunterschiede.

Natürlich wusste Sven lange, dass sie es nicht schaffen würde. Dennoch war er wochenlang am Boden zerstört. Immer wieder habe ich mich nach Feierabend mit ihm getroffen, ihn aufgebaut und versucht, zurück in die sonnige Seite des Lebens zu führen.

Lange hat es gedauert, bis er wieder zurück in den Alltag gefunden hat. Sehr hat er seine Frau geliebt und selbst nach ihrem Tod hat er keine andere Frau angeschaut. Sie

Agent Pfeiffer: Rote Fahnen im Wind war seine einzige und wahre große Liebe hat er immer wieder wiederholt. Jetzt hat es auch ihn getroffen.

Mit melancholischen Gefühlen im Bauch und gesenktem Kopf gehe ich über den Friedhof. Erinnerungen kommen in mir hoch, Erinnerungen an Sven und seinen Kampf zurück ins Leben.

Langsam stapfe ich über den Weg aus kleinen Kieselsteinchen. Hinter mir wirbelt ein wenig Staub in die Höhe. Um den Friedhof herum stehen Bäume. Der Wind spielt Melodien in den grünen Blättern der hölzernen Giganten. Die Vögel singen Melodien der Fröhlichkeit, als wollten sie sagen, Leute, seid froh, eure Freunde und Familie haben es geschafft. Sie sind jetzt an einem besseren Ort.'

Einige andere Personen sind hier auch, an diesem Ort der Traurigkeit und zugleich auch der Hoffnung. Die Meisten sind komplett in schwarz gekleidet. Teilweise tragen sie auch ein schwarzes Hütchen. Die meisten Personen hier sind höheren Alters, besuchen vielleicht ihren verstorbenen Partner.

An einigen Grabsteinen passiere ich, bis ich am Grab der Frau meines Partners ankomme. „Anna Schmitt" steht dort, und weiter, „liebende Ehefrau und Tochter, leider zu früh von uns gegangen" sowie Geburts- und Todestag.

Ich stehe vor ihrem Grab und eine tiefe Traurigkeit kommt in mir auf. Wer sagt denn, dass sie jetzt an einem besseren Ort ist? Vielleicht ist sie es ja wirklich oder ihre Lebensenergie, ihre Seele schwebt frei durch das Universum. Ich glaube nicht dran, aber was, wenn etwas dran ist? Was wenn sie mich hören kann? Ich brauche jemanden, der mir zuhört. Ich muss mit jemandem sprechen.

Vor dem Grab setze ich mich auf meine Verse und sage, „hallo Anna, ich habe lange nichts von dir gehört. Ich hoffe dir geht es gut, wo auch immer du bist."

Einige tränen kullern meine Wange hinunter. Mein Kopf senkt sich noch ein wenig weiter Richtung Boden.

Geschwächt rede ich weiter, „ich muss dir was erzählen. Sven und ich, wir waren unterwegs zu einem Meeting und wir wurden in einen Autounfall verwickelt. Seitdem habe ich ihn nicht gesehen. Es kann sein, dass er bei dir ist. Wenn er bei dir ist und ihr zwei glücklich zusammen, wieder vereint seid, dann gib mir bitte ein Zeichen."

Und so sitze ich hier und warte. Ich warte auf ein erlösendes Zeichen, zu wissen, dass sie wieder vereint sind, dass Sven bei Anna ist, wo auch immer sie ist. Vielleicht passiert zumindest etwas, das ich als Zeichen interpretieren kann, selbst wenn es das nicht ist. Dann ginge es mir zumindest besser.

Für etwa zehn Minuten warte ich hier. Nichts passiert, kein Zeichen, als mich auf einmal jemand von hinten anstupst.

Erschrocken drehe ich mich um. Ich traue meinen Augen nicht. Da steht er, Sven. Die Haare sind nur wenige Millimeter Lang, aber ansonsten ist er es wirklich. An der rechten Kopfseite hat er eine Narbe, wie ich. Wurde er auch operiert? Weiß die Partei jetzt, wo ich bin? Ist er ein Spitzel?

„Sven," fange ich aufgeregt an, „du lebst? Wie geht es dir?"

Sven lächelt, „ja, hier bin ich. Ist schon lustig, ich wurde von unserem vermeintlichen Feind gerettet. Sie suchen auch noch nach dir. Wo wohnst du jetzt?"

Oh man, haben die sein Gehirn gewaschen? Haben sie ihm eingebläut, dass sie die Guten sind? Wie überzeuge ich ihn von der Wahrheit? Und achja, der Chip in seinem Kopf, was mache ich bloß?

„Mal hier, mal da," antworte ich, „ich will nicht zurück zu denen. Zu mir waren sie nicht so gut, aber sag mal, hast du auch diese Träume die sich so real anfühlen?"

„Ja," antwortet er, „das ist verrückt, einmal habe ich von einer Explosion geträumt, die Explosion eines Gebäudes in dem ich mal war und viele erschossene Leute, hat aber sicher mit dem Umzug tun, so unterbewusst irgendwie."

„Die Träume sind real," antworte ich, „überprüfe die Medien. Die verfolgen jeden Schritt den du tust und alles was du hörst."

„Du erzählst doch Unsinn," widerspricht mir Sven, „das geht doch gar nicht."

„Wo kommst du denn unter? Vielleicht besuche ich dich da mal," hake ich nach.

„Zu Hause wohne ich jetzt wieder," erklärt er, „ganz normal, schon seit ein paar Wochen."

„Und wo triffst du die von der Partei?" Hake ich nach.

„An verschiedenen Orten. Wir tauschen immer Informationen aus," beschreibt Sven, „das ist manchmal auch unheimlich, wie gut die mich schon kennen. Manchmal wissen die genau, was ich erzählen will."

Unverhoffte Unterstützung

„Ok," versuche ich das Gespräch zu beenden, „ich muss dann auch mal wieder los. Ich komme dich die Tage mal besuchen."

„Du gehst schon?" Fragt er, „gleich kommt aber jemand, der dich sehen will."

Wer könnte das sein? Lisa? Nein Lisa und Samantha sind in Sicherheit. Es ist sicher jemand von denen. Ich muss hier weg.

„Ja, ich muss los," kürze ich das Gespräch ab und verschwinde in schnellem Schritt.

Ich vermeide es, in die Sicht von Kameras zu kommen. Zu hoch ist jetzt wieder das Risiko. Öffentliche Plätze sind erst einmal ein Tabu für mich.

Kreuz und quer gehe ich schnell durch die Stadt, um potentielle Verfolger abzulenken, zu verwirren. So schnell kommt das Gefühl des Verfolgten, die Unruhe der Flucht wieder. Ich sollte persönliche Orte komplett meiden. Ich darf nicht entdeckt werden.

Nach einiger Zeit fängt mich Murat ab, „hey Michael, ich habe alles gesehen. War das dein Partner?"

„Ja, das war Sven," antworte ich, „die scheinen ihn extrem manipuliert zu haben, wahrscheinlich dasselbe, was mir passiert wäre, wäre ich nicht geflohen. Ich würde ihm so gerne helfen. Was meinst du, wie viele von denen gibt es?"

„Zu viele wahrscheinlich," antwortet Murat, „vielleicht auch inzwischen mit eingepflanztem GPS-Empfänger. Der könnte überall sein. Du kannst froh sein, dass du fliehen konntest."

„Ja," erzähle ich aufgeregt, „aber was meinst du? Können wir ihn nicht retten oder der Partei durch ihn eine Falle stellen?"

„Das ist zu riskant," antwortet Murat, „wir dürfen uns keine Fehler mehr erlauben."

Auf einmal kommt ein kleiner Junge auf mich zu und reicht mir einen kleinen gefalteten Zettel.

„Soll ich dir geben," richtet er mir aus.

„Von wem?" Frage ich.

Der Junge zeigt in Richtung eines Cafés und kommentiert, „oh, er ist gegangen."

„Danke," bedanke ich mich. Der Junge verschwindet wieder.

Vorsichtig öffne ich den Zettel. Die Handschrift kenne ich. Es ist dieselbe wie die des Zettels der in der Matroschka war.

Auf dem Zettel steht geschrieben:

„Lieber Herr Pfeiffer, der Herr Schmitt hat ihnen einen GPS-Empfänger an der Jacke befestigt. Sie sind in unmittelbarer Gefahr. Verschwinden Sie. Treffen Sie mich bitte heute Abend um 19:00 auf dem Adenauerplatz."

Ich reiche Murat den Zettel ohne Worte und ziehe ihn mit mir. Zusammen kreuzen wir weiter durch die Stadt. Währenddessen ziehe ich meine Jacke und mein T-Shirt aus und gebe sie einem Obdachlosen auf der Straße. Murat leiht mir seine Jacke.

Unverhoffte Unterstützung

Erst in einigen Hundert Metern Entfernung wage ich es wieder, mit Murat zu sprechen.

„Das war knapp," kommentiere ich, „und danke für deine Jacke."

„Klar doch," antwortet Murat, „die Handschrift ist dieselbe wie die von gestern. Vertraust du der Person?"

„Immerhin hat er oder sie uns gewarnt," sage ich.

„Ja, aber vielleicht stimmte das auch nicht," zweifelt Murat die Situation an.

„Wie hat er uns dann gefunden?" Hake ich nach.

„Naja," äußert sich Murat, „vielleicht ist der Empfänger auch an deiner Hose oder direkt im Körper und das war nur ein Ablenkungsmanöver um dein Vertrauen zu erlangen."

„Früher habe ich eigentlich mehr an die Chancen, an das Positive geglaubt," erwidere ich.

„Die Zeiten haben sich geändert," merkt Murat an, „früher war die linksradikale Gefahr nicht so groß und die rechtsradikalen hatten eh nie wirklich eine gute Chance mehr, hier in Deutschland, nach dem zweiten Weltkrieg."

„Schon," kommentiere ich, „aber alle Hoffnung zu verlieren ist bestimmt nicht die weiseste Entscheidung."

„So wie jetzt kommst du auf jeden Fall nicht mehr in unser Quartier," bemerkt Murat.

„Was soll ich machen?" Frage ich nach, „das einzige was er bei mir berührt hat war nur meine Jacke. Ich war auf Abstand, Nummer sicher."

[173]

Agent Pfeiffer: Rote Fahnen im Wind

„Am sichersten wäre, neu einkleiden und einmal elektrogeschockt werden," bemerkt Murat.

„Einkleiden ok, irgendwo, wo es keine Kameras gibt, aber elektrogeschockt?" hake ich nach.

„Ich werde für dich einkaufen gehen," antwortet Murat, „und zum Schocker, momentan habe ich immer einen Schocker dabei."

So gehen wir zwei in die Nähe von Geschäften. Ich setze mich auf eine Parkbank und Murat elektroschockt mich. Vom Schock angeschlagen, bleibe ich auf der Bank liegen, während Murat einkaufen geht.

Während ich hier halb liege und halb sitze, bekomme ich nicht viel mit, nur dass mir einige Leute wohl Geld hinlegen. Sie denken wohl, ich sei obdachlos.

Wie dem auch sei, nach einiger Zeit kommt Murat wieder. In einer Ecke wo ich mich unbeobachtet fühle ziehe ich mich um. Anschließend gehe ich mit Murat zurück in die Wohnung. Mein Kopf fühlt sich noch etwas schwammig an, wahrscheinlich vom Elektroschocker.

In der Wohnung fällt mir Abla in die Arme.

„Ist was passiert?" Frage ich nach.

Abla erklärt, „nunja, auch ich habe gesehen, was du heute erlebt hast. Wir wollten zu dir zu kommen, dem Typen, eh, Sven von hinten eine überziehen, aber dann bist du schon verschwunden."

„Ja, zum Glück," merkt Sophie an, „da hast du noch mal gut reagiert, aber leider keine Informationen erhalten. Es muss schon hart gewesen sein, deinen Freund so zu erleben."

[174]

Unverhoffte Unterstützung

„Nett war es nicht," antworte ich, „aber er sagte, jemand wolle mich sehen. Seid ihr sicher, dass Lisa und Samantha in Sicherheit sind?"

„Ja," bestätigt Victor aus dem Hintergrund, „ich habe gerade noch mit meiner Frau gesprochen. Sie ist eine der Wachen, die sich um die Sicherheit kümmern."

„Sie ist Israeli?" Frage ich nach.

Er bestätigt, „ja, aber das bin ich auch. Meine Vorfahren sind aus Russland nach Israel geflohen."

„Oh, cool," merke ich an, „ich mag Israelis."

Victor lächelt. Abla zieht mich mit sich.

„Du musst noch kaputt sein vom Elektroschock," bemerkt sie, „komm mit, leg dich ein wenig hin und ich bringe dir auch noch ein Getränk, welches dir hilft, dass du dich besser fühlst."

Gefühlvoll zieht mich Abla in unser Zimmer. Sie hilft mir, aus meiner neuen Straßenkleidung herauszukommen und etwas Gemütliches anzuziehen. Dann gibt sie mir einen Kuss auf die Wange und verschwindet aus dem Raum.

Oh man, irgendwie weckt diese supersüße und supersexy junge Frau gerade irgendwelche Gefühle in mir. Wie kann sie bloß so liebevoll sein?

Wenn ich mich recht zurückerinnere, dann habe ich schon mal eine Frau wie sie kennengelernt. Sie hieß Melissa und war superschön, und superliebevoll. Eine echte Traumfrau war sie. Ich habe sie über Jahre begehrt, versucht, mich in ihr Herz zu kämpfen, aber es nie geschafft. Ich war halt einfach nicht ihr Typ.

Abla ist ähnlich. Vom ersten Eindruck her ist sie sogar noch einige Schritte intimer. Sie ist der Typ Frau den ich immer begehrte, der tief in mir eine unbändige Leidenschaft erweckt, so lange, bis die Leidenschaft nur noch Leiden in mir weckte. Es war nie mehr als Freundschaft, von ihrer Seite aus, aber ist es jetzt anders? Sie kümmert sich um mich wie eine Ehefrau, oder doch wie eine Schwester?

Schwester ja, an mehr darf ich nicht denken. Zu heiß ist das Feuer der Verführung, schließlich liebe ich Lisa, Lisa, die Frau meines Lebens, aber was spricht gegen ein kleines Abenteuer? Ich meine, ja, ich liebe Lisa über alles, aber Abla ist ein unerreichter Traum, ein Meilenstein, den ich immer erreichen wollte, das perfekte Abenteuer. Sie erweckt meine sexuelle Leidenschaft wieder, in dem Maße, wie ich es mit Lisa am Anfang empfunden haben. Lisa hingegen bedeutet für mich Vertrautheit, Geborgenheit und sich einfach nur gut fühlen. So wie es sich halt entwickelt, wenn man sich seit Jahren kennt, die typische Route der Liebe.

Was ist das Richtige? Natürlich, Lisa nicht zu betrügen ist der Weg mit dem ich auf Dauer am glücklichsten bin, aber betrüge ich damit nicht mich selbst? Wie toll wäre es – gerade in diesen kalten und herausfordernden Zeiten – Ablas Haut zu spüren, sie über den ganzen Körper zu küssen und gemeinsam in der Leidenschaft der körperlichen Annäherung zu versinken? Dies stelle ich mir so unglaublich schön vor, so natürlich und sich seinen Bedürfnissen hingebend.

Aber wer weiß, wahrscheinlich will Abla eh nichts sexuelles, kein Abenteuer mit mir. Eine Beziehung mit ihr wäre ein Traum, aber auch zu riskant. Ich kenne sie ja gar nicht und mit Lisa habe ich ein Leben. Wir kennen uns in und auswendig. Wir genießen jede Sekunde miteinander und natürlich verbindet uns auch Samantha. Wenn ich an die Zeit mit den beiden denke, muss ich automatisch lächeln. Ich bin einfach nur glücklich. Das kann ich nicht aufs Spiel setzen, um nichts in der Welt.

Ich bin nicht mehr der Typ, der nachts feiern geht und immer mal wieder eine andere Frau abschleppt. Nein, ich bin im Hafen der Geborgenheit angekommen. Ich habe das große, goldene Ziel erreicht.

Nach kurzer Zeit kommt Abla wieder in den Raum. Sie reicht mir eine Flasche mit einem Getränk.

„Hier, trink dies, es bringt deinen Elektrolyse-Haushalt wieder in Ordnung," erklärt mir Abla.

„Danke," antworte ich einfach nur und lächle.

Diese Nähe zu ihr fühlt sich so unglaublich toll an. Wie sie neben mir sitzt und mich zudeckt, unglaublich diese Gefühle.

„Weißt du, was ich so toll daran finde, mit dir in einem Bett zu schlafen?" Fragt Abla.

Wohin wird dies jetzt führen? Wenn Sie nicht im Raum ist, kann ich klar denken, aber so, jetzt, mit ihr direkt neben mir?

‚Ja, ich will', ist alles, woran ich jetzt noch denken kann. Ja ich will ein Abenteuer. Ja, ich will deine Haut auf meiner spüren. Ja, ich will mit dir in Zärtlichkeit versinken. Ja, ich will einfach nur Dir nahe sein, für Stunden, für den Rest unserer Leben. Lass uns alles andere einfach vergessen.

„Na, erzähl mir," antworte ich mit einem breiten Grinsen der Vorfreude.

Agent Pfeiffer: Rote Fahnen im Wind

„Du bist keine Frau, weil einer Frau mag ich echt nicht zu nahe sein, nachts. Das ist keine Homophobie, ich freue mich, wenn Frauen miteinander glücklich werden, aber wenn meine Haut nachts die Haut einer anderen Frau berührt, igitt."

„Das ist alles?" Hake ich nervös nach, „ich meine, warum ist es denn gerade so toll mit mir? Es könnte auch Francois, Victor oder Murat sein. Du brauchst dich nicht zu schämen, ich kann es auch für mich behalten."

Sie lächelt und antwortet direkt, „wieso schämen? Nein, die anderen wissen es auch schon."

Abla macht eine kurze Pause. Was kommt jetzt? Findet sie mich attraktiv? Will sie vielleicht sogar mehr als ein Abenteuer? Weiß sie denn nicht von meiner Frau und Kind?

„Es ist einfach," fährt sie fort, „du erinnerst mich sehr an meinen Ehemann. Dank dir vermisse ich ihn ein bisschen weniger. Natürlich würde ich ihn niemals betrügen, niemals so weit gehen und dich küssen oder mit dir Liebe machen, aber deine Nähe tut mir einfach gut. Und da du glücklich verheiratest bist und sogar ein Kind hast, brauche ich mir auch keine Sorgen machen, dass du dich an mich ranmachst. Glaube mir, viele versuchen schon mal, mich rumzukriegen."

„Oh, ok, natürlich," antworte ich ein wenig enttäuscht und noch nervös, „nur Freunde, wir sind nur Freunde, gute Freunde, vielleicht wie Bruder und Schwester."

„Ja, wie Bruder und Schwester," bestätigt Abla mit einem entspannten lächeln, „jetzt ruhe dich mal ein wenig aus. Wir wecken dich, wenn wir entscheiden, ob wir den

Adenauerplatz riskieren. Wir dürfen unser Team nämlich nicht riskieren."

Abla verlässt den Raum direkt und schließt die Tür hinter sich. Bereits nach kurzer Zeit schlafe ich ein. Diese Mal habe ich keine Träume, zumindest nichts, an das ich mich erinnern kann.

„Aufwachen," rüttelt mich Murat wach, „die Mädels sind bereits in einem Café am Adenauerplatz. Victor und Francois werden im Transporter in der Nähe warten und da die Person mich wahrscheinlich schon gesehen hat, werden wir beide sie treffen. Ziehe dich an und nehme eine Waffe mit."

Langsam bemühe ich mich auf, setze mich hin und ziehe mir wieder was an. In einem Brustgurt unterhalb der Jacke verstecke ich eine kleine Pistole und einen Elektro-Schocker. Irgendwie habe ich das Gefühl, dass wir die Schocker gebrauchen könnten.

Ich gehe noch kurz ins Badezimmer und mache mich zurecht, als mich Murat geschockt ruft, „Michael, hast du das auch gerade gesehen? Ein anderes Team hat gerade eine Erfolgsnachricht an alle gesendet."

„Gesendet?" Rufe ich zurück, „ich habe keine E-Mail geprüft. Was ist ihnen gelungen?"

„Merkwürdig," kommentiert Murat, „ein anderes Team hat einen zentralen Außenposten der GegenKa in München hochgenommen. Sie haben auch Hinweise gefunden, dass alles in Berlin zusammenläuft. Du hast die Worte und Bilder wirklich nicht empfangen?"

„Nein, das muss mir entgangen sein," kommentiere ich.

Agent Pfeiffer: Rote Fahnen im Wind

„Sehr seltsam," bemerkt Murat, „das ist eigentlich der Typ von Nachricht die du nur unterdrücken kannst, wenn dein Adrenalinspiegel zu hoch ist."

Adrenalinspiegel zu hoch? Ist er das? Sind das noch die Auswirkungen von der Nähe zu Abla oder die Gedanken an sie? Oder ist das noch eine Folge des Elektro-Schocks? Etwas weich auf den Beinen fühle ich mich schon noch.

„Seltsam," stimme ich ihm zu, „vielleicht ist durch den Elektro-Schock der Adrenalinspiegel noch zu hoch." Insgeheim vermute ich aber auch, dass es mit Abla zusammenhängen könnte.

„Oder aber der Schock hat deinen Chip frittiert," gibt Murat mir eine Alternative, „wir sollten das beobachten. Fühlst du dich denn nervös?"

„Nein, nur etwas schwach auf den Beinen," beschreibe ich.

„Versuche mal, mich zu empfangen," bittet er mich.

Ich gebe mein bestes, strenge mich an. Vorher, also vor dem Schock hatte es doch noch funktioniert.

„Nein, nichts," antworte ich.

„Ja, ich kann dich auch nicht mehr lesen," gibt Murat zu, „vielleicht hat der Elektro-Schocker wirklich die Technik zerstört."

„Wenn der Schock das kann, dann kann ich doch sicher auch Sven retten," denke ich laut.

Unverhoffte Unterstützung

„Dazu benötigen wir erst einmal mehr Informationen,“ bremst mich Murat aus, „eigentlich sollte das nämlich nicht gehen. Jetzt sollten wir aber erst einmal los.“

So gehen wir zusammen aus der Wohnung und schlendern erst mal ein wenig herum, weit weg von Überwachungskameras und auch vom direkten Weg zum Adenauerplatz.

Am Platz angekommen, setzen wir uns auf eine Bank. Keine verdächtigen Personen gibt es hier und auch die Mädels haben Murat grünes Licht gegeben.

Ich schaue direkt auf den Platz. Vor mir sind ein paar Bäume inmitten der Pflastersteine sowie auch Bars. In einer Ecke erkenne ich Abla und muss ungewollt, aber zwangsweise lächeln, weshalb ich woanders hinschaue.

Murat schaut auf die Straße. Dort gibt es einen Supermarkt, einen großen Friseur und einen riesigen Second-Hand-Laden.

Noch ist es kurz vor sieben und wir warten hier. Es scheint wirklich keine Falle zu sein, oder kommen die gleich in mehreren Transportern bei uns an? Werden sie uns überraschen oder überfallen?

Hin und wieder kommt jemand in meine Richtung. Ich schaue immer wieder erwartungsvoll, aber alle laufen an uns vorbei.

Es ist bereits kurz nach sieben, als Murat sein Telefon zum Schein ans Ohr legt und sagt, „Hey Michael, er scheint nicht zu kommen. Vielleicht wurde er ja erwischt.“

Ich antworte nichts. Murat steht auf und spaziert über den Platz. Ich hingegen bleibe sitzen.

Agent Pfeiffer: Rote Fahnen im Wind

Nach kurzer Zeit setzt sich jemand anderes neben mich und legt eine Zeitung zwischen uns. Kurz darauf steht er wieder auf und geht weg. Die Zeitung hat er liegen lassen.

Murat steht noch einige Meter entfernt und unterhält sich mit jemandem, vielleicht mit einem Freund.

Neugierig nehme ich die Zeitung und schaue sie mir an. Auf der Titelseite ist nichts Auffälliges, also blättere ich in ihr herum. Nirgendwo scheint etwas vermerkt zu sein, kein Zettel oder keine Botschaft finde ich auf den ersten Blick. Wollte die Person doch nur die Zeitung loswerden? Zu sehen ist sie auf jeden Fall nicht mehr.

Bei einem genaueren Blick auf das Kreuzworträtsel fällt auf, dass die eingesetzten Begriffe nicht passen. Ich bringe die Begriffe in eine passende Reihenfolge:

„Wir treffen uns in einer halben Stunde auf dem Olivaer Platz, alleine."

Irgendwie habe ich das Gefühl, dass ich ihm trauen kann. Er ist wahrscheinlich ähnlich paranoid wie ich. Was aber, wenn es doch eine Falle ist? Aber wieso will er die Anderen nicht dabeihaben?

Noch etwas unentschlossen gehe ich erst einmal in Richtung der Mädels. Neben ihnen murmle ich, „ich gehe mal aufs Klo," und gehe direkt weiter in Richtung Toilette. Keine Verbindung zu irgendwem will ich zeigen.

Auf dem Rückweg gehe ich ganz einfach vor den Tischen an der Seite der Bar entlang. So schaffe ich es, unentdeckt vom Team zu bleiben. Wenn ich mich schon in Gefahr bringe, sollen die anderen in Sicherheit sein. Ich folge einfach mal meinem Instinkt.

Unverhoffte Unterstützung

Entlang dem Kurfürstendamm schlendere ich, bis es rechts auf den Olivaer Platz abgeht.

Auf diesem Platz stehen mehr Bäume. Gefahren könnten sich im Grün der Bäume verstecken. Wenigstens erkenne ich keine Überwachungskameras.

An einer Stelle des Platzes an dem die Anzahl der Bäume geringer ist, setze ich mich auf den Rasen.

Kinder spielen um mich herum, kleine Familien verbringen hier ihre Zeit. Einige Jogger nutzen die Kühle der späten Abendstunden, um sich auszupowern. Auch hier fällt mir auf Anhieb nichts Verdächtiges auf. Lediglich die hohe Dichte an Bäumen in Teilen dieses kleinen Parks machen mich nervös.

Hier sitze ich jetzt, ganz alleine und aufrecht. Ich will nicht zeigen, was ich unter der Jacke verstecke. Also vermute ich, dass ich angespannt wirke. Wie könnte es auch anders sein, schließlich weiß ich nicht, was mich hier erwartet.

Nach kurzer Zeit setzt sich dieselbe Person die mir die Zeitung gab neben mich. Er schaut mich aber nicht an.

„Danke, dass Sie mir vertrauen," sagt er vor sich hin.

„Viel mehr Chancen habe ich ja nicht," antworte ich, „nachdem alle denen ich vertraut habe entweder umgebracht oder Gehirngewaschen wurden."

„Gehirngewaschen?" Fragt er nach.

„Ja, Sven," erkläre ich, „der Typ vom Friedhof."

„Ach der, genau," kommentiert der vermeintliche Überläufer.

Agent Pfeiffer: Rote Fahnen im Wind

„Was wollen Sie von mir?" versuche ich, ihn zum Reden zu bringen. Schließlich erachte ich es hier mit zunehmender Zeit für immer gefährlicher.

„Ich will Ihnen meine Unterstützung anbieten," antwortet er.

„Mir scheint es, Sie haben die Matroschka nicht erhalten," fängt er nach einer kurzen Pause an zu erklären, „senden Sie mir bitte von einer neuen und sauberen E-Mail-Adresse eine E-Mail an post@coachiendo.com. Coachiendo schreibt man C O A C H I E N D O. Merken Sie sich das."

Er macht erneut eine kurze Pause und fährt fort, „Ich bin einer der höheren IT Leute in der neuen Zentrale. Leider ist der Umzug noch nicht vollzogen, weshalb ich noch nicht weiß, wo sie sein wird, aber morgen soll ich weitere Informationen erhalten. Ab morgen stehe ich dann auch wieder unter kompletter Überwachung. Ich werde Ihnen Details senden, sobald ich sie habe, wenn Sie mir eine Nachricht gesendet haben. Vergessen Sie es also nicht, wir haben einen gemeinsamen Feind. Ich will raus aus dem Wahnsinnsverein, aber das geht nur, wenn der Verein zerschlagen ist. Nächste Woche sollen wir dann auch wieder Unternehmensserver hacken, Daten klauen und die Fertigung lahmlegen. Die sozialistische Partei erwartet zunehmend wieder Internetkriminalität von uns, nachdem es die letzten Jahre etwas ruhiger war."

„Wieso sollte ich Ihnen vertrauen?" Hake ich nach, „ich wurde schon mal in eine Falle von ihnen und Ihren Kollegen gelockt."

Eine Träne kullert seine Wange herunter.

Unverhoffte Unterstützung

Er antwortet, „ich weiß es nicht, ich weiß nicht einmal, ob ich mir selbst noch trauen kann. Ich kann Sie nur bitten, mir zu trauen. Ich will Fehler wieder gut machen."

Nach diesen Worten steht er wieder direkt auf und verlässt den Platz.

Auch ich stehe kurze Zeit später auf und gehe zurück zum Adenauerplatz.

Sophie sitzt noch in der Bar, alle anderen sind weg. Ich setze mich zu Sophie.

„Wo warst du denn?" Begrüßt sie mich, die Anderen suchen dich bereits.

„Ja, tut mir leid, ich bin meinem Instinkt gefolgt," erkläre ich, „mehr erzähle ich, wenn die anderen hier sind."

„Die anderen hören zu," kommentiert Sophie.

„Ok," fange ich an zu erzählen, „als ich auf der Bank saß und Murat sich mit jemandem unterhalten hatte, hat mir jemand eine Zeitung zukommen lassen. Im Kreuzworträtsel war eine bitte versteckt, mich alleine am Olivaer Platz zu treffen. Um euch nicht in Gefahr zu bringen, kam mir dies ganz recht. Wie du weißt, gab es schon einmal einen Anschlag auf mein Team. Mich hatten sie komischerweise schon einmal leben lassen."

Ich atme einmal tief durch und fahre fort, „niemand verdächtiges war dort. Die Person kam zu mir und hat mich wie auf dem Zettel in der Matroschka gebeten, ihm eine saubere E-Mail zu senden. Er meinte, er würde bald im neuen Hauptquartier arbeiten und würde mir die Anschrift geben sobald er sie hat. Noch sei alles selbst für ihn geheim. Wenn er dann wüsste, dass ich einen Angriff plane, könnte er das Alarmsystem ausschalten. Außerdem meinte er, dass es in den kommenden Wochen vermehrt Cyberattacken auf die Wirtschaft gebe."

„Glaubst du ihm?" Höre ich Abla von hinten ankommend fragen.

„Ja," bestätige ich, „es scheint, als sei er verzweifelt, habe eingesehen, dass sein Verein Mist baut und bereut, denen helfen zu müssen. Raus könne er da nicht so einfach, hat er mir gesagt, sondern nur, wenn das Hauptquartier aufgeflogen ist."

„Ok, wann soll er die Adresse bekommen?" Fragt Sophie.

„Morgen," antworte ich.

„Gut, dann lasst es uns versuchen," bestätigt Abla, „wenn du ihm vertraust, vertraue ich ihm auch."

Sophie kommentiert, „Murat sendet übrigens gerade eine E-Mail von einer neu eingerichteten E-Mail-Adresse, aus einem Internetcafé."

„Danke," sage ich in die Runde, „ich muss euch auch noch was gestehen. Es scheint, als habe der Elektro-Schock meine Verbindung zu euch, meinen Chip im Kopf zerstört."

„Das wissen wir doch," bestätigt Abla und legt ihren rechten Arm um mich, „keine Sorge, so hast du wenigstens einen klaren Kopf."

„Ja," stimmt Sophie zu, „mache dir keinen Kopf deswegen. Konzentriere dich lieber auf morgen. Morgen wollen wir die Exekutive der Partei, die neue Zentrale der GegenKa lahmlegen."

[186]

„Ok, und danke," stimme ich zu.

Gemeinsam gehen Sophie, Abla und ich über Umwege nach Hause. Die anderen Team-Mitglieder kommen auch kurz darauf. Wir essen noch schnell etwas und legen uns schlafen.

Ich habe wieder das Glück, neben Abla zu liegen, auch wenn Sie mich inzwischen nervös macht, mich auch wieder im Schlaf umarmt und sie mir so einiges an Schlaf raubt. Ich genieße es trotzdem und schlafe auch irgendwann ein.

Heißes Intermezzo

Die ganze Nacht schlafe ich unruhig, erst gegen Ende hin schaffe ich es, ein wenig fester zu schlafen.

Überraschenderweise wache ich auf und umarme Abla, quasi in Löffelchen-Stellung. Sie hält meinen linken Arm an ihre Brust. Mein Unterarm spürt die Wärme ihrer wunderschönen Busen. Mein Oberarm liegt entspannt auf ihrer Seite, bis hin zur Taille. Mit meiner Brust spüre ich die Nähe ihres Rückens. Ihre langen schwarzen Haare hat sie nach oben über das Kissen gelegt.

Auf einmal beweg sie ihren Po etwas. Dies fühlt sich so unglaublich toll in meinem Intimbereich an. Die ganze Situation, die Stellung, wow, einfach ein Traum.

Zärtlich und vorsichtig zugleich gebe ich ihr einen Kuss auf den Nacken. Sie bewegt ihren Körper erneut kurz, wacht aber nicht auf. Zum Glück, wahrscheinlich.

Bevor ich mich gar nicht mehr stoppen kann und versuche, ihr ein Abenteuer aufzuzwingen, befreie ich mich aus der Stellung, wie auch immer sie zu Stande kam.

Agent Pfeiffer: Rote Fahnen im Wind

Leise verlasse ich den Raum und gehe in die Küche, wo ich mit Victor und Francois frühstücke.

Im Laufe der Zeit stehen auch alle anderen auf, machen sich frisch und frühstücken. Anschließend bereiten wir uns vor, ziehen die kugelsichere Kleidung an und die Undercover-Kleidung darunter. Francois, Sophie und ich stülpen auch wieder unsere Silikonmasken drüber, sicher ist sicher.

Unser Plan sieht wie folgt aus:

Vera und Sophie werden versuchen, das Gelände über einen Zaun zu betreten und mögliche Gefahren zu analysieren. Sie werden dort für den Notfall bereitstehen und eingreifen, wenn notwendig. Die Herausforderung wird sein, beide Zaunwände zu überqueren, oder zumindest die Erste, und sich im Wald zu verstecken. Zwischen Gebäude und dem Inneren Zaun gibt es laut Satellitenbildern keine Möglichkeit, sich zu verstecken, abzutauchen.

Victor und Francois werden versuchen, als verkappte GegenKa-Mitglieder Zugang zu bekommen. Sie sind verkleidet und wir haben auch Mitgliedsausweise gefaked, die aktuell waren, als ich verdeckt ermittelt habe. Ich hoffe, diese sind nicht veraltet, ist ja schließlich nicht so lange her.

Abla und Murat versuchen, durch die Kanalisation Zugang zum Gebäude oder die dazugehörige Bunkeranlage zu bekommen. Dies kann sicherlich eine scheiß Aufgabe sein, die auch Aussichtslos ist, aber wir haben halt Gerüchte aufgetan, dass die damalige Regierung der DDR das ehemalige Stasi- und Regierungs-Krankenhaus nicht nur mit einem Atomschutzbunker, sondern auch mit

Fluchttunneln ausgestattet haben soll. Eine Fluchtmöglichkeit soll auch über die Kanalisation geplant worden sein, allerdings soll der Zugang gut versteckt sein.

Ich bleibe in sicherer Entfernung im Transporter und Zeichne alles zur Beweissicherung auf. Dieses Mal steht der Transporter nicht in unmittelbarer Nähe, dafür sind wir jetzt mit dem aktuellsten Stand der Technik ausgerüstet und auch die Empfänger im Transporter sind wesentlich leistungsfähiger. Sobald Hinweise auf illegale Aktivitäten bestehen, werde ich einen Freund von Murat kontaktieren, der bei der Kriminalpolizei arbeitet. Er wird dann mit vertrauenswürdigen Kollegen anrücken und unterstützen. Dieses Team wartet auf Abruf bereits in der Nähe.

Voller Hoffnung machen wir uns im Transporter auf den Weg. Heute bin ich der Fahrer. Es ist eine ruhige Fahrt, nicht nur, weil wir gut durchkommen, sondern auch weil jeder hochfokussiert auf seine Mission ist. Das einzige Geräusch neben dem des Motors ist das Radio, welches leise Pop-Songs vor sich her trällert. Neben mir auf dem Beifahrersitz sitzt Abla.

Während der Fahrt fühle ich mich komisch. Zum einen freue ich mich, Abla neben mir zu haben, zum anderen werde ich bei ihrem Anblick aber auch nervös. Irgendwie beginne ich zu zweifeln, ob es mit Lisa wirklich das ewige Glück ist. Selbst wenn Abla nichts für mich empfindet, wieso habe ich diese Gedanken?

Ja, ich denke schon, dass Lisa und Samantha mir unendlich wichtig sind, aber der sexuelle Reiz ist fast verflogen. Jetzt gibt es Geborgenheit und Vertrauen statt Leidenschaft und Abenteuer. Ist das Liebe? Die Gefühle für Abla hingegen, sind diese nur eine Probe für mich?

Agent Pfeiffer: Rote Fahnen im Wind

Das Beobachtungsteam setze ich mit ihrer Ausrüstung zuerst, einige hundert Meter vor dem Einsatzort im Wald, im Hobrechtsfelder Chaussee, ab.

Die eindringenden Teams setze ich direkt in der Straße am Sandhaus, aber bei einigen Gebäuden kurz vor dem Einsatzort ab.

Ich fahre den Transporter weiter, in eine Seitenstraße in der Nähe des S-Bahnhofes Buch.

Dort gehe ich kurz in einen naheliegenden Kiosk und hole mir ein Wasser. Um mich herum gibt es keine verdächtigen Fahrzeuge oder Personen. Alles scheint hier ruhig und sicher zu sein. Nachdem ich mir auch über die Umgebung sicher bin, öffne ich die Tür für den hinter Raum des Transporters und setze mich vor die Monitore. Ich schalte alle Anlagen ein, so auch das Notebook.

Alsbald möglich setze ich mein Headset auf, drücke auf Aufnahme und gebe meinem Team das Startsignal, „Ok Team, die Aufnahmen laufen alle, legt los."

Sophie bestätigt für das Beobachtungsteam, „ok, danke."

Auch Abla bestätigt im Namen der eindringenden Teams, „wir bestätigen, Micha. Wir warten dann auf dein Go, dass die Beobachtungsposten in Position sind."

Wow, nennt sie mich jetzt wirklich so wie Lisa mich nennt? Ist das vielleicht ein Zeichen oder doch nur reiner Zufall?

Die Teams legen los.

Vera und Sophie lassen als erstes eine Drohne in die Luft. Die Drohne fliegt zunächst automatisch durch die Bäume, dann mit freier Bahn einige hundert Meter hoch und ist mit dem bloßen Auge vom Boden nicht mehr zu erkennen. Sie verfügt über hochmoderne, extrastarke Batterien, sowie hocheffiziente Solarzellen und eine hochauflösende Kamera, die ihre Bilder direkt an einen meiner Monitore sendet. Ich übernehme die Steuerung aus dem Transporter.

Direkt nach dem Start der Drohne gehen die beiden voran. Sie schleppen ihre Ausrüstung durch den dichten Wald. Schon bald erkennen sie vor sich einen ersten Zaun. Vorsichtig nähern sie sich, stoppen aber kurz vor dem Zaun. Sie warten auf eine Info von mir und schauen sich gleichzeitig hochaufmerksam um.

Ich schaue auf meine Monitore und teste verschiedene Filter. Wärmebildfunktionen zeigen keine Wärmekörper in der Nähe. Eine Strahlungsmessungsfunktion nimmt keine Magnetischen Aktivitäten wahr.

„Sophie, Wärme- und Strahlungsmessung sehen sauber aus," kommentiere ich.

„Verstanden, danke," bestätigt sie.

Jetzt nähern sie sich dem Zaun komplett. Über die Mikrofone ist plötzlich ein lautes Knacken zu hören. Sophie und Vera gehen sofort reflexartig in die Knie.

Beide schauen sich um. Ich überprüfe Zeitgleich auch die Ergebnisse verschiedener Filter. Es ist nichts zu erkennen, außer ein paar Tiere.

„Das wird ein Reh oder so gewesen sein," versuche ich, die beiden zu beruhigen.

Ohne Worte stehen sie wieder auf. Sie klettern schnell über den Zaun.

Agent Pfeiffer: Rote Fahnen im Wind

Im Bild mit Wärmefilter der Drohne erkenne ich, wie sich ein Wärmekörper mit menschlichen Formen Vera und Sophie nähert. Die Person scheint am Zaun zu patrouillieren.

„Vera, Sophie, geht schnell und unauffällig tiefer in den Wald zwischen den Zäunen," fordere ich sie auf, „es scheint jemand entlang des Zaunes zu patrouillieren."

Ohne Worte, also umso unauffälliger erkenne ich auf den Kameras, wie sich die beiden tiefer in den Wald bewegen. Nach etwa zwanzig Metern machen sie sich klein und stülpen eine Decke über sich, an der eine Menge an Laub befestigt ist.

Auf der Kamera der Drohne erkenne ich, wie die Patrouille der Zaunlinie unbeeindruckt weiter folgt.

Einige Minuten später, sobald diese Wache weit genug entfernt ist, gebe ich mein ok, „ok, ihr beiden, ihr seid jetzt wieder einige Zeit Sicher. Am inneren Zaun scheint es keine Patrouille zu geben, dafür aber Kameras an den Gebäuden."

„Ok, danke," bestätigt Vera, „ich bin froh, dass wir heute die Salbe nutzen, die unsere Haut von der Wärmeausstrahlung dämmt, sonst könnten die uns leicht ausmachen."

Sophie ergänzt, „ja, und unsere Kameras sind auch auf dem neuesten Stand der Technik. Sie geben keine Magnetischen Strahlungen ab."

„Ja Mädels," stimme ich zu, „jetzt hört mal auf zu quatschen und macht euch besser auf den Weg, bevor die Patrouille wiederkommt."

[192]

Heißes Intermezzo

„Ja, Chef," bestätigt Vera kurz.

Beide bewegen sich jetzt tiefer in den Wald und stoppen einige Meter vor dem inneren Zaun. Sie graben sich ein kleines Loch im Laub und bringen ihre Waffen in Position. Schließlich legen Sie Laub über ihre Körper und Waffen, und setzen eine Sturmmaske auf, an der auch sofort Laub haftet.

Über die Kameras der beiden, sowie auch der Drohne erkenne ich die verschiedenen Gebäude des ehemaligen Regierungs- und Stasi-Krankenhauses der DDR, die bis zu sieben Stockwerke hoch sind. In den Zwischenhöfen scheinen Personen im Nahkampf, aber auch in Hindernisläufen ausgebildet zu werden. Werden hier etwa nicht nur Pläne zur Bekämpfung der politischen Gegner und der Wirtschaft ausgearbeitet, sondern sogar Kämpfer ausgebildet?

Schließlich bestätigt Sophie, „wir sind in Position und bereit."

Aus Formalität gebe ich den Status weiter, „das Observationsteam ist jetzt in Position. Bitte vordringen."

Victor und Francois bestätigen, „ok, wir machen uns auf den Weg."

Genauso bestätigt auch Murat, „danke, wir tauchen dann auch mal ab."

Auf meinen Monitoren erkenne ich, wie Murat einen Gully-Deckel entfernt. Beide, Murat und Abla gehen mit spezieller, Wasserabweisender Kleidung und Atemschutzmaske in die Tiefe. Victor schließt den Gully wieder.

Agent Pfeiffer: Rote Fahnen im Wind

Francois und Victor machen sich nun in Richtung des Zielgebäudes. Sie laufen locker und lästern über die Machtgier und Dominanz in der Wirtschaft und dass der Kapitalismus ja so scheiße sei. Dies gehört alles zur Tarnung, selbst hunderte Meter vor dem Gebäude, denn eines ist bekannt, zu Zeiten der DDR hatten selbst die Wände Ohren. Wieso sollten es die GegenKa sowie die sozialistische Partei anders handhaben?

Beide schreiten zu Fuß in durchschnittlicher Geschwindigkeit immer weiter voran.

Abla und Murat hingegen gehen eher vorsichtiger. Zwar können sie einen scheinbar trockenen Steg entlanglaufen, aber die hohe Luftfeuchtigkeit dort unten scheint den Boden glatt zu machen. Hin und wieder rutscht einer der beiden aus. Ratten, Käfer und andere Lebewesen huschen hier und da über den Weg, klettern die Decke hoch oder verschwinden in Löchern. Nur langsam kommen sie in den tropfenden und dunklen Abwassertunneln voran. Wärme- und Strahlungsfilter zeigen hier unten bisher zumindest keine Auffälligkeiten, keine Personen oder Kameras sind zu erkennen.

„Abla, Murat," teile ich ihnen mit, „bei euch beiden ist der Weg bisher frei, keine Personen oder Kameras kann ich aktuell ausmachen. Ich gebe euch unmittelbar Bescheid, sobald sich dies ändert."

„Verstanden, danke Micha," meldet sich Abla.

Die anderen beiden kommen langsam am Eingangstor des ersten Zaunes an. Hier steht keine Wache. Das in etwa ein Meter zwanzig hohe Eingangstor ist noch nicht einmal verschlossen. Komplett unauffällig soll der Eingangsbereich scheinbar wirken.

Heißes Intermezzo

In etwa 50 Metern Entfernung ist bereits das zweite Eingangstor zu erkennen. Auch dieses scheint unauffällig. So einfach hätte ich mir das Betreten aber nicht vorgestellt. Ist das eine Falle?

Über die anderen Kameras sowie auch die Drohne erkenne ich, dass die Leute in den Innenhöfen noch immer trainieren. Hinter dem inneren Zaun stehen kaum noch Bäume, aber auch drei Wachen. Sie sind von Francois und Victor aus nicht zu erkennen, da sie hinter den Bäumen versteckt sind. Diese sitzen auf dem Boden und spielen Karten. Soweit ist alles gut, eigentlich.

„Jungs, seid vorsichtig, es ist zu ruhig, da, wo ihr seid. Scheinbar legt die Organisation Wert darauf, unauffällig zu wirken. Hinter dem zweiten Zaun werden drei Wachen auf euch warten. Sie sehen schwer bewaffnet aus, vielleicht eine Miliz der GegenKa," gebe ich den beiden mit auf den Weg.

„Ok," flüstert Francois und öffnet das Tor.

Beide gehen ganz natürlich weiter in Richtung des zweiten Tores und unterhalten sich.

Über die Drohne erkenne ich, dass die drei Wachen schon frühzeitig aufstehen. Irgendeinen Überwachungsmechanismus muss es dort bereits geben.

„Jungs," gebe ich durch, „nur zur Info, die Wachen haben euch bereits wahrgenommen, wirken aber nicht aggressiv."

Weiter spazieren Sie in Richtung des zweiten Tores. Dieses ist allerdings mit einem Fahrradschloss verschlossen. Dieser Zaun sieht sogar neuer aus und ist in etwa zwei Meter fünfzig hoch.

Agent Pfeiffer: Rote Fahnen im Wind

Am zweien Tor angekommen, kommen die Wachen in V-Formation an.

„Guten Tag," sagt der Vorderste, „dies ist Privatgelände. Sie haben hier keinen Zugriff."

Victor antwortet, „Kollege, wir sind in derselben Gruppierung, haben dasselbe Ziel."

Wie es scheint, hat sich Victor zumindest die Wortwahl gemerkt, die sich als typisch in der GegenKa darstellt. Diese ist nämlich nicht dieselbe wie in der politischen Partei.

„Wer sind Sie denn und was wollen Sie hier?" fragt die Wache nach.

„Kollege, ich bin Sergey Jankowski, stellvertretender Führer der GegenKa Eisenhüttenstadt und rechts neben mir ist Josef Vogel, mein Assistent. Wir sind hier für die Diskussion und das Training von Maßnahmen zur Ausrottung unserer Klassenfeinde."

Richtig, die GegenKa-Mitglieder aus Eisenhüttenstatt haben nie an größeren Treffen teilgenommen. Das hatte ich damals auch mitbekommen. Daher kennt sie niemand. Dennoch sind sie über ein persönliches Netzwerk sehr gut informiert und aufgestellt.

Gestern Abend hatte mir Murat mitgeteilt, dass eine andere verdeckte Gruppe diese beiden Personen, sowie auch Vladimir Wostok, den Führer der GegenKa aus Eisenhüttenstadt entführt haben. Es scheint als wären zwei der drei Entführten jetzt hier.

„Eisenhüttenstadt also, ja? Ihr wart aber nicht angemeldet," bemerkt die Wache.

Heißes Intermezzo

„Sehr genau Kollege," bestätigt ihn Viktor.

Die fragende Person verschwindet im Hintergrund und ruft jemand an. Die anderen Wachen passen unterdessen auf Victor und Francois auf.

In der Zwischenzeit haben Murat und Abla zwar die Abwasserrohre erreicht, die aus dem ehemaligen Krankenhaus herführen, aber für einen Notausgang der DDR Prominenz zu Zeiten des Kalten Krieges sind diese ganz bestimmt nicht geeignet. Beide suchen weiter nach alternativen Wegen. Überraschender Weise geht der Abwassertunnel sogar noch ein Stück weiter, als nur zu den Rohren, obwohl laut Karte keine Gebäude mehr folgen.

Beide versuchen eifrig, einen anderen Eingang zu finden, aber dies erweist sich als kompliziert. Auf dem ersten Blick scheinen die Wände alle eben zu verlaufen, außer an den Stellen in denen Abwasser hineingespült wird, wo Rohre hineinragen.

Abla und Murat steigen sogar ins Abwasser und laufen die Strecke ab, aber es gibt keine Unregelmäßigkeiten, keinen zusätzlichen Tunnel der auf der anderen Seite wieder hochgeht.

Sie scheinen fast schon zu verzweifeln, versuchen aber dennoch, alle Wände abzuklopfen.

Zurück an der Oberfläche, kommt die Wache gerade wieder zurück vom Telefonat. Hat es sich gelohnt, dass Victor und Francois die Ruhe bewahrt haben?

„Ok," sagt die herannahende Wache, „der Oberführer sagt, es sei in Ordnung. Er sei froh, auch endlich mal jemanden aus Eisenhüttenstatt zu treffen. Wieso seid ihr denn sonst so schüchtern?"

„Wir haben halt eine andere Herangehensweise," antwortet Victor, „wir arbeiten nur mit Leuten zusammen, denen wir 100% vertrauen. Eine Quelle hat uns erzählt, dass sich in anderen Gruppen sogar Spione eingeschleust hätten. Diese konnte die Zentrale zum Glück neutralisieren. Wir bleiben lieber sauber, anstatt uns mit potentiellen Ratten zu verseuchen."

„Und woher kommt der Meinungswechsel?" Hakt er nach.

„Wir haben über Kontakte gehört, dass sie bereits hier waren und es von großem Nutzen war. Also wollten wir die Chance auch wahrnehmen, unseren Klassenfeinden einen auszuwischen," beschreibt Victor.

„So soll es sein," schließt die Wache das Gespräch ab, während eine der anderen Wachen das Tor öffnet, „Im Hauptgebäude werdet ihr bereits erwartet. Viel Erfolg euch und lang lebe die Partei."

„Danke, ja, lang lebe die Partei," bedankt sich Victor einfach und geht vor. Francois folgt ihm.

Merkwürdig ist aber, dass sie die GegenKa-Ausweise nicht sehen wollten. Zumindest in den Zellen direkt mussten wir die immer bei uns tragen. Ahnen die vielleicht bereits etwas?

Zusammen spazieren Victor und Francois jetzt den weg aus großen quadratischen hellgrauen Pflastersteinen entlang. Die Steine liegen hier bereits eine Weile und wurden auch ewig nicht erneuert. Zwischen einzelnen Steinen wächst Gras in die Höhe. Gelegentlich kippen die Steine beim Betreten sogar zur Seite.

Heißes Intermezzo

Anstatt den direkten Weg links über den Rasen zu nehmen, folgen die beiden dem längeren Weg über die schlecht erhaltene Straße. Diese ist ähnlich aufgebaut wie eine Allee, links und rechts sind grüne Baum. Links sind es Laubbäume, rechts hingegen Nadelbäume. Vor den Nadelbäumen verläuft noch der Zaun.

Nach etwa 100 Metern biegen sie stark links ab und erreichen nach zehn Metern eine Art Platz vor dem Gebäude.

Die Pflasterung hier ist sogar noch schlechter erhalten. Teilweise fehlen Steine.

Victor und Francois suchen nach dem Haupteingang und finden ihn bald. Sie treten ein. Eine steif dastehende Person wartet bereits auf die beiden.

Das Empfangskomitee sieht untypisch für die GegenKa aus. Normalerweise laufen diese eher chaotisch oder leger herum, nicht so steif und uniformiert wie diese Person. Er erinnert mich eher ans Militär, mit seiner Kleidung, seinem kurzen grauen Haar und dem glattrasierten Gesicht. Er steht dort wie die Wachen vor dem Buckingham Palace in London. Auf seinem Namensschild auf der rechten Brust steht ‚Hase'.

„Hallo Herr Kollege Hase, Jankowski und Vogel hier. Wir sind an den Maßnahmen zur Ausrottung unserer Klassenfeinde interessiert," erklärt Victor.

Hase rührt sich und antwortet, „sehr wohl, willkommen in Berlin, bitte folgen Sie mir."

Hase geht vor, Victor und Francois folgen.

Agent Pfeiffer: Rote Fahnen im Wind

Soweit so gut. Bisher gibt es noch keinen Hinweis auf eine Falle, außer, dass keine Ausweise angefragt wurden. Das Gebäude ist aber nicht leer. Viele Personen laufen über die Gänge. Vermutlich wird das Gebäude nicht in die Luft fliegen.

Zurück in der Kanalisation finden Abla und Murat durch das Abklopfen der Wand in Richtung des Zielgebäudes schon bald einen Hohlraum.

Der Mörtel scheint hier sogar frischer zu sein, als er in direkter Umgebung ist. Ist das hier der Zugang zum Fluchttunnel, hinter einer Sollbruchstelle?

Vorsichtig schiebt Abla einen Stab mit Kamera am Ende durch ein Loch in der Mauer. Auf meinem Monitor erkenne ich, dass es dort dunkel ist. Es gibt aber auch hier keinen Hinweis auf Wärme oder Strahlung. Die andere Seite scheint unbewacht zu sein.

„Die Luft ist rein," bestätige ich den beiden.

Die beiden entfernen vorsichtig mehr und mehr Mörtel, im Anschluss auch die Steine. Dies dauert eine Weile, die beiden wollen aber auch keine Aufmerksamkeit erregen.

Im Gebäude werden Victor und Francois in einen Raum gebracht und gebeten, etwas zu warten.

Die beiden setzen sich auf eine Couch und reden wie zuvor bereits draußen und nur der Tarnung halber über angebliche Ideen, wie Cyberangriffe auf große deutsche Unternehmen, um den Bossen die Machtgeilheit und das Dominanzbedürfnis zu vermiesen. Dem Volk solle die Macht zurück zu geben werden.

Heißes Intermezzo

Nach kurzer Zeit kommt jemand anderes in Uniform herein. Diese Person hat auf beidseitigen roten Schulterklappen je drei goldene Sicheln. Er scheint einen höheren Rang zu haben. Auf seinem Namensschild steht ‚Sturm'.

Sturm stellt sich vor die beiden und streckt die Hand aus. Beide stehen urplötzlich auf. Zunächst reicht ihm Victor die Hand.

„Guten Tag Oberkollege Sturm," begrüßt ihn Victor, „Jankowski mein Name. Ich bin hier mit meinem Assistenten Vogel."

„Angenehm," antwortet Sturm trocken, in einer sehr dunklen Tonhöhe.

Jetzt reicht auch Francois ihm die Hand, „angenehm, Vogel."

„Sie zwei sind also aus Eisenhüttenstadt," stellt Sturm in seiner tief brummenden Stimme fest, „es freut mich, Sie auch endlich mal kennenzulernen. Wie läuft unser Vorhaben denn dort?"

„Es läuft stetig," erklärt Victor, „dennoch wollen wir uns auch mal neuen Maßnahmen öffnen."

„Ich verstehe," bestätigt Sturm.

„Wir wollen auch keine Zeit verlieren, es gibt noch viel zu tun, also, wie erfahren wir jetzt über neue Maßnahmen und Methoden? Wir müssen unsere Klassenfeinde doch ausschalten," fährt Victor fort.

Wieso redet er denn jetzt so viel, wird er nervös?

„Nicht nervös werden, bleib ruhig," teile ich Vitor mit.

Agent Pfeiffer: Rote Fahnen im Wind

„Sie sind eifrig," sagt Sturm, „das freut mich. Wenn bloß alle so effizient wären. Leider sind es nicht alle. Kommen Sie mit."

Sturm geht vor, Francois und Victor folgen.

Auf dem Weg erklärt Sturm, „ich bringe Sie jetzt in einen Raum, in dem Sie alle Informationen in Papierform finden. Diese Informationen werden wir nicht digitalisieren. Das wäre zu riskant, wegen potentieller Cyberangriffe, aber das versteht ihr ja auch."

Sie fahren mit einem Fahrstuhl in den dritten Stock und passieren auch Fenstern, die die trainierenden Truppen im Innenhof zeigen.

Sturm kommentiert, „draußen sehen Sie die Eliteeinheiten einer künftigen sozialistischen Bundesregierung. Aktuell trainieren sie noch die ‚Grauer-Block-Taktik', aber bald werden sie dies sicherlich nicht mehr benötigen. Während ihr dann machen könnt, was ihr wollt, werden diese Kämpfer unseres Systems die Massen unter Kontrolle halten, sobald wir die Macht übernommen haben. Wir haben bereits mehrere solcher Trainingsstandorte in der gesamten Bundesrepublik, die unsere Milizen heimlich ausbilden. Hier in Berlin ist aber unsere Zentrale, wie ihr ja sicherlich wisst. Viele Kämpfer kommen von Verbündeten Regierungen wie Russland, Venezuela oder auch Saudi-Arabien, aber auch aus der EU. Sie werden schon bald helfen, der Bevölkerung klarzumachen, dass wir mehr Solidarität und weniger Wirtschaft benötigen. Zu lange haben wir es mit Worten alleine versucht. Gemeinsam werden wir die Bevölkerung dann auch von kleineren, widerspenstigen Klassenfeinden reinigen. In vielen Ländern erfolgt dies bereits. Aus diesem Gebäude heraus werden übrigens auch eure Anweisungen

[202]

versendet, um sowohl dem sogenannten Freihandel, als auch der ach so freien Wirtschaft einen Strick zu drehen. Schließlich stehen sie im Gegensatz zur Solidarität und der Chancengleichheit. Wir müssen den Kommerz beenden. Genossen, schon bald wird es uns bessergehen, werden wir die Welt aus den Schlingen des Kapitalismus befreit haben."

Ich sehe, wie diese Aussage beide, Victor und Francois bereits gereizt hat, wo der Sozialismus doch gerade das ist, was die Entscheidungs- und Entfaltungsfreiheit jedes einzelnen einschränkt. Was die freie Entfaltung in der liberalen sozialen Marktwirtschaft den Menschen ermöglicht zu erreichen, das ist, was ich Freiheit nenne. Das System was die sozialistische Partei mit ihren roten Fahnen aufbauen ist wie ein Kreuzknoten. Je mehr Kraft aufgewendet wird, die Stricke auseinanderzureißen, desto fester wird er, desto fester halten die Mitglieder zusammen, aber noch ist der Knoten nicht gebunden. Noch haben wir eine Chance, dass es anders endet als in Venezuela oder in Russland.

Es ist schon lustig, dass diese Gruppierung genau das zerstören will, wovon sie so profitieren. Ohne die Wirtschaft und ohne Handel gebe es wohl kaum all die Ausrüstung die sie hier verwenden. Für mich ist es unglaublich, mal darüber nachzudenken, durch wie viele Hände alleine schon ein Mobiltelefon geht. Ob es um die Herstellung eines Plastikteils und den dafür notwendigen Abbau von Erdöl, oder die Erstellung eines Mikrochips geht. Die einzelnen Komponenten werden in der Regel von einzelnen Herstellern zusammengekauft. Eine Volkswirtschaft alleine, oder gar ein Unternehmen alleine hat gar nicht das Know-how und die Rohstoffe, um ein komplettes Mobiltelefon alleine herzustellen. Tausende

Agent Pfeiffer: Rote Fahnen im Wind

Menschen in den verschiedensten Ländern sind in Fertigung und Verwaltung involviert, erbringen so ihren Service, um in Form eines Wertaufbewahrungsmittels bezahlt zu werden und um sich ihre Träume zu verwirklichen. Sicherlich mag die Bezahlung nicht immer fair sein, aber dann müssen sich diese Mitarbeiter halt zum Beispiel in Form von Streiks und friedlichen Demonstrationen für bessere Arbeitsbedingungen einsetzen. Ein stabiler Zustand kommt nicht ohne Aufwand, nicht ohne friedlichen und konstruktiven Einsatz und nicht ohne Veränderung. Stillstand ist kein Fortschritt. Es ist ein Entwicklungsprozess. Von nichts kommt nichts.

Im Untergrund haben sich Murat und Abla inzwischen den entsprechenden Teil der Mauer eingerissen und erforschen den Tunnel dahinter.

Hinter dieser Mauer steht das Wasser fast einen halben Meter hoch und es ist sogar noch dunkler als zuvor. Über die eingerissene Wand fließt das Wasser jetzt aber auch relativ schnell ab. Ein Wunder, dass es zuvor noch nicht durch die Wand geleckt ist.

Murat und Abla verstecken sich sicherheitshalber hinter der Wand, zurück in der Kanalisation. Das abfließende Wasser zieht auch weitere Steine, die noch fest am Grund verankert waren, mit sich. Erst als das Wasser nachlässt, gehen sie wieder zurück in den Fluchttunnel.

Niemand ist zu hören oder zu sehen. Die Luft scheint rein zu sein, also wohl keine Falle. An den Seitenwänden erkenne ich, wie das Grundwasser von außen langsam wieder eindringt. Daher kommt also das Wasser. Hoffentlich wird der Druck von außen nicht so groß, dass die Wände nachgeben. Schließlich findet das Wasser bereits seinen Weg und der Wasserdruck von innen ist jetzt weg. Dieser hatte das System stabilisiert. Wir haben Instabilität in ein System gebracht, welches an sich stabil war. Was jetzt genau passieren wird, ist abzuwarten.

Meine beiden Team-Mitglieder schreiten mit gezogenen Waffen langsam voran. Der Gang führt wohl in etwa 100 Meter geradeaus, bis es um die Ecke geht.

Zurück bei Victor und Francois sind beide inzwischen in einem Raum angelangt, in denen Reihenweise Ordner und Bücher an den Wänden stehen. Diese sind beschriftet mit verschiedenen Titeln, von „Argumente gegen den Kapitalismus", über „der graue Block und seine Chancen", bis hin zu „Klassenfeinde ausräuchern, erfolgreiche Maßnahmen aus dem Ausland", „Klassenhaft, wo und wie politische Gegner festgehalten und aktiv überzeugt werden" oder „Erfolg durch Angst, mit dem Ruf nach Protektionismus zurück zu sozialistischer Stärke".

Francois und Victor schauen sich in den Ordnern um. Sie finden Beweise für den Aufruf zur Gewalt, Anleitungen zu Foltermethoden und zur Verbreitung sachdienlicher Nachrichten. Es gibt Lagebeschreibungen und Karten von Standorten, in denen es politische Häftlinge geben könnte und vieles mehr.

Auf den ersten Seiten wird sogar immer noch die Kooperation der sozialistischen Partei mit der GegenKa dargestellt. Als Symbol haben sie zwei sich kreuzende rote Flaggen im Wind gewählt.

„Es sieht so aus, als gebe es hier genug Beweise gegen die Partei und die GegenKa," kommentiere ich, als sich plötzlich die Tür öffnet.

Sturm und zwei weitere Wachen treten hinein. Bei den Wachen erkenne ich das selbe Symbol wie in den

Agent Pfeiffer: Rote Fahnen im Wind Ordnern, die beiden roten Flagge im Wind. Wenn ich mich recht erinnere, hatten auch die Kräfte in der Zentrale in Frankfurt (Oder) dasselbe Emblem auf ihrer Brust getragen.

Die beiden Wachen schreiten voran und legen Victor und Francois Handschellen an.

„Was ist los, was soll das?" Fragt Francois.

Sturm antwortet, „wir haben gerade einen Anruf aus Eisenhüttenstadt erhalten. Ihr seid nicht die, die ihr ausgebt zu sein. Die beiden sind wie auch eine dritte Person verschwunden. Ihr passt aber nicht auf die Beschreibung. Die Wachen werden euch beide ins Verließ bringen, wo man sich um euch, wie auch um die anderen politischen Gegner kümmern wird. Wir werden schon herausbekommen, wer ihr seid, was ihr wollt. Führt sie ab."

Die Wachen verlassen mit Victor und Francois den Raum.

„Team," melde ich an alle, „wir haben ein Problem, Victor und Francois wurden enttarnt. Ich werde Verstärkung rufen."

„Ok," bestätigt Sophie, „gib Bescheid, wenn du weißt wo sie sind, wir müssen sie befreien."

„Genau," stimmt Murat zu, „wir können aus dem Keller eingreifen und ihr lenkt oben ab."

„Gut," sage ich, „ich gebe euch weitere Informationen alsbald möglich."

Zeitgleich greife ich nach dem Notfalltelefon und rufe die einzige gespeicherte Nummer ein.

[206]

Heißes Intermezzo

„Ja," antwortet eine männliche Stimme.

„Hier ist Michael, ein Team-Mitglied von Murat, wir haben Beweismaterialien gesichtet," gebe ich an, „zwei Team-Mitglieder sind gefasst, bitte sofort eingreifen. Wir erbitten Unterstützung."

„Ok," stimmt die Person zu und legt auf.

Da bin ich mal gespannt wie das jetzt abläuft. Auf den Bildschirmen von Francois und Victor tut sich inzwischen was.

Dies gebe ich direkt durch, „die beiden sind im Fahrstuhl, scheinbar auf dem Weg in den Keller."

Es folgen keine Kommentare, ich beobachte lediglich die Monitore.

Sophie und Vera liegen noch scheinbar in Sicherheit im Wald, von Blättern begraben, aber immer noch mit Sicht.

Murat und Abla sind durch eine Tür getreten. Auf der Rückseite der Tür hängt an Schild, ‚Vorsicht, geflutet' steht darauf. Vor ihnen liegt ein Gang nach links und weitere Treppen in die Tiefe nach rechts.

Victor und Francois sind inzwischen im Keller angekommen. Die Wachen sind verstärkt um vier weitere Personen. Sie scheinen in Richtung Bunkeranlagen zu gehen.

„Abla, Murat," sage ich hastig, „sie kommen in eure Richtung, sechs Wachen sind dabei, versteckt euch, geht zurück in den nicht mehr gefluteten Gang. Sie werden die Tür nicht öffnen."

Agent Pfeiffer: Rote Fahnen im Wind

Beide verschwinden zurück in den Gang und schließen die Tür vorsichtig. Und ja, Francois und Victor werden dort entlanggeführt, und die Treppe hinunter.

„Scheinbar werden sie im Bunker gefangen gehalten," gebe ich ans Team durch, als der Empfang zu Victor und Francois abbricht.

„Team, ich habe den Kontakt zu Viktor und Francois verloren," ergänze ich mich.

Murat antwortet, „ok, dann arbeiten wir von jetzt an mit den Chips im Hirn für die Übertragung von Wort und Sicht."

„Warum nicht gleich so?" Frage ich nach.

Murat antwortet, „das ist auf Dauer zu erschöpfend, aber so intensiv konntest du es ja nie erleben."

Abla und Murat warten ein wenig.

Vera und Sophie feuern unterdessen einige Haftbomben ab, die am Gebäude haften und erst mit einem Signal explodieren. Beide ziehen sich zugleich zurück.

Sie entdecken die Patrouille früh, schleichen sich von hinten an, halten ihr den Mund zu und spritzen ihr ein starkes Beruhigungsmittel in den Arm. Anschließend klettern sie über den kleineren Zaun und verstecken sich im tiefen Wald.

Über die Drohne erkenne ich, wie sich langsam weitere Einsatzkräfte der Polizei nähern.

Murat und Abla verschwinden unterdessen durch die Stahltür hindurch in den Keller, den Bunker. Auch ihr Signal bricht ab. Den beiden kann ich auch nicht mehr helfen.

Heißes Intermezzo

Etwa 50 Einsatzkräfte der Kripo nähern sich nun zu Fuß dem Haupteingang. Die Wachen des Gebäudes nähern sich ihnen in Formation eines grauen Blocks, halten sich aber noch verdeckt, als auf einmal einige anfangen, mit Gegenständen zu werfen oder mit echten Waffen zu feuern.

„Jetzt wäre der richtige Zeitpunkt für ein Ablenkungsmanöver," kommentiere ich, „unsere Verstärkung wird am Eingang vom grauen Block begrüßt."

Vera drückt einen Knopf und ich erkenne aus der Luft ein paar heftige Explosionen. Der graue Block scheint irritiert. Einige laufen zurück, andere bleiben stehen.

Die Unterstützung bricht durch. Es gibt heftige Rangeleien. Schüsse fallen. Auf beiden Seiten gehen Leute zu Boden. Schließlich werden aber auch Gegner in Handschellen abgeführt.

Hier im Transporter höre ich unterdessen Krankenwagen mit Sirene an mir vorbeifahren. Sind diese jetzt auf den Weg zum Einsatzort?

Sophie und Vera feuern unterdessen auch aus dem Wald heraus. Ihnen eilt inzwischen auch Unterstützung zu. Es scheint, als hätten sogar ausgewählte Einsatzkräfte der Polizei den Chip implantiert. Wie sonst hätten sie den Standort kommuniziert?

Nach einigen Minuten Gefecht empfange ich Abla, Murat, Victor und Francois wieder.

„Ich habe wieder eine Verbindung zum kompletten Team," gebe ich durch, „es wird alles gut."

Agent Pfeiffer: Rote Fahnen im Wind

„Ja," kommentiert Murat, „lediglich Francois ist am Bein angeschossen, ansonsten sind wir unversehrt. Jeder der uns gesehen hat ist tot, außer die Wachen am Eingang und Sturm. Die müssen wir ruhigstellen."

„Die Verstärkung ist bereits da," gebe ich an, „wir müssen irgendwie die Kommunikation abtrennen."

„Mein Kumpel ist da dran," bestätigt Murat, „er kappt alle Verbindung nach außen."

„Was ist mit den Handyverbindungen nach außen?" Frage ich nach.

„Wenn wir hier nicht im Untergrund fliehen würden, hättest du keinen Empfang mehr," erklärt Murat, „auch alle drahtlosen Verbindungen nach außen sind blockiert. Alles was nach außen gesendet wird, wird von uns sogar gesammelt und ausgewertet. Es ist wie eine Glocke um das Gebäude herum."

„Ok," bestätige ich, „also ist alles unter Kontrolle."

„Fast, unter meinem Sitz findest du zwei Umschläge," fährt Murat fort, „im Notebook sind drei USB Sticks. Alle Daten wurden zeitgleich auf dem Notebook und den drei Speichermedien gespeichert. Lege je einen Stick in je einen Umschlag und stecke den dritten Stick in deine Tasche. Dann werfe die frankierten Umschläge mit dem Stick in einen Briefkasten. Wir nähern uns dir unterdessen durch die Kanalisation.

Ich erkenne, wie sie den brüchigen Fluchttunnel gerade in die Kanalisation verlassen, als die Wände rechts und links nachgeben. Steine, Erde und Wasser dringen in den Tunnel ein. Auch der Wasserstrom in die Kanalisation wird jetzt etwas stärker. Umso mehr beeilt sich das Team, in meine Richtung zu kommen.

Schnell ziehe ich die Speichermedien heraus, stecke sie in die Umschläge, verschließe diese und verstaue sie in meiner Brusttasche. Die Drohne steuere ich im Autopilot zum Transporter. Ich verlasse den Transporter vorsichtig. Nichts wirkt hier auffällig, alles normal.

Im naheliegenden Kiosk frage ich nach einem Briefkasten. Die Arbeitskraft beschreibt mir den weg. Ich fahre mit dem Transporter vor und schmeiße die Umschläge hinein.

Die Drohne landet unterdessen auf dem Dach. Ich hole sie hinein und lade zunächst Victor, Francois, Murat und Abla fernab am Treffpunkt ein, bevor ich am Wald auch für Sophie und Vera halte. Sie steigen ein.

Bei diesem Halt erkenne ich auch eine Person von der Polizei, die mir irgendwie verdächtig aussieht, als hätte ich sie schon mal irgendwo gesehen. Er schaut mich eindringlich an. Irgendwie habe ich bei seinem Anblick kein gutes Gefühl im Bauch. Wahrscheinlich hat das Gefühl aber auch nichts zu sagen. Schnell fahre ich mit meinem Team zu unserem Parkplatz, von dem aus wir mit dem verletzten Francois zurück in unsere Zentrale gehen.

Vera und Sophie kümmern sich liebevoll um Francois. Wir anderen erholen uns einfach nur und gehen früh schlafen. Was für ein Tag.

Die Spitze der Verschwörung

Am nächsten Morgen wache ich wieder neben Abla auf, Sie umarmt mich von hinten. Langsam gewöhne ich mich an die Nähe zu ihr, will sie ehrlich gesagt auch gar nicht mehr missen.

[211]

Agent Pfeiffer: Rote Fahnen im Wind

Aus dem Nachbarraum höre ich laute Geräusche, also löse ich mich vorsichtig von Ablas Umarmung und gehe in den dorthin.

Das Geräusch kommt von den Nachrichten die Victor online streamt.

Ich erkenne Gruppen von Menschen, vermummt und komplett in grau gekleidet, die durch die Straßen der Innenstädte in Hamburg, München, Bremen, Frankfurt am Main, Düsseldorf, Stuttgart, Dresden, Kiel, Oldenburg, Leipzig, Nürnberg und Berlin ziehen. Autos und Müllcontainer um sie herum brennen lichterloh. Sie randalieren, zerstören Schaufenster, setzen auch Geschäfte in Brand. Anwohner, die versuchen eines der Feuer zu löschen werden angegriffen. Personen, die aus den Fenstern heraus filmen oder etwas rufen, werden mit Steinen beworfen.

Die linksradikalen oder von linksradikalen Parteien angeheuerten Randalierer halten rote Fahnen hoch in den Wind und grölen linke Parolen heraus. Sie führen sich auf, als seien sie die Herrscher der Welt, als könnten sie machen, was sie wollen, als herrsche Anarchie. Die Straßen sehen aus wie im Bürgerkrieg. Überall qualmt es. Auch Übergriffe zwischen grauem Block und Polizei gibt es. Zu wenige Polizeikräfte stehen dem gegenüber. Sie waren scheinbar schlechter vorbereitet als der graue Block, der neue Block des Terrors.

Wir alle sitzen geschockt um das Notebook herum. Auch Abla ist inzwischen dazugestoßen und sitzt neben mir. Sie drückt meine Hand ganz fest, als wolle sie sagen ‚beschütze mich'.

Die Spitze der Verschwörung

In den Nachrichten werden inzwischen Aussagen von Politikern gezeigt. Die konservativen und liberalen Parteien verachten die Gewalt und rufen nach mehr Polizei, besserer Polizeiausstattung und heute sogar nach dem Einsatz des Militärs innerhalb der Grenzen. Sie wirken überrascht, sogar geschockt, vielleicht auch aufgeweckt.

Politiker und Anhänger der sozialistischen Partei, aber auch von Parteien ähnlicher Ausrichtung und Gesinnung verharmlosen die aus meiner Sicht linksradikalen, terroristischen Taten eher. Sie sagen, es sei alles gar nicht so schlimm und die konservative und liberale, auf Wirtschaft fokussierte Politik habe dies provoziert. Einige beschreiben es sogar als legitime Demonstration. Verrückt ist das aus meiner Sicht.

Ein Vertreter einer eher gemäßigten linken Partei meint auch, wir müssen uns keine Sorgen machen. Deutschland sei ein stabiles Land. Dies seien nur einmalige Ausbrüche, ähnlich wie Demonstrationen und morgen sei alles wieder gut.

Ich denke, so ähnlich hat man 1998 auch in Venezuela gedacht, dem ehemals reichsten Land Südamerikas. Das Land war stabil und zudem ein Urlaubsparadies. Dann kamen die linksradikalen Sozialisten an die Macht. Sie haben erfolgreiche Unternehmen und viel Eigentum der Bürger verstaatlicht. Über verschiedene weitere Maßnahmen haben sie die Wirtschaft in die Knie gezwungen, mit dem Resultat, dass es im ganzen Land an Lebensmitteln und selbst einfachen Medikamenten mangelt. Über inzwischen 24 Jahre wurde alles worauf die Venezolaner stolz waren zerstört. An die Macht gebracht wurde die Partei vom ökonomischen Analphabetismus breiter Bevölkerungsmassen, sowie der Ausgabe von

Agent Pfeiffer: Rote Fahnen im Wind

Waffen und Macht an die Armen und andere für ihre Sache leicht beeinflussbare Parteianhänger. Manchmal frage ich mich, ob nur ich die Parallelen zwischen dem was seit 1998 in Venezuela geschieht und was hier jetzt gestartet ist, sehe. Inzwischen halten Milizen der sozialistischen Partei den venezolanischen Präsidenten an der Macht, sonst nichts mehr. Den Bürgern wurden die Augen durch die Realität geöffnet. Sie wehren sich jeden Tag oder wandern aus. Ich hoffe, hier kommt es nicht so weit. Damit es nicht soweit kommt, müssen wir handeln, hier und jetzt.

„Aus meiner Sicht ist das organisierter, linksradikaler Terrorismus zur Verbreitung sozialistischer Ideologien," kommentiert Victor laut.

„Ja," werfe ich ein, „dennoch habe ich das Gefühl, dass wir durch unsere Aktion gestern in einen Bienenstock gestochen haben und alle Bienen jetzt umso aggressiver sind. Wir sind Schuld an dem was passiert."

„Ja und nein," meldet sich Murat, „haben wir sie scheinbar provoziert? Ja, aber es ist immer noch die freie Entscheidung der Menschen was sie machen und je länger wir warten, desto mächtiger werden sie. Wir haben die Schlange gereizt, sie verletzt, jetzt müssen wir ihr den Kopf abschlagen, bevor sie noch mehr Menschen überzeugt, vom Sozialismus zu kosten, ihren Falschmeldungen zu glauben."

Francois stimmt Murat zu, „richtig. Wir können nicht noch länger warten. Schaue dir ihren Einfluss jetzt schon an. Wir müssen weitermachen, gegen diese Gruppierungen kämpfen. Die Verrückten behaupten, sie kämpfen gegen die Macht- und Dominanzgier der Menschen in der Wirtschaft und gegen die resultierende Ungerechtigkeit.

[214]

Die Spitze der Verschwörung

Dabei übersehen sie aber, dass Macht- und Dominanzgier genau das ist, was sie steuert. Sie wollen an die Macht und mit ihren Ansätzen gegenüber anderen dominieren. Sie wollen mit ihrem Einsatz den Sozialismus pflanzen und wachsen lassen, die Freiheit der Menschen dadurch aber auch stark einschränken..."

„Und auch den Fortschritt, Innovation und all den Luxus den wir genießen, aber nicht wertschätzen, weil wir mit ihm aufgewachsen sind, ihn als selbstverständlich annehmen, allerdings so wie jetzt, langsam aber sicher vernichten," unterbricht ihn Vera, „wieso sehen und verstehen diese Idioten denn nicht, dass ihre Ansätze bisher jedes Land nur kaputt und umso korrupter gemacht haben?"

„Genau das ist der Grund," ergänzt sie Abla, „weshalb wir weitermachen müssen. Wir müssen, wie Murat sagt, den Kopf des Ganzen abschlagen, die Falschnachrichtenzentrale zerstören. Zu lange haben die Linken, aber früher auch die Rechten die Bevölkerung verblödet."

„Sehe ich ein," stimme ich zu und frage Murat „hat sich der Überläufer inzwischen gemeldet?"

Murat bestätigt, „ja, das habe ich auch gerade geprüft. Gerhard heißt er scheinbar. Gerhard hat geschrieben, dass sich die neue Zentrale innerhalb der Bunkeranlagen unterhalb des ehemaligen Flughafens Tempelhofs befinden. Wir werden also wahrscheinlich keine Beweise, Bilder oder Ton elektronisch heraussenden können. Zudem kann Francois nicht dabei sein. Unsere Kollegen von der Kriminalpolizei haben bisher keine Hinweise dafür gefunden, dass sich die neue Zentrale dort befindet. Es könnte also eine Falle sein."

Agent Pfeiffer: Rote Fahnen im Wind

„Stimmt schon," kommentiert Abla, „aber wir haben auch keine Zeit zu verlieren und das ist nun einmal unser bester Hinweis."

„Ja," sagt Murat kurz.

Es herrscht eine bedrückende Ruhe im Raum. Victor hat den Nachrichten-Stream inzwischen abgeschaltet.

„Dann lass uns einen Plan ausmachen und hin da," kommentiert Victor.

„Ja, auch weitere verdeckte Ermittlergruppen aus Berlin und dem Umland werde uns unterstützen," bringt sich Sophie ein, „ich hatte gerade Kontakt. Polizei und Militär werden den bürgerkriegsähnlichen Zustand unter Kontrolle bringen. Alle verdeckten Ermittlerzellen werden heute Zentren von denen sie gehört haben angreifen. Alle Berliner Zellen und die aus dem Umland werden uns unterstützen. Sie mögen uns vielleicht in der Zentrale erwarten, aber nicht alle unserer Gruppen auf einmal gegen alle Kommandozentralen. Zudem ist deren exekutive, der rechte Arm an Chaoten auf den Straßen am Randalieren. Wenn überhaupt ist das heute die beste Chance. Wir müssen sie nehmen."

„Ja," stimme ich zu, „lasst es uns anfassen. Gemeinsam sind wir stark."

So laden wir Pläne aus dem Internet herunter. Leider sind große Teile der unterirdischen Anlagen noch immer unentdeckt, oder zumindest nicht kartographiert. Wir machen eine Taktik aus, treffen uns in der Nähe mit weiteren Gruppen und geben Gerhard Bescheid, dass wir heute um 13:00, zur Mittagszeit eingreifen werden.

Die Spitze der Verschwörung

Jedes Team verdeckter Ermittler nimmt einen anderen Zugang zu den kilometerlangen Bunkeranlagen. Insgesamt soll es dort auf drei Tiefgeschossen mehr als 300 Bunker und Gänge von fünf Kilometern Länge geben. In Teilen der Anlagen wurden im zweiten Weltkrieg sogar Kriegsflieger gebaut.

Einige Minuten vor eins stehen alle Teams mit schwerer Bewaffnung, aber auch Kameras und Speichermedien an ihrer Position. Mein Team um Abla, Victor, Murat, Sophie und Vera betritt das Gebäude über den Haupteingang des ehemaligen Flughafens. Francois ist in der Zentrale, verbunden über den Chip und ruft im Notfall nach Unterstützung. Die Verbindung steht über dem Chip im Kopf.

Um Punkt eins brechen wir durch. Victor knackt die Tür und wir betreten das Gebäude durch die Eingangshalle. Rechts und links stehen leerstehende, verlassene Stände. Früher wurden hier Sachen, vielleicht auch Snacks und Getränke verkauft. In der Mitte folgen noch Reihe nach Reihe metallener Sitzbänke aufeinander.

An der Wand am hinteren Ende dieses länglichen Raumes hängen noch ältere Monitore an der Wand. Alles hier befindet sich unter Denkmalschutz und darf deswegen nicht verändert, nicht abgerissen werden. Der ehemalige Flughafen ist ein riesiges Gelände auf dem die Zeit stillzustehen scheint. Nur einige Gegenstände erinnern noch an die historische Bedeutung und Entwicklung dieser Anlage. Zumindest die ehemaligen Start- und Landebahnen haben sich inzwischen zu einem riesigen Erholungsgebiet entwickelt. Eine weitere Parkanlage die es in Berlin gibt, wobei es immer noch an Wohnungen mangelt, wie sollte es auch Neubauten

Agent Pfeiffer: Rote Fahnen im Wind geben, wenn die linksgerichtete Regierung Berlins keine passenden Rahmenbedingungen schafft?

Egal, weiter geht es, auf in die Mission, aber ohne Gebrüll. Wir verlassen die Eingangshalle schon bald in Richtung des linken Flügels. Dieser Teil des Gebäudes wurde zu Zeiten des Kalten Krieges vom US-Militär besetzt.

Beim Erkunden der Räumlichkeiten fällt mir zunächst nichts auf. Wir passieren ehemalige fein ausgestattete Bars, einen Basketballplatz, Squash-Plätze und sogar eine Schwimmhalle, bis wir einen Eingang in die Bunkeranlagen entdeckt haben. Dieses Zeugnis der Geschichte ist schon beeindruckend. Das muss ich zugeben.

Vorsichtig öffnen wir die schwere Metalltür und betreten die Bunkeranlagen. Beleuchtet sind sie hier zumindest nicht, weshalb wir auf Nachtsichtgeräte zurückgreifen.

An den Decken fallen mir gleich Kameras auf, allerdings blinken sie nicht. Sie scheinen abgeschaltet zu sein. Wie es scheint, hatte Gerhard Erfolg. Er hat das Alarmsystem erfolgreich ausgeschaltet. Ich hoffe nur, dies fällt nicht so schnell auf, oder sie schaffen es nicht, die Kameras zu reaktivieren. So kurz nach dem Umzug kann schon einmal etwas schiefgehen.

Mit gezogenen Waffen schreiten wir schnell voran. Die Wände sind trist, reiner Beton, teilweise auch gemauert. Noch nicht einmal das Graffiti der Berliner Straßen hat es hierhergeschafft. Ein auf dem ersten Blick unberührter Ort, oder gehört das alles zu einer Falle?

Noch gibt es kein Anzeichen einer neuen Zentrale der sozialistischen Partei, außer einiger abgeschalteter

Überwachungskameras. Diese müssen aber noch nicht einmal zu den linksradikalen gehören.

Unter Berücksichtigung, dass es hier in etwa 300 Bunkeranlagen auf fünf Kilometerlangen unterirdischen Gängen in drei unterirdischen Etagen geben soll, verdeutlicht, dass es nicht einfach sein wird, zu finden wonach wir suchen.

Mutig schreiten wir Schritt für Schritt durch die nasskalten Gänge. Hin und wieder landet ein Tropfen auf meinem Visier. Der Boden ist von Staub bedeckt, der an manchen Stellen feucht ist. Darunter ist es fest und fast eben.

Wir können weit in die Gänge hineinschauen. In weiter Entfernung nehmen wir auch andere unserer Teams wahr.

Schon bald entdecken wir ein Treppenhaus. Dieses ist beleuchtet, weshalb wir die Nachtbildfunktion abschalten um voranzuschreiten. In einer Ecke des Treppenhauses scheinen Kabelanlagen nach unten hin verlegt zu sein. Für das Verlegen wurde vor kurzem scheinbar extra durch den Beton hindurchgebohrt. Versteckt sind die Kabel überhaupt nicht, bisher zumindest.

„Schaut da," kommentiere ich und zeige auf die Kabel.

„Ja, wir sind wohl auf der richtigen Spur," antwortet Murat, „jetzt aber leise weiter."

Geschlossen steigen wir in regelmäßigen Abständen die Treppe hinunter. Murat geht vor, ich folge einige Meter später. Im nächsten Untergeschoss verlaufen Kabel sowohl weiter nach unten, als auch hinter die Wand.

Sophie bringt hinter den Kabeln einen Sprengsatz an.

Agent Pfeiffer: Rote Fahnen im Wind

„Hier gibt es entweder auf Knopfdruck, spätestens aber in 30 Minuten eine Explosion, wenn ich die Bombe nicht entschärfe," kommentiert sie, „also lasst uns den Sauhaufen aufräumen. Ich habe den anderen Teams Bescheid gegeben. Kabel verlaufen aber nur in unserem Treppenhaus."

Oben höre ich auf einmal jemanden die Tür öffnen. Sofort ziele ich mit meiner Waffe nach oben.

„Alles gut," legt mir Abla die Hand auf die Schulter, „das ist ein Team von uns. Die beiden greifen auf diesem Stockwerk ein. Wir nehmen das unterste Stockwerk."

Etwas beruhigt stimme ich zu, „ok, danke für die Warnung."

Abla lächelt mit ihren wunderschönen roten Lippen und braunen Augen und zwinkert mir zu. Egal, keine Zeit für Irritation hier.

„Dann lasst uns runtergehen, oder?" Frage ich in die Runde.

Murat nickt und geht hochkonzentriert vor. Ich folge wieder direkt.

Mein Team versammelt sich vor der Tür. Wir warten kurz. Außer unserer Schritte und dessen Echo ist hier absolut nichts zu hören. Schon fast unheimlich ist das, aber auch kein Wunder, bei so dicken Stahlbetonwänden die uns von dem trennen was hinter der Tür ist.

„Auf drei schauen wir rein," gibt Murat den Ton an und zählt langsam, „eins, zwei, drei."

Victor zieht die Tür langsam auf. Murat schaut dahinter und kommt schnell wieder zurück.

[220]

Die Spitze der Verschwörung

Er flüstert, „ok, sechs Wachen sind im Gang, drei rechts und drei links. Es scheint, als bewachen sie etwas."

„Auch weiter hinten im Gang melden andere Teams noch Wachen, oben genauso," kommentiert Abla.

„Ok," sagt Sophie, „bitte die Gasmasken aufsetzen. Jedes Team wird Blend- und Schlafgasgranaten in die Räumlichkeiten werfen."

Ich greife schnell in meinen Rucksack und hole meine Gasmaske heraus. Unmittelbar setze ich sie auf. So tun es auch alle anderen.

Victor öffnet die Tür wieder. Murat und Sophie schmeißen je drei Granaten, jeder in eine andere Richtung. Ich nehme an, dies verlief synchron über die Teams.

Im Hintergrund, kurz bevor die Türen schließen, höre ich noch Leute schreien. Dann wird es ruhig.

„Das Team oben wird die Kabel jetzt schon trennen und die Bombe entschärfen," sagt Vera, „schaltet also gleich um auf Nachtsicht. Wir können nicht riskieren, dass sie nach Hilfe rufen."

Sofort ziehen wir die Tür wieder auf und betreten den Flur. Kurz darauf geht das Licht aus. Ich schalte die Nachtsicht wieder ein. Am Boden liegen Wachen. An beiden Seiten sind jetzt unsere Teams hier im Gang.

Murat und ich halten Wache. Die anderen Team-Mitglieder fesseln die Wachen aneinander und auch an eines der Stahlrohre. Die Waffen packen sie in ihre Rucksäcke. Auch Dienstausweise werden mitgenommen. Wer weiß, vielleicht werde die ja nochmal benötigt.

Agent Pfeiffer: Rote Fahnen im Wind

Jedes Team verfolgt die selbe Strategie. Von hier aus betrachtet, führen die Kabel an der Decke in jeden Raum. Sind die bereits alle voll besetzt, oder noch nicht? Wie viele Leute müssen hier arbeiten?

Leider sind die Türen in die Bunkerräume aus Stahl. Es gibt keine Möglichkeit, mit Kameras hindurch zu spähen.

Wir bereiten uns auf den Extremfall vor. Victor öffnet die erste Tür vorsichtig zur Seite hin.

Niemand ist im Raum. Hier stehen lediglich Kartons. Es scheint, als sei der Umzug noch nicht komplett vollzogen.

Abla flüstert mir ins Ohr, „Francois schaut gerade Nachrichten. Die Bundesbank wurde wohl Opfer eines Hackerangriffs. Das gesamte Bankennetzwerk ist in Gefahr. Alle Banken sind Offline gegangen und haben geschlossen. Es breitet sich wohl bereits Angst in der Bevölkerung aus. Erst die Randale auf der Straße, jetzt die Angriffe auf Banken."

„Oh wow," flüstere ich in ihr Ohr und knabbere dabei fast an ihr bezauberndes Ohrläppchen, „dann lasst uns schnell die Quelle der Angriffe beseitigen."

„Das haben wir vorerst bereits erledigt," antwortet Abla flüsternd, „es wird gemeldet, dass die Hacker offline seien, parallel zu dem Zeitpunkt, als wir die Kabel getrennt haben."

„Genau," kommentiert Sophie, „jetzt müssen wir die aber noch komplett dauerhaft ausschalten. Die anderen Teams haben bereits Leute entdeckt, die schreiend im Gang umherlaufen. Sie scheinen erschrocken zu sein. Auch einige Büros sind bereits gesichert."

Die Spitze der Verschwörung

Wir gehen tiefer in den Raum und in weitere anhängende Räume, aber es gibt nichts zu sehen, nichts zu entdecken, alles sauber.

Auch vier weitere Anlagen sind komplett leer, mit Ausnahme einiger Umzugskartons und leerer Schreibtische

Nach den ersten Räumen kommen wir an eine Tür mit Sicherheitsschloss. Dies ist das erste Anzeichen von Elektrizität, welches ich hier unten gesehen habe. Wieso verfügt dieses elektrische Schloss noch über Strom?

Einen der Dienstausweise der Wachen ziehen wir durch ein Lesegerät hindurch, welches sich am Schloss befindet. Das rote Licht schaltet auf Grün. Murat zieht die Tür auf. Wir anderen stürmen direkt hinein.

Durch die Nachtsichtfunktion werde ich direkt vom Licht geblendet. Sofort schalte ich die Funktion aus.

Von der rechten Seite dröhnt das monotone Summen eines Notstromgenerators. Von der Decke her scheint es hell von frisch installierten neuen Lampen. Die Wände und Decken sind bemalt. Dies ist eine willkommene Abwechslung zu den ansonsten tristen, teilweise mit Ruß bedeckten graubraunen Wänden der Anlagen hier.

In diesem Raum sind einige Schreibtische. Personen, die wie potentielle Hacker aussehen, sitzen hier. Sie wirken ängstlich. Ist einer der Leute hier vielleicht der Maulwurf? Auf jeden Fall sollten wir ihn noch nicht auffliegen lassen. Er könnte uns noch weiterhin helfen.

„Was macht ihr hier? Was seid ihr für eine Abteilung?" Fragt Murat nach.

Niemand antwortet.

„Jungs, es ist ja toll, dass ihr euch so mit eurem Arbeitgeber identifiziert," fährt er fort, „aber früher oder später werden wir herausfinden, was ihr hier macht. Also spart euch die Unannehmlichkeiten und plaudert gleich los."

„Programmieren," nuschelt einer der Programmierer in der Ecke in seinen Vollbart.

„Ihr seid also Programmierer," fasst Murat auf, „habt ihr hier die Bundesbank gehackt?"

Keine Antwort ertönt weiterhin.

Ich gehe unterdessen weiter in den Raum, in Richtung einer Tür an der linken Wand. Ich gehe hindurch. Hier gibt es einen etwas kleineren, vergleichsweise schwach beleuchteten Raum mit einigen Serveranlagen. Abla folgte mir auf den Schritt.

„Hier ist eine zentrale Serveranlage," kommentiert Abla.

„Gut, fesseln wir sie und manipulieren wir die Server," gibt Sophie den Ton an, „soll sich der Aufräumtrupp um sie kümmern."

Zunächst einmal zerschneidet Vera die Kabelverbindung der Server zur Stromversorgung. Murat, Sophie und Victor fesseln die Programmierer. Abla und ich schauen uns in den Rechnern um. Leider gibt es nicht viel zu erkennen, nur eine Menge Code, Programmierungen mit denen wir nichts anfangen können.

„Ok, das sollten sich die Experten anschauen," kommentiere ich, „wir sollten weiter. Seid ihr bereit?"

[224]

Die Spitze der Verschwörung

Murat stimmt zu, „ja, lasst uns keine Zeit verlieren."

Victor zerstört die Notstromversorgung und wir schalten die Nachtsichtfunktion wieder ein.

Vorsichtig begeben wir uns zum nächsten Raum. Im Flur sind unsere Kollegen dabei, die Leute die erschrocken rausgerannt sind zu fesseln. Sicher ist sicher, wir dürfen kein Risiko eingehen.

Aus dem nächsten Raum hören wir keine Geräusche. Victor öffnet die Tür langsam. Auf einmal fallen Schüsse.

Wir begeben uns sofort an die Seite, neben die Tür. Victor liegt am Boden. Haben sie ihn getroffen? Sophie wirft eine Blendgranate hinein und wir stürmen vor.

Die Angreifer sind irritiert, schießen aber weilweise in die Luft. Wir erwidern das Feuer mit gezielten Schüssen.

Schon bald liegen sie alle am Boden., zumindest die Sichtbaren. Auch hier stehen wieder Computer, aber auch Ordner.

Vera geht herum und prüft den Puls jedes einzelnen, als plötzlich erneut ein Schuss fällt. Sie geht zu Boden. Murat, Sophie, Abla und ich gehen sofort wieder in eine angespannte Haltung. Und nähern uns einer Tür an der rechten Seite. Sophie wirft eine Blendgranate hinein. Wir drehen und kurz um. Und nehmen schließlich auch den letzten Schützen aus dem Verkehr.

Abla und ich setzen uns an die Rechner, während Murat und Sophie Victor und Vera nach Lebenszeichen überprüfen.

Agent Pfeiffer: Rote Fahnen im Wind

„Von hier aus wurden Falschnachrichten verbreitet," kommentiert Abla, „aber wieso waren gerade die hier bis auf die Zähne bewaffnet?"

„Das kann ich dir auch nicht sagen," erwidere ich, „aber ich denke, Francois sollte Unterstützung anfordern."

„Ja, die ist schon unterwegs," kommentiert Abla, „für die nächsten Räume müssen wir aber noch vorsichtiger sein, gerade auch du, Micha."

Da war es wieder, in einer Situation totaler Anspannung nennt sie mich mit dem Spitznamen, den normalerweise nur meine Frau verwendet. Was hat das zu bedeuten? Hat es was zu bedeuten oder sind wir wirklich wie Bruder und Schwester?

Ein anderes Team ist hier inzwischen auch angekommen. Sie haben zwei Mediziner und kümmern sich um unsere verletzten. Victor scheint aber bereits tot zu sein. Ihn hat eine Kugel wohl ins Herz getroffen. Schade für seine Frau in Israel. Sie wird es hart treffen.

Wir gehen unterdessen weiter voran und räumen einen Bunker nach dem anderen.

Auch andere Teams haben kämpferische Auseinandersetzungen, im Großen und Ganzen verläuft der Rest eher harmlos. Auch unsere Unterstützung von der Kriminalpolizei trifft bald ein.

Eines der Teams ein Stockwerk höher hat auch direkt die Bunker-Büros der Führungsetage aufgedeckt. Hier waren sogar zwei der führenden Politiker der sozialistischen Partei anwesend. So wurden auch sie auf frischer Tat ertappt.

Die Spitze der Verschwörung

Dank des Vertrauens in den Maulwurf konnten wir heute die geheime Zentrale der sozialistischen Partei aufdecken und mit kriminellen Taten in Verbindung bringen.

Trotz unserer schweren, auch persönlichen Verluste, freuen wir uns dennoch ein wenig. Heute ist uns ein großer und erfolgreicher Schlag gelungen, auch wenn sich die Ausschreitungen in den Städten noch nicht beruhigt haben.

Dank der Unterstützung des Maulwurfs konnten wir die Lügenpresse und Cyberangriffe der sozialistischen Partei aufdecken. Sogar weiter konnten wir mit den Einsätzen der letzten beiden Tage auch andere sozialistische Regierungen mit unethischem und illegalem Verhalten in Verbindung bringen. Ob daraus wirklich mehr Gerechtigkeit und eine bessere Sicherung der Menschenrechte in Deutschland und auf der ganzen Welt erreicht werden kann, bleibt offen. Deutschland haben wir aber anscheinend aus den Schlingen der tiefroten Partei, vom sozialistischen Krebsgeschwür, befreit.

Am Abend gehen wir zu fünft noch einmal gemeinsam essen. Dies wird wohl unsere letzte gemeinsame Nacht, unser letztes gemeinsames Abendmahl. Morgen werde ich zu meiner Familie fliegen, meine Frau und Tochter wieder in die Arme schließen und nie wieder loslassen.

Gemeinsam sitzen wir bei einem Italiener und haben gerade das Essen bekommen.

Ich hebe mein Glas und sage, „Team, Freunde, heute haben wir einen wichtigen Schritt in eine bessere und freiere Zukunft für Deutschland getan. Wir haben einen wichtigen Schlag gegen den linksextremen Terror erreicht. Leider haben wir dabei Freunde verloren, aber

[227]

Agent Pfeiffer: Rote Fahnen im Wind

lasst uns das Positive zuerst sehen. Dank der Opfer die unsere Freunde erbracht haben, können wir, sowie unsere Familien und Freunde, uns alle endlich wieder sicherer auf den Straßen fühlen. Nach dem Rechtsextremismus und dem islamistischen Fanatismus konnten wir endlich auch den Linksextremismus in die Schraken weisen. Ich danke euch allen und gerade auch dir, Abla. Dank dir war ich die Nächte weg von meiner Familie nicht so einsam. Für mich war es wichtig, dass du da warst. Morgen werde ich meine Familie endlich wiedersehen. Danke euch allen. Ich bin mir sicher, wir werden uns auch wiedersehen, wenn ich zurück bin."

„Dem kann ich mich nur anschließen," fährt Murat fort, „ihr wäret übrigens auch ein tolles Paar. Wie dem auch sei. Gerade auch für dich Michael, der du es noch nicht weißt, aber auch die meisten anderen verdeckten Ermittler-Teams waren erfolgreich. Einige Verluste mussten wir hinnehmen, aber im Großen und Ganzen waren wir erfolgreich. Mit den von uns gewonnenen Informationen kann die Polizei fortfahren. Informationen über Maulwürfe in diversen Behörden konnten gewonnen werden. Danke euch allen."

„Ja," fügt nun auch Francois hinzu, „danke euch, dank unserer Aktion gestern waren die Zentren der sozialistischen Partei weniger von der GegenKa geschützt. Dank unseres Einsatzes von gestern waren wir heute mit weniger Verlusten erfolgreich."

„Und auch das Militär und die Polizei bekommen langsam wieder die Straßen ruhig. Tausende linksradikaler und auch unpolitischer Randalierer wurden heute inhaftiert. Auf Grund der Masse an neuen Häftlingen, wurden manche Gefangene auch in die Niederlande gebracht, wo die Gefängnisse fast leer waren," bestätigt Sophie.

[228]

Die Spitze der Verschwörung

„Auch dir Micha, einen ganz besonderen Dank," schließt Abla die Runde und fasst nach meiner Hand, „auch du hast mir geholfen, meine Familie weniger zu vermissen, ohne dich dabei an mich ran zu machen. Ich hätte mir keinen besseren Zimmergenossen vorstellen können."

Sie macht eine kurze Pause und fährt fort, während sie immer noch sanft meine Hand hält, „natürlich auch euch anderen herzlichen Dank. Trotz unserer Verluste waren wir schon sehr erfolgreich und ich kann endlich wieder positiver in die Zukunft schauen."

„Und sicher," fährt sie fort und schaut mir tief in die Augen, „sicherlich werden wir uns sehr bald wiedersehen. Auch ich finde, dass sich hier eine wundervolle Freundschaft entwickelt hat."

„Übrigens," wirft Francois ein, „mein Boss bei der Europol will dich, Michael auch für die Europol gewinnen. Vielleicht werden wir alle ja ein dauerhaftes neues Team sein."

„Ja," stimme ich schon fast zu, „das muss ich mal sehen. Ich will meine Familie nicht mehr dem Risiko aussetzen und nicht mehr so viele Geheimnisse vor ihr haben. Ich überlege, in den inneren Dienst zu wechseln."

„Überlege es dir gut," sagt Murat. Ich antworte darauf nicht.

So trinken wir auf uns und unseren Erfolg. Einer nach dem anderen verschwindet und ich spüre den Wein immer mehr in mir wirken.

Am Ende sind nur noch Abla und ich da, nebeneinandersitzend. Wir verstehen uns super und kommen uns immer näher, bis wir uns dem Feuer zwischen uns hingeben.

Agent Pfeiffer: Rote Fahnen im Wind

Wir probieren von der verbotenen Frucht und küssen uns. Leidenschaftlich küssen wir uns. Dies kommt von beiden Seiten und das spüre ich.

Eng umschlungen gehen wir nach dem Zahlen der Rechnung aus dem Restaurant und schlendern in Richtung der Zentrale, der Wohnung.

Die Treppen steigen wir hinauf und fallen direkt ins Bett. Wir küssen uns weiter und ziehen uns betrunken und hastig gegenseitig aus.

Alles um uns heraus haben wir vergessen. Wir geben uns dem Moment hin und küssen uns. Ich fühle mich, als könne uns nichts mehr zertrennen. Ich küsse sie über den ganzen Körper, ihren Nacken, die Brust, den Bauch, auch im Intimbereich, bis sie mich hochzieht und sich unsere Körper endgültig vereinen.

Unsere letzte Nach genießen wir vollkommen frei und ungezwungen zusammen, ermächtigt durch den Wein. Erst Stunden später schlafen wir nackt und in unseren Armen liegend ein.

Ein letztes Erwachen

Der nächste Morgen beginnt für mich mit tierischen Kopfschmerzen. Ich schaue an mich herunter und zu Abla, realisiere, wir tragen keine Kleidung. Was ist hier bloß passiert, oder wieso? Ich weiß was passiert ist, aber wieso?

Dieser verdammte Alkohol verursacht nicht nur tierische Kopfschmerzen und eine leichte Übelkeit, er hat scheinbar auch die Hürden zwischen Abla und mir verkleinert.

Ein letztes Erwachen

Sicherlich war es eine wunderschöne Nacht, aber was passiert jetzt? Wie werden wir uns verhalten? Werden wir uns noch in die Augen schauen können?

Mal abgesehen von uns, Abla und mir, viel wichtiger, wie werde ich mich meiner Familie gegenüber verhalten? Werde ich offen und bei der Wahrheit bleiben? Lügen haben ja bekanntlich kurze Beine.

All die Fragen, die Gedanken machen meine Kopfschmerzen auch nicht gerade besser. Verdammt, wie konnten wir bloß die Glücksgefühle von gestern so ausarten lassen?

„Hey," tönt es sanft von der Seite.

„Guten Morgen," antworte ich, „wie geht es dir?"

„Nicht so gut," antwortet sie, „ich habe einen tierischen Kater und fühle mich, als hätte ich Sex gehabt, letzte Nacht."

Ich drehe mich zu ihr und frage sie, „du erinnerst dich nicht?"

„Nein, Micha, ich erinnere mich nicht, was war denn?" Stellt Abla die Gegenfrage.

„Wir hatten wohl ein wenig zu viel Wein gestern Abend und haben den Abend mit unglaublich wundervollen, leidenschaftlichen, aber auch schuldigen Sex beendet," erkläre ich.

„Du und ich?" Fragt sie.

„Ja," antworte ich kurz.

„Oh," gibt Abla von sich.

Agent Pfeiffer: Rote Fahnen im Wind

Da liegen wir jetzt nackt nebeneinander im Bett, peinlich berührt. Lediglich die Decke bedeckt neben den Schuldgefühlen Teile unserer Körper. Wir fühlen uns wohl beide, zumindest aber ich irgendwie peinlich berührt und schuldig. Irgendwie spüre ich dennoch auch Gefühle des Glücks und der Zufriedenheit in mir. Kann es denn so falsch sein, unserer Leidenschaft gefolgt zu sein?

Wie geht es jetzt weiter zwischen uns? Wie geht es weiter mit meiner Familie? Was will ich?

„Jetzt müssen wir uns wirklich die Frage stellen," denke ich laut vor mich hin.

„Ob wir dem frischen Feuer zwischen uns folgen, oder der vertrauten und zuverlässigen Liebe," ergänzt mich Abla wie aus dem nichts.

„Ja, genau," bestätige ich, „aber ich denke, ich bin mir sicher."

„Ich mir auch," wirft Abla ein.

Zusammen sagen wir wie im Einklang, „wir sollten zurück zu unserer Familie."

Ich führe fort, „das zwischen uns war ein unglaubliches und atemberaubendes Abenteuer im Feuer des Moments."

„Aber nicht mehr als das, zu viel haben wir zu verlieren," ergänzt mich Abla erneut.

Und erneut sagen wir fast synchron, „ein Abenteuer von dem niemand erfahren darf."

Ein letztes Erwachen

Wir lächeln uns an, geben uns einen letzten leidenschaftlichen Kuss auf die Lippen, stehen auf und ziehen uns an, als Murat reinplatzt.

„Team, wir haben ein Problem," sagt er, „der Polizeikonvoi mit der politischen Führung an Bord wurde angegriffen und die Politiker befreit, letzte Nacht. Wir müssen noch einmal ran. Alle Teams von gestern werden unterstützen."

„Ok," sage ich, „aber mein Flug geht in sechs Stunden. Den will ich kriegen."

„Wir werden uns beeilen," sagt er, „also raus jetzt, Schutzkleidung an Waffen ran und dann raus hier."

So beeilen wir uns, ziehen unsere Schutzkleidung wieder an, frühstücken schnell eine Kleinigkeit und raus hier.

Wir fahren vorbei an zerschlagenen Schaufenstern, geplünderten und verbrannten Geschäften, demontierten Straßenschildern, ausgebrannten Fahrzeugen und Müllcontainern sowie auch reichlich Müll auf den Straßen. Sogar schlimmer als an Neujahr sieht es hier aus. Wer in der Stadt gewütet hat, hat keine Rücksicht und keinen Halt vor nichts und niemanden genommen.

Francois ist natürlich in der Zentrale geblieben. Zu frisch ist seine Verletzung.

Je weiter wir den Stadtraum verlassen, desto weniger schlimm waren die Ausschreitungen offensichtlich.

So schnell wie möglich fahren wir nach Kienbaum bei Berlin, einem ehemaligen Trainingsbunker der Leichtathleten zu Zeiten der DDR. Mit Hilfe von Luftdruck-Kammern kann hier ein Höhentrainingslager simuliert werden. Hoffentlich wird das nicht eine Falle für uns

Agent Pfeiffer: Rote Fahnen im Wind
werden. Auch heute trainieren hier noch Athleten, habe ich gehört, scheinbar aber auch Aktivisten der GegenKa und der sozialistischen Partei.

Als wir uns dem Gelände nähern, haben Kriminalpolizei und andere verdeckte Ermittler die meisten Aktivisten an der Oberfläche bereits überwältigt und gefangen genommen. Sie kümmern sich jetzt um die Gebäude an der Oberfläche. Mein Team und ich, wir kümmern uns um den Bunker.

Vitali, Frederik und Hans aus anderen Teams unterstützen uns hierbei.

Frederik öffnet die Tür, auf der auch wieder die zwei sich kreuzende roten Fahnen im Wind erkennbar sind. Hier sind wir offensichtlich richtig. Wir gehen vorsichtig und einer nach dem Anderen die Treppe hinunter. Ich gehe vor, Murat folgt mir.

Die Bunkeranlagen hier sind scheinbar besser in Schuss gehalten, werden regelmäßig renoviert. Hier tropft es nicht von der Decke. Auch der Boden ist angenehmer zu laufen.

Im Bunker angekommen, liegt vor uns zunächst ein kurzer Gang mit weißen Wänden. Eine stählerne, hellgrau gestrichene Tür mit normalem Türgriff trennt uns vom nächsten Raum.

Ich öffne die Tür. Murat, Frederik, Vitali, Hans, Sophie, Abla und zuletzt auch ich treten hinein. Auch dieser Raum ist leer, eine große Halle, in der scheinbar verschiedene Sportarten trainiert oder Gegenstände gelagert wurden. Schnell gehen wir einen Raum weiter. Es folgt erneut ein kurzer dunkler Zwischenraum vor dem nächsten Raum.

Ein letztes Erwachen

Mit Betätigen des Türgriffs fallen bereits erste Schüsse. Dellen in der Stahltür zeigen, wo die Schüsse gelandet sind und dass wir zum Glück sicher sind, aber wie lange?

Wir verstecken uns alle seitlich im Zwischengang. Murat stößt die Tür in geduckter Haltung auf und wirft eine Tränengasgranate in den Raum. Es fallen weitere Schüsse.

Abla und ich lehnen uns unterdessen ein wenig zurück und fallen mit einem Regal hinter uns in einen kleinen, kaum beleuchteten versteckten Raum. Da spüren wir wohl noch die Folgen des Alkoholkonsums. Eine schwere Stahltür fällt zwischen uns und den Anderen von der Seite her zu.

Sehr schnell erkenne ich, wie jemand die Tür von der anderen Seite öffnen will, aber es tut sich nichts.

Auf einmal fällt auch das Licht aus. Abla und ich tasten uns an der Wand hoch, zur Tür und versuchen sie mit unserem Gewicht aufzudrücken. Nichts tut sich. Immer kräftiger versuchen wir es.

Nach kurzer Zeit rutsche ich mit einem Bein weg und drücke damit auch Ablas Beine nach hinten weg.

Wir fallen. Abla dreht sich dabei halb, so dass sie auf dem Rücken liegt und ich auf dem Bauch über ihr. Wir scheinen noch nicht komplett nüchtern zu sein, zumindest fühle ich mich noch immer betrunken.

„Die Anderen gehen schon einmal vor," flüstert Abla von der Leidenschaft erfasst.

Agent Pfeiffer: Rote Fahnen im Wind

So liegen wir hier in absoluter Dunkelheit, alleine und voller Adrenalin im Blut. Ich muss zugeben, ich bin schon wieder erregt.

Sie flüstert weiter, „die anderen betreten den nächsten Raum," und sie gibt mir einen Kuss auf die Lippen, bevor sie fortfährt, sie überwältigen die Wachen im Raum. Es scheint, als hätten die Athleten hier früher Rudern geübt. Im Becken haben sich die Wachen versteckt."

Jetzt komme ich Ablas Lippen näher und küsse sie. Sie greift meinen Po und wir genießen unsere Nähe.

Halb auf meine Lippen beißend erzählt sie weiter, „ich spüre den Alkohol noch in mir und will dich bei mir wissen, dich spüren."

Ich werfe ein, „ich will es auch, aber wir sollten nicht."

Sie reißt mich zu ihr und dreht mich auf den Rücken.

„Wir sollten nicht immer den Regeln folgen, aber das Leben mehr genießen," kommentiert sie zärtlich in mein Ohr flüsternd.

„Bei den anderen alles klar?" Frage ich nach, um abzulenken.

„Die anderen sind jetzt in einem Raum voller Räder," erzählt sie mir zärtlich ins Ohr und drückt meine Hand auf ihre Brust.

„In dem Raum mit den Fahrrädern sind die gesuchten Personen," flüstert sie mir zu und knabbert wieder an meinem Ohr.

Ein letztes Erwachen

Es fühlt sich so unglaublich toll an, sie zu spüren. Das Gemisch von Alkohol und Adrenalin im Blut scheint uns Grenzen ignorieren zu lassen.

Zwar sehe ich hier rein gar nichts, aber alleine der Gedanke sie, die Frau meiner Träume zu spüren, ihr nahe zu sein macht mich glücklich, hier im jetzt. Ich denke nicht daran, was morgen ist ziehe ihren Körper ganz nahe zu meinem. Noch einmal sind wir uns ganz nahe, vereinen unsere Körper zu eins und genießen den Augenblick.

Als wir auf einmal jemanden hören, der an der Tür werkelt, springt sie auf. Das Selbe tue auch ich.

Nach einigen Minuten öffnet sich die Tür. Murat öffnet sie.

„Hallo ihr zwei Turteltauben," begrüßt er uns und lächelt, „Michael, du solltest den Lippenstift am Hals verstecken und Abla, du solltest deine Haare kämmen."

„Haha," kommentiert Abla, „aber kein Wort zu niemandem. Nicht ist hier passiert." Ihr Ton wird ernster.

Ich stärke ihren Wunsch, „genau, was im Bunker passiert, bleibt hier gefälligst auch. Wir sind nur Freunde."

„Freunde mit gewissen Vorzügen, wie ich hier sehe," bemerkt Murat.

„Ja, gelegentlich überkommt uns halt die Lust, das Verlangen nacheinander," sagen wir synchron, wie heute Morgen.

„Gut abgesprochen scheint ihr euch ja schon zu haben," kommentiert er, „von mir erfährt niemand etwas" und er zwinkert.

Agent Pfeiffer: Rote Fahnen im Wind

Zusammen gehen wir raus. Polizisten führen langsam einen nach dem Andere ab, in Gefangenen Transporter.

Ein Gefangener hält auf einmal vor mir an. Ich glaube, ihn in Frankfurt (Oder) gesehen zu haben, vielleicht auch im Polizeirevier in Berlin. So genau kann ich mich leider nicht erinnern.

„Herr Pfeiffer," sagt er in wütendem Ton, „sie, hier? Sie sind die Quelle alles Bösen. Wegen Ihnen hat der Zerfall begonnen. Sie haben Deutschland um seine wunderbare rote Zukunft gebracht. Fühlen Sie sich bloß nicht sicher. Auf der ganzen Welt kennt man Ihr Gesicht. Wir werden Sie finden und Ihnen und Ihrer Familie alles heimzahlen."

Der Polizist drückt ihn weiter nach vorne

„Unheimlich," kommentiert Abla und legt ihren Arm zur Beruhigung um mich.

„Ja," fügt Murat hinzu, „aber mach dir keine Sorgen, das ist nur das letzte verzweifelte Aufbäumen. Europol kann jetzt endlich in der EU aufräumen, die Demokratie und die Verfassungen schützen, die Freiheit gewährleisten. Du wirst schon bald wieder überall sicher sein."

„Danke, Freunde," bedanke ich mich, „jetzt werde ich aber erst einmal einige Zeit in Israel verbringen, denke ich, mich erholen und so."

Geschlossen gehen wir im Team zurück zum Transporter und fahren zurück in die Zentrale. Ich packe schnell meine Sachen und das Team fährt mich zum Flughafen.

Ein seltsames Gefühl erobert meinen Bauch. Werde ich Abla vielleicht nie wiedersehen? Ich denke, ich werde sie vermissen, aber ich muss mich halt entscheiden. Wir

Ein letztes Erwachen

müssen uns beide entscheiden und wir haben uns entschieden, für unsere Familien, für Stabilität und Sicherheit statt Verspieltheit und Abenteuer.

Ich erinnere mich auch zurück daran, was für ein seltsames Gefühl es gewesen ist, als der Chip in meinem Kopf aktiv war. Die Träume die sich so real anfühlten und es auch waren. Die Möglichkeit, mich mit meinem Gehirn mit anderen austauschen zu können. Unheimlich war das, aber auch cool, irgendwie. Schade, dass mein Chip kaputt ist.

Schon verrückt, was in den letzten Monaten passiert ist, die Flucht aus Frankfurt (Oder) und der Polizeistation in Berlin, die Nacht im Freien und der erste Kontakt zu Sophie. Wer hat schon so kurz nach einer absoluten Verzweiflung ein Team gefunden, dem er vertrauen konnte und es dann aus eigener Schuld wieder verloren? Natürlich hat mich das ein wenig in den Wahnsinn getrieben, aber die Überreste aus meinem alten Team haben mich dann gerettet und wir haben ein neues Team aufgebaut, ein stärkeres Team.

Dann habe wir die Zentrale der GegenKa und auch der sozialistischen Partei zerstört und selbst das letzte Erwachen des Alptraumes wieder in die richtigen Bahnen gelenkt.

Die letzten Wochen waren schon besonders und außergewöhnlich. Ich bin aber dennoch froh, wieder in geordnete Bahnen zurück zu kommen.

Im Transporter drückt mir Murat einen Umschlag in die Hand.

Agent Pfeiffer: Rote Fahnen im Wind

„Hier," sagt er, „das ist dein Ticket, erste Klasse, bezahlt von Europol, als Dank für deinen Einsatz. Du brauchst dein Ticket also nicht zu nutzen."

„Danke," antworte ich und umarme ihn, „danke euch für alles. Ich werde euch wirklich vermissen."

„Wir dich auch," bestätigt Sophie.

„Ja, ich auch," stimmt Murat zu.

Abla verliert lediglich eine Träne und schaut aus dem Fenster. Francois wurde leider ins Krankenhaus gebracht. Von ihm konnte ich mich nicht wirklich verabschieden. Schade eigentlich

Am Flughafen angekommen, begleitet mich das Team weiterhin. Abla hält sogar meine Hand. Zum Glück ist der Flughafen Tegel so klein, dass wir möglichst lange zusammen hierbleiben können.

Kurz bevor ich in den Flieger muss, verabschiede ich mich von allen noch einmal persönlich, als letztes von Abla.

Alle anderen lassen uns zwei noch einmal alleine.

Abla zieht mich nahe zu sich, und gibt mir eine feste Umarmung.

Sie flüstert mir ins Ohr, „mache ja keine Dummheiten, kümmere dich um deine Familie. Ich bin deine einzige Dummheit, deine einzige Sünde ok?"

„Ok," bestätige ich sie, „versprochen, und ich bin deine einzige Sünde."

„Ja," sagt sie zum ersten Mal leicht schüchtern wirkend, aber dennoch lächelnd.

[240]

Ein letztes Erwachen

Wir küssen uns noch ein letztes Mal leidenschaftlich für einige Sekunden, bevor mich Abla wegdrückt.

„Jetzt geh aber," fordert sie mich auf.

„Bis bald," verabschiede ich mich und verlasse sie, gehe in den Flieger und auf meinen Platz.

Die erste Klasse ist schon komfortabel.

Der Flieger startet und hebt ab. Ich genieße noch einen letzten Blick über Berlin, als ich plötzlich mitten in der Stadt eine weitere Explosion erkenne.

Gehört das zum letzten erwachen oder war es etwa kein letztes Erwachen? Folgt jetzt vielleicht ein neuer Terror?

Anhang

Personen

Folgende Charaktere sind wichtiger Bestandteil der Geschichte.

Name	Funktion	Position
Abla	Vertrauensperson, Team-Mitglied, Süße Sünde	Verdeckte Ermittlerin Europol
Anna Schmitt	Frau von Sven Schmitt	
Dr Winkler	Anfängliches Feindbild	Arzt, Mitglied sozialistische Partei
Francois	Vertrauensperson, Team-Mitglied	Verdeckter Ermittler Europol
Frau Müller	Anfängliches Feindbild	Krankenpflegerin, Mitglied sozialistische Partei
Frederik	Vertrauensperson, Team-Mitglied	Verdeckter Ermittler Europol
Gerhard	Überläufer	Hacker Sozialistische Partei
Giovanni	Vertrauensperson, Team-Mitglied	Verdeckter Ermittler Europol
Hans	Vertrauensperson, Team-Mitglied	Verdeckter Ermittler Europol
Hartmann	Vermeintliches Parteimitglied	Kommissar in Berlin Köpenick
Hase		GegenKa Mitglied Zentrale
Lisa Pfeiffer	Ehefrau von Michael	Krankenschwester

Name	Funktion	Position
Manfred Schulz	Verlorene Existenz, verbündeter in Verzweiflung	Unternehmer, Innenausstattung
Marc	Vertrauensperson, Team-Mitglied	Agent Europol
Maria	Informantin	Bedienung im Restaurant in Senftenberg
Markus	Vertrauensperson, Team-Mitglied	Verdeckter Ermittler Europol
Max	Informant	Obdachloser in Reppist (Senftenberg)
Michael Pfeiffer (Israeli Pass: Simon Farhi)	Ich-Erzähler	Ursprünglich BFV-Agent kooperiert mit Europol
Murat	Vertrauensperson, Team-Mitglied	Verdeckter Ermittler Europol
Mustafa		Friseur in Berlin
Ramovski	Vermeintliches Parteimitglied	Streifenpolizist Berlin Köpenick
Samantha Pfeiffer	Tochter von Michael und Lisa	
Sanchez	Vermeintliches Parteimitglied	Kommissarin in Berlin Köpenick
Herr Schmitt	Vermeintliches Parteimitglied	Streifenpolizist Berlin Köpenick
Sophie van der Meer (Lehmann)	Retterin aus der Not	Verdeckte Ermittlerin Europol
Sturm		Höheres GegenKa Mitglied Zentrale

Name	Funktion	Position
Sven Schmitt	ehemaliger Kollege von Michael	Agent GfV
Thomas	Vertrauensperson, Team-Mitglied	Verdeckter Ermittler Europol
Vera	Vertrauensperson, Team-Mitglied	Verdeckter Ermittler Europol
Victor	Vertrauensperson, Team-Mitglied	Verdeckter Ermittler Europol
Vitali	Vertrauensperson, Team-Mitglied	Verdeckter Ermittler Europol

Über den Autor

Simon Sprock ist eine Führungskraft im Bereich der Finanzen, aber auch leidenschaftlicher Schriftsteller und Blogger.

Er liebt es Geschichten zu erzählen, mit denen er über Emotionen Inspiration, Positivismus und Motivation verbreiten kann. Sein Ziel ist es, ein Licht in den Köpfen der Leser zu entflammen, sie zu inspirieren und zu neuen Kräften zu motivieren.

Nach Jahrelanger Arbeit in der Berliner Startup-Szene, findet er sich plötzlich in einem Kampf gegen den Krebs wieder.

Am Anfang war dies eine schwerer Schlag und ein unerwarteter Schock, aber mit seiner Einstellung hat er schon bald all die Chancen erkannt, die ihm die neue Situation bietet:

Er schreibt drei Romane, setzt mit Coachiendo einen Blog zur Motivation und Positivismus auf und hat noch andere Ideen und Geschäftsmodelle in seiner Pipeline.

Das Schreiben, sowie seine wundervolle Frau geben ihm die Kraft, den Krebs nach nur 15 Monaten zu besiegen. Dennoch bleibt stets die Gefahr eines Rückschlags.

Simon hat den Krebskampf dazu genutzt, sein Leben dauerhaft positiv zu verändern. Er steht auf und kämpft für seine Träume.

Nach „Stop Drifting, Be Alive" und "Europa, auferstanden aus Ruinen", ist „Agent Pfeiffer: Rote Fahnen im Wind" nun der zweite Roman, den Simon Sprock veröffentlicht.

(Berlin, 26.11.2017, für Updates schaue auch auf www.simonsprock.com)